名探偵のはらわた

THE DETECTIVE DEAD

白井智之

新潮社

目次

装画　遠田志帆
装幀　新潮社装幀室

名探偵のはらわた

思う様にはゆかなかった

都井睦雄

【記録】

玉ノ池バラバラ殺人事件

昭和七年（一九三二年）三月七日、東京府南葛飾郡《みなみかつしか》の赤線地帯で、下水溝から浴衣とハトロン紙に包まれた男性の胸部、腰部、首、腕などが発見された。被害者の身元が判明せず、捜査は混迷を極めたが、同年十月、浜川竜太郎《はまかわりゅうたろう》とその弟妹が逮捕された。後の供述により、竜太郎らが妹と内縁関係にあった男を殺害し、解体して遺棄したことが明らかになった。

八重定事件

昭和十一年（一九三六年）五月十八日、東京市荒川区尾原《おばら》町の待合旅館で、仲居の八重定《やえさだ》が恋人の石本吉蔵《いしもときちぞう》の首を絞めて殺害し、切断した性器を持ち去った。新聞やラジオは事件を煽情的に報じ、風貌の似た女性が現れるたび各地でパニックが起きた。事件から二日後の二十日、八重は江戸川区の旅館に宿泊しているところを発見され、逮捕された。

津《つ》ヶ山《やま》事件

昭和十三年（一九三八年）五月二十一日未明、岡山県苫田《とまた》郡木慈谷《きじたに》村の青年、向井鴇雄《むかいときお》が祖母を殺害した後、同集落の家屋に次々と押し入り、猟銃と日本刀で住人たちを殺害した。犠牲者は三十名に及ぶ。向井は犯行後、荒又《あらまた》峠で遺書を書き記し、猟銃で心臓を撃って自殺した。

【記録】

青銀堂事件

昭和二十三年（一九四八年）一月二十七日夕刻、東京都豊島区の宝石店、青銀堂《せいぎんどう》に厚生省技官を名乗る男が現れ、赤痢の予防薬を飲むよう従業員らに命じた。指示に従い薬物を口にした十六人のうち、十二人が死亡。男は現金と宝石を奪って逃走した。同年八月、画家の男が逮捕されたが、公判で無罪を主張。死刑確定後も、昭和六十二年（一九八七年）に死去するまで再審請求を続けた。

椿産院事件

昭和十九年（一九四四年）から昭和二十三年（一九四八年）にかけて、東京都新宿区柳町の椿《つばき》産院で、大久保《おおくぼ》院長夫妻が子育ての困難な親から百人以上の乳幼児を預かり、食事を与えずに死亡させた。夫婦は親から高額の養育費を受け取っていたほか、産院向けの配給品を闇市に横流しして金銭を得ていた。

四葉銀行人質事件

昭和五十四年（一九七九年）一月二十六日、松野《まつの》俊之《としゆき》が猟銃を持って大阪市住吉区の四葉《よつば》銀行支店に押し入り、客や行員を人質に取って立て籠もった。籠城中、警察官と行員を四人射殺したほか、人質を裸にして「肉の楯」を作らせていた。事件発生から四十二時間後、機動隊が現場に突入し松野を射殺した。

農薬コーラ事件

昭和六十年（一九八五年）四月から十一月にかけて、有機リン系殺虫剤のチェシアホスが混入したコーラ瓶が自動販売機に置かれ、それを口にした大学生らが死亡した。東京、千葉、埼玉で十二人が死亡したが、物証が乏しく捜査は難航し、平成十二年（二〇〇〇年）に時効が成立した。

（日本犯罪総覧より抜粋）

神《かん》呪《のう》寺《じ》事件

1

「痒《かゆ》いんじゃないよ。ヤクザだよ」

夜の中華料理屋に充満していた話し声がぴたりとやんだ。となりのテーブルで担担麵を啜っていた蝦蟇《がま》仙人みたいな老人が、みよ子から目を逸らし、ひどく苦しそうに咳き込んだ。

二〇一五年十二月二十四日。クリスマスイブだというのに、常連のおっさんたちはいつもと変わらぬ様子でビールに焼酎に呑んだくれている。

「ヤクザ?」

原田亘《はらだわたる》が鸚鵡《おうむ》並みの返事をすると、

「そう。ヤクザ」

みよ子は少し鼻にかかった声で言って、人差し指でもう一度頰を引っ搔いた。ヤクザを示すジェスチャーらしい。

「みよ子、ヤクザなの?」

「違うよ」みよ子は膝を乗り出し、声に怒気を込めた。「あたしじゃなくて、あたしのお父さんが」

「ヤクザ?」

「そういうこと」

みよ子は言葉と一緒にため息を吐いて、背もたれに身を預けた。

亘は気の利いた言葉を返そうとしたが、考えるほどに何を言えば良いのか分からなくなった。「大変だったね」と同情するのはわざとらしいし、「おれは全然気にしない」と懐の広さをアピールするのも気持ち悪い。悩んだ挙句、亘は独り言のようにつぶやいた。「やばいね」

みよ子は東京大学文学部の四年生で、社会心理学研究室に所属している。剣道部の元主将で、中華料理屋〈猪百戒《ちょひゃっかい》〉の元アルバイトで、亘の彼女でもある。

亘が探偵事務所で働き始めたばかりの頃、初任給に浮かれて〈猪百戒〉で塩ラーメンセットを食べていると、となりの席で赤ら顔のおっさんが店員さんの尻を熱心に撫で始めた。店員さんはポップティーンのモデルをプレス機でのしたような概ね可愛らしい女の子で、おっさんがひどく羨ましくなった亘は、得意の腕力と酒の勢いに任せておっさんを向いのマンションのゴミ捨て場に放り込んでやった。大いに吊り橋効果が効いたのだろう、亘は店員さんと付き合うようになり、三年の交際を経て現在に至る。

そのみよ子から「大事な話がある」とＬＩＮＥが届いたのが三時間前のこと。世間知らずの亘にも「大事な話」が愉快なものでないことは想像がついた。やはり別れを切り出されるのだろうか。でもなぜ？　きっと性格の不一致というやつだ。亘はコーラが大好きだが、みよ子は紅茶しか飲まない。亘は〈猪百戒〉の塩ラーメンだけでも生きていけるが、みよ子はカタカナの聞いたこともない料理を好んでいる。亘は左門我泥《さもんがどろ》の小説を愛読しているが、みよ子は横溝正史にしか興味がない――。

いやいや。三年続いた関係を解消するのだから、もっと深刻な理由だろう。みよ子は見た目こそポップティーンだが、雨の日も風の日も剣道場で稽古を行い、ショルダーバッグにはドイツ語やフランス語の難しそうな本を詰め込み、頭の中では常にニュートンか日経ビジネスか文藝春秋みたいに訳の分からないことを考えている。付き合いたての頃、そんなに努力ばかりしてどうするのかと聞いてみると、みよ子は達観した老婆みたいな渋い顔で「来世はないんだよ」と答えた。限られた人生で、何かに手を抜いたことを後悔したくないのだという。

その後の三年間で、亘にもみよ子の考えが少し分かるようになった。みよ子が小学生まで過ごした岡山県の山村は、なにやらいわくのある土地らしく、みよ子はそこをひどく嫌っていた。みよ子がたくさん勉強をするのは、東京で多くの知識と人脈を得て、故郷から離れた土地に自分の根を広げるためではないか、というのが亘の推測である。

そんなみよ子とは正反対に、亘は二十一年間、努力を避け、来世に大きな期待をかけて生きてきた。これでは交際相手にふさわしくない。みよ子もそう気づいたのだ。

亘は缶ビールをがぶ飲みして脳味噌をふやかしてから中野駅前の〈猪百戒〉へ足を運んだのだが――、そこで亘を待ち受けていたのは想像の斜め上のカミングアウトだった。

「あたしのお父さんは、指定暴力団松功会《まっこうかい》の直参で、松脂組《まつやにぐみ》って二次団体の組長なの」

みよ子は痰を吐き捨てるように言うと、テーブルに両肘をつき、左右から蟀谷《こめかみ》を押さえた。

松功会という名前には亘も聞き覚えがあった。岡山に拠点を置く暴力団で、構成員は少ないながらも、地方進出を目論むヤクザと過激な抗争をくりかえし、日本屈指の武闘派と恐れられていた。

「組長ってことは、よく人とか殺してるの?」

「知らないよ。指は全部揃ってるけど」

みよ子はうんざりした顔で両手をぐーぱーさせる。

「みよ子もヤクザと仲良しってこと?」

「まさか。お父さんと会うのは年に一、二回くらい。松脂組でもあたしを知ってるのは幹部だけだからね。組長に家族がいると、喧嘩のとき狙われるでしょ」

亘はみよ子の家が迷子になるほど広かったのを思い出した。あの豪邸はヤクザが建てたものだったのか。

「みよ子が地元を嫌ってるのは、親がヤクザだから?」

「それもある。はらわた、今まで黙っててごめん」

みよ子が頭を下げると、傷んだ前髪が一つ、醤油皿に落ちた。はらわたというのは原田亘の渾名《あだな》だ。

「謝ることじゃないよ。おれの親だってろくなもんじゃないし」

「ありがと。で、本題はここからなんだけど」

まだあるのか。亘は首を竦めた。

「はらわたと付き合ってもう三年でしょ。あたしも来年の春から社会人だし、将来のことちゃんと考えないと駄目じゃん。だから誕生日にお父さんと会ったとき、亘のこと話したの」

急に胃が重たくなった。いやな予感がする。

「別れろって?」

「まさか。ただ、本気で付き合ってるなら一度、顔を見せろって」

となりのテーブルで蝦蟇仙人が担担麺を噴いた。

亘は浦野《うらの》探偵事務所で助手として働いている。探偵事務所というのは慰謝料をたらふくせしめるべく浮気の証拠集めに精を出しているのが大半だが、浦野探偵事務所はそうではない。代表の浦野灸《きゅう》は二十年にわたり警察に協力し、多くの難事件を解決に導いてきた犯罪捜査の専門家だ。中でも七年前、暴力団の幹部が覚醒剤の密輸を指示した文書を発見し、幹部の一斉摘発に貢献した話は良く知られている。浦野探偵事務所を目の敵にしているヤクザは今も多いだろう。

「おれが探偵の助手ってことは知ってるの？」

「うん。ちゃんと話したよ」

隠してもばれるでしょ、とみよ子の顔に書いてあった。

「おれ、殺されると思うんだけど」

「大丈夫だよ。お父さん、警察とヤクザ以外なら誰と結婚しても文句はないって言ってたから」

それなら安心、とはいかない。亘は学校を一つも出ておらず、三年前まではろくに働いたこともない根無し草だった。誇れるのは団地で鍛えた腕っぷしとでかい図体くらいだが、暴力を生業《なりわい》とする方々に自慢できるほどのものではない。

みよ子とは今後も良好な関係を築きたいが、それとこれとは話が別だ。組長に撃ち殺されたらただの無駄死にである。

「善は急げだよ。今週末、空いてる？」

「今週末？　予定があった気がする。なんだっけな」

みよ子の視線から逃れようと首を曲げると、天井の角の下に置かれた液晶テレビが目に入った。しょぼくれたおじさんとおばさんが口喧嘩をしている。「渡る世間は鬼ばかり」だ。エンドクレジットが流れたと思ったら、画面が切り替わり、スーツを着た男が大写しになった。

「ニュースをお伝えします。岡山県津ヶ山《つやま》市の木慈谷《きじたに》地区で寺院が全焼する火災が発生しました。火は午後七時過ぎに消し止められましたが、四人が死亡、三人が意識不明の重態です。木慈谷地区では九月から四件の火災が相次いでおり、警察では放火とみて警戒を強めていました――」

右下に「視聴者提供」とテロップが出て、巨大な炎に呑み込まれた木造の建物が映った。四方の壁が剝がれ、大量の炎と黒煙が噴き出ている。ふいに画面が上下に揺れ、瓦屋根から火柱が上がった。

「うそ、神咒寺《かんのうじ》じゃん」

みよ子はぼそっとつぶやいてから、しまったという顔をした。津ヶ山市というのがみよ子の嫌う故郷なのだろうか。

亘が言葉に詰まっていると、気を利かせたみたいにスマホが震えた。みよ子に断って電話に出る。

「ニュース見たか？　岡山の放火事件だ」

浦野の声は強張っていた。

「見てます」

「岡山県警の與沢《よざわ》刑事部長から協力の要請があった。八時三十分東京発の東海道新幹線に乗りたい」

「今から？　浦野さん、大丈夫なんですか」

浦野は保土ヶ谷《ほどや》の乳児誘拐事件と心斎橋の女子高生殺害事件の捜査に携わり、神奈川と大阪を二日おきに行き来していた。これ以上、事件を抱えたら身が持たないはずだ。

「大丈夫。保土ヶ谷の事件は誘拐犯の住居を特定した。心斎橋の事件もコロッケ屋の店主が犯行を自供した。あとは警察の仕事だ。はらわたくんも岡山へ行けるか？」

「もちろんです」

浦野は東京駅の待ち合わせ場所を確認して、通話を切った。

「仕事だ。行かなくちゃ」

亘が腰を上げると、みよ子は不満そうに頬杖をついた。

「空いてる日、あとでLINEしてね」

「もちろん。あとでね」

軽い口調で言うと、みよ子は腕を摑んで、釘を刺すように身を乗り出した。

「約束だよ、はらわた。来世はないんだからね」

となりのテーブルで蝦蟇仙人がニヤニヤ笑っていた。

2

原田家の人間はよく首が千切れる。

亘がこの世に産声を上げた半年後、父ちゃんが金属加工場のカッターに首を切断され、母ちゃんがJR総武線快速の車輪に首から下を轢《ひ》かれて死んだ。父ちゃんの労災保険から補償一時金が支払われると知って親戚がわらわらと亘に手を差し伸べたが、JRから賠償金を請求されるとすぐに手を引っ込めた。亘は親族中をたらい回しにされた挙句、父方のじいちゃんに預けられることになった。

じいちゃんは築四十年の猪首《いのくび》工業団地で年金暮らしをしていて、亘が物心つく頃には記憶海馬がふにゃふにゃになっていた。調子の良いときは戦時中の武勇伝を滔々《とうとう》と語り、それ以外のときは何時間も壁の染みを見つめたり、「お前は可哀そうな子だ」と言って泣き出したりした。

亘は学校に通っていなかったので、幼少時代のほとんどを猪首工業団地で過ごした。じいちゃんの本棚には文庫本がたくさんあって、亘は退屈すると探偵小説を読んで暇を潰した。内容は半分くらいしか分からなかったが、探偵小説を読むのは楽しかった。

十一歳の夏、とある蒸し暑い夜のこと。亘は団地の隅の広場で左門我泥の『龍と月の死体』を読んでいた。大正から昭和初期にかけて活躍した名探偵、半脳の天才こと古城倫道《こじょうりんどう》が、ビロードマントの連続殺人鬼と対決する長編探偵小説だ。

じいちゃんは鼾《いびき》がうるさく、夜中に突然起き上がって叫んだりするので、本に集中したいときはよくこの広場に来ていた。常夜灯がベンチを照らしていて、集合住宅の間を抜ける乾いた風が心地よかった。

「おい、ガキ」

古城倫道の推理が佳境に入っていて、気づくのが遅れたのがいけなかった。顔を上げたときには、ベンチの前に立った男の蟀谷に青筋が浮かんでいた。丸刈りの頭に狐のような目。太く浅黒い腕。大柄な亘と比べても、図体が一回りでかい。

猪首駅前から伸びる大通りには居酒屋や賭場や風俗店が犇《ひし》めく一角があり、夜が更けると酔っ払いが猪首工業団地へ流れてきた。酒で頭が鈍くなった大人たちは、団地を目にすると少年に戻ったような気になって、敷地を探検したくなるらしい。

また酔っ払いが迷い込んできたのかと思ったが、この日の大男は様子が違った。酒には酔っているが、背筋がピンと伸び、声にも芯が通っている。

「それ、万引きしたんじゃねえのか」

大男が顎をしゃくって、亘の膝の文庫本を指した。本屋の店員だろうか。

「違う。じいちゃんの本だよ」

亘はぱらぱらとページを捲《めく》ってみせた。紙は茶色く日焼けし、角の撚《よ》れも目立っている。とても新品には見えない。

「違うことあるか。お前のせいで、おれは店長にひっぱたかれて、夜まで店の見張りをさせられたんだ。おれにはお前をボコボコにする権利がある」

大男は襟を摑んで亘を立たせると、亘がかまえるよりも早く、腹の真ん中を蹴った。

意識が数秒飛んで、気が付くと仰向けに倒れていた。

夜の団地は暴力で溢れている。連れ子をサンドバッグみたいに殴る無職の親父とか、首を絞めて失神させてから愛人と交わる妻子持ちの男とか、老いた親の頭を風呂桶に沈めて憂さ晴らしをする水商売の女とか、そんなのは数え切れないほどいる。

亘はどうしようもない場合を除いて、暴力から距離を置いてきた。人は暴力に晒《さら》され続けると、痛みの感覚が麻痺してしまう。そうなったら終わりだ。うまく生きるには、うまく逃げるのが一番だ。

「やめろ。おれは万引き犯じゃない」

「お前ら薄汚ねえガキのせいで、普通の人間がどれだけ迷惑してるか分かってんのか。二度とできねえように、目ん玉を潰しといてやる」

大男は亘の右手を踏んで気を逸らしてから、左目を蹴り飛ばした。石ころみたいに地面を転がる。視界が歪み、血か涙か分からない液体が瞼《まぶた》から溢れた。

「あはははは、痛いか？　そりゃ自分のせいだ！」

大男が声を張りあげる。

亘は右手で目を押さえようとしたが、大男に踏まれたせいで力が入らなかった。首を曲げて左目を守ると、すかさず右目に蹴りが入る。眼窩《がんか》の奥に痛みが走り、辺りが何も見えなくなった。

「反省したか！」大男が叫ぶ。「でも許さん！」

唐突に頭が持ち上がり、顔が固いものにぶつかった。大男が亘の後頭部を摑んで、顔をベンチの角に叩きつけたのだ。全身の力が抜け、手足を広げて地面に倒れる。

亘の意識がなくなるまで、大男は執拗に顔を蹴り続けた。


翌朝、じいちゃんの悲鳴で目を覚ました。

冷蔵庫の唸る音でじいちゃんの部屋にいることが分かる。無意識のうちに広場から逃げてきたらしい。まわりが見えないので本当に眼球が潰れたのかと不安になったが、少しずつ部屋の中が見えてきたので安心した。瞼が腫れて視界が狭くなっていたようだ。

鏡を見ると、左右の目が赤く膨れて、顔が蜻蛉《とんぼ》みたいになっていた。

「亘ちゃん、可哀そうにな。お巡りさんに犯人を捕まえてもらわないといかん。じいちゃん交番で被害届を書いてくるわ」

火事場の馬鹿力というのは脳細胞にもあるらしく、この日のじいちゃんの言葉は別人のようにしっかりしていた。

亘が思い留まらせようとしても、じいちゃんは「泣き寝入りはいかん」と言って譲らない。大袈裟に話をされても困るので、仕方なく二人で交番に行くことにした。

とはいえ猪首駅前の交番までは亘が走っても一時間かかる。じいちゃんと歩いたら日が暮れそうだ。

どうしたものかと途方に暮れていると、じいちゃんは押入れから運転免許証と鍵を取り出し、きびきびとした足取りで団地の奥の駐車場へ向かった。

「ばあちゃんの車だよ」

それはバニラ色の軽自動車だった。友だちと遊んでいるときに何度か目にしていたが、ボンネットがへこんでフロントガラスに罅《ひび》が入っているので、追突事故でも起こして乗り捨てられた廃車だと思い込んでいた。

近くのセルフガソリンスタンドで給油をしてから、じいちゃんの運転で猪首駅へ向かった。車に乗ったことが数えるほどしかないのでじいちゃんの腕はよく分からなかったが、事故を起こすことなく十五分ほどで目的地へたどりついた。

交番の前に車を止めると、さすがに驚いたのか二人の男が飛び出してきた。一人は紺色の制服、もう一人はグレーの高そうなスーツを着ている。

「どうしました?」

制服の男に促され、じいちゃんと車を降りる。

亘はこのときの衝撃を生涯忘れないだろう。

ドアを閉めて警察官の顔を見た瞬間、息が止まりそうになった。亘を殴った大男が、紺色の制服を着て立っていたのだ。

——お前のせいで、おれは店長にひっぱたかれて、夜まで店の見張りをさせられたんだ。

昨夜の大男の言葉がよみがえる。

こいつは本屋ではなく、警察官だったのだ。

「見てください。酷いもんでしょう」

じいちゃんが喚くのを無視して、大男は亘をじっと見つめた。ほんの一瞬、唇の端がつり上がったように見えたが、すぐに警察官らしい憮然とした表情に戻った。

「ひどい怪我だ。不良たちにやられたんでしょう。詳しく聞くから中においで」

全身に鳥肌が立った。

この大男はまったく焦っていない。一方的な暴力に晒された子どもが、目の前の大人を告発することなどできないと知っているのだ。

鼓動が猛烈に早くなり、瞼の内側が痛くなった。

「どうしたんだい？」

亘が立ち尽くしているのを見て、大男はわざとらしく首を傾げた。もう一人のスーツの男は、興味のない素振《そぶ》りで携帯電話を触っている。

「亘ちゃん、どうした」

じいちゃんが不安そうに肩を揺する。

「あれ？」

大男は膝を屈めて亘の右手を摑んだ。人差し指と中指の外側、第二関節の皮が擦れて膿が滲んでいる。男に踏まれた傷だ。

「硬いものを殴ると、指の外側に傷ができるよね。きみも最近、何かを殴ったんじゃないか。ひょっとして顔の傷、自分でやったの？」

男は値踏みするように、亘の顔と指を見比べた。

「あんた、何言ってんだ？」じいちゃんが聞いたことのない高い声を出す。「自分で自分を殴るわきゃないだろが」

「そうでもないですよ。一般的に傷害保険では自傷による怪我は補償されませんが、犯罪被害による怪我は補償されます。暴行されたと言って警察に被害届を出し、保険金を騙し取る詐欺は珍しくありません」

「何わけの分かんねえこと言ってんだ。亘ちゃん、言ってやんな。でっかい大人にやられたんだろ？」

じいちゃんが亘の顔を覗き込む。

「誘導はやめてください。ところで、こちらの車はかなり状態が悪いですね。車検証と免許証はお持ちですか？」

「あ、当たり前だろ。ほれ」

じいちゃんが尻のポケットから免許証を取り出す。大男はそれを見て、呆れたように頭を掻いた。

「原田竹蔵《たけぞう》さん、五年前に期限が切れてますよ。悪質な無免許運転です。点検義務違反も見受けられますし、中で詳しく話を聞かせてください」

じいちゃんは力なく唇を開き、惚《ほう》けたように中空を見つめた。

この警察官は自分たちより何枚も上手だ。亘に告発されても認めるはずがない。そんなことをしたら、亘が報復されるだけでなく、じいちゃんまで犯罪者にされてしまう。

亘は胃袋から上ってきた苦い汁を呑み込んだ。ここは引き下がっておいたほうがいい。うまく生きるには、うまく逃げるのが一番だ。亘は精一杯の愛想笑いを浮かべた。

「あの、ごめんなさい。実は――」

「待て」

携帯電話を弄《いじ》っていたスーツ姿の男が言葉を挟んだ。じいちゃんと大男が揃って顔を向ける。

「廣瀬《ひろせ》巡査、きみは猪首駅前交番へ配属されて何年目だ？」

「まもなく一年ですが」

大男が不審そうに答える。スーツの男は返事をせずに亘の方を向いた。

「きみ、名前は？」

「原田亘です」

「亘くん。きみは真実を語るべきだ」

男は眼鏡のブリッジを押し上げ、真っすぐに亘の目を見据えた。

「真実？」

「わたしは警察の捜査協力者だが、警察の人間ではない。言うべきことを言うんだ」

なぜ男がそんなことを言うのか分からない。だが自分に味方がいると思うと急に勇気が湧いた。

亘は深呼吸をして、制服姿の大男を指した。

「この人にやられました」

「おいおい、勘弁してくれ」大男が苦笑して、右手をひらひらと振る。「おれは警察官だ。人を蹴ったりしないよ」

「嘘を吐くな。廣瀬巡査、亘くんを暴行したのはきみだ」

スーツの男が声色を変えずに言う。

それが浦野灸との出会いだった。

3

「浦野さん、来世ってあると思います？」

自分で言ってから、子どもみたいな質問だと思った。

十二月二十五日、午前十時。原田亘はパトカーの後部座席で浦野と膝を並べていた。山道は舗装されておらず、数秒おきに座席が浮き上がる。運転席でハンドルを握っているのは岡山県警の犬丸亨《いぬまるとおる》巡査だ。

「死んだことがないから分からないけど、百年前の人間がよみがえったら、今が十二月だとは思わないだろうね」

浦野は頭上を覆う木々の間から空を見上げた。青空に浮かぶ綿雲を見ていると、今にも蟬の鳴き声が聞こえてきそうだ。今年の日本列島は記録的な暖冬で、十一月の東京の日中平均気温は十五度を超えていた。十二月に入ってようやく寒気が南下し、平年並みの寒さが訪れたが、数日前から高気圧が北上してふたたび気温が上がっている。

「昨日もこんな暑さでしたか？」

「ええ。夕方からはもう少し雲が多かったと思いますが」

犬丸巡査が落っこちそうな垂れ目をさらに低くして、サンバイザーを手前に倒した。この男は木慈谷駐在所に勤める駐在員で、今日は浦野たちの対応を任されていた。

岡山県警本部の輿沢刑事部長が洩らしたところによると、犬丸巡査は二年前、移送中の被疑者を取り逃がして岡山市内の警察署から左遷されたのだという。のろまだが愛嬌があり、犬よりも驢馬《ろば》に似た男だという評判である。

浦野を呼び寄せた張本人である與沢刑事部長は、津ヶ山警察署で捜査本部立ち上げの準備を進めている。浦野と亘は岡山市内のホテルで一泊した後、ＪＲ津ヶ山線と観光バスを乗り継いで、木慈谷を訪れていた。

木慈谷は津ヶ山の市街地から北へ十五キロほどに位置する谷地で、中国山地の山間を流れる木慈川の川沿いに点在する小集落の一つだ。南東方向の天狗頭山《てんぐずやま》、北西方向の天狗腹山《てんぐばらやま》に挟まれ、約二百人が暮らしている。かつては木慈谷村として独立していたが、平成十七年（二〇〇五年）に津ヶ山市に編入された。集落といっても家屋が寄り集まっているのは十戸ほどで、残りの家屋は山林や棚田の合間にぽつぽつと散らばっている。これらの家屋のどこかで、みよ子も幼少期を過ごしたのだろう。

火災のあった神咒寺は、木慈谷の中心地から南東へ進み、天狗頭山の山道を七百メートルほど上ったところに位置していた。浦野と亘は駐在所で犬丸巡査との挨拶を済ませると、さっそく三人で神咒寺へ向かった。

「着きましたよ」

犬丸巡査がエンジンを切ってキーを抜く。

山門の前でパトカーを降りると、煤の臭いが鼻をついた。

「七人が見つかったのはこちらです。六人が死亡、一人が全身火傷で意識不明の重態です」

犬丸巡査に続いて山門をくぐると、本堂が跡形もなく焼け落ちているのが見えた。黒く焦げた木材が煤埃にまみれて積み上がっている。

焼け跡では津ヶ山署の刑事が現場検証を、消防署の調査官が火災調査を進めていた。本堂を囲むように規制テープが張られ、外側では地元テレビ局のクルーが数人でビデオを回している。東京なら十倍のマスコミが押し寄せているはずだ。

「はらわたくん、パンフを」

浦野に言われ、バックパックから神咒寺のパンフレットを取り出した。岡山駅を出るときに案内所でもらったもので、楷書で「天台宗木慈谷神咒寺」と記されている。ときおさんというご当地キャラクターの団扇《うちわ》も一緒に手渡されたのだが、こちらは丁寧に返しておいた。

浦野がパンフレットを広げる。瓦屋根から空へ突き出た黄金色の装飾が表紙を飾っていた。

「火焔宝珠と言って、炎を模した彫刻板で如意宝珠を飾ったものだ。これが放火現場のシンボルというのは意味深だね」

浦野は声を落として言う。焼け跡を見回してみたが、火焔宝珠がどこへ埋もれているのかは分からなかった。

観音折りの裏のページには簡単な平面図が載っている。二人は山門の礎石に上って、神咒寺の敷地を見回した。正面に本堂の焼け跡があり、すぐ右に灯籠と小さな池がある。さらに右へ行くと石段があり、桜の木の向こうに収蔵庫と禅堂の屋根が見えた。

境内には瓦屋根が無造作に置かれていた。柱が倒れて崩れ落ちたのを、生存者を探すために消防団員が取り除いたのだろう。おかげで本堂の内部が剝き出しだ。

本堂の広さは十五坪ほど。平面図にある八つの柱のうち残っているのは二つだけで、あとの六つは礎石ごと横に倒れている。

遺体はすでに搬送されていて、数字の書かれた鑑識標識が灰の上に並んでいた。被害者は本堂の前方、平面図に外陣と書かれたところに倒れていたようだ。焼損が激しく、床板が抜けて地面に灰が堆積している。

　本堂の奥、内陣と書かれたあたりは、外陣と比べやや燃え方が弱かったようで、供物台《くもつだい》や鋳物が燃え残っている。それでも須弥壇《しゅみだん》や蓮華座《れんげざ》が溶けて斜めに歪み、背の高い坐像が巨大な炭の塊のような姿で倒れていた。

　浦野はパンフレットを亘に手渡して、礎石を下りた。手袋を嵌め、灰の中から板を引っ張り出す。二メートルくらいの幅があり、中間にアーチ形の金具が付いていた。本堂の扉だ。

　浦野はしばらく黙り込んでから、ふいに犬丸巡査を呼んだ。

「犬丸さん、あなたも救助に参加を？」

「ええ。消防団員ですので」

　犬丸巡査は帽子を取り、ハンカチで額を拭った。

「七人の被害者には、火傷の他にも怪我がありましたか？」

「目立つものはなかったと思います」

「縛ったような痕は？」

「ありません。なぜですか」

　浦野は少し考えてから、本堂の扉を指した。

「この扉には錠が付いていません。本堂に入るのも、出て行くのも自由だったはずです。おまけに境内には池があるんです」

　一同が右手の池に目をやると、鯉が跳ねてちゃぽんと音を立てた。

「わたしが被害者の一人なら、火が出たらすぐに外へ逃げます。境内の外まで逃げる力がなかったとしても、池に飛び込むことはできます。でも彼らはそうしなかった。怪我もなく、縛られてもいないのに、なぜ逃げなかったのでしょう」

「ふむ、確かに」

犬丸巡査は幽霊でも見たように不可解な顔をした。

「ひとまず解剖の結果を待ちましょう。被害者について教えてください」

「ええ、お任せを」

犬丸巡査がポケットの手帳を手に取る。浦野もブリーフケースからノートと万年筆を取り出した。

「七人の被害者は全員、木慈谷の住人です。最年少の生野麻里《いくのまり》が二十四歳、最年長の大河内宏《おおこうちひろし》が三十六歳。全員が青年団のメンバーでした。神咒寺では正月に追儺《ついな》の儀式がありまして、その準備と運営が青年団の役目です」

「追儺というと、宮中行事の？」

浦野がノートにメモを取りながら尋ねる。

「そうです。集落から鬼を追い出す厄払いの儀式で、鬼遣《おにやらい》とも言います。本番は一月二日で、十二月に入ると準備が始まります。この数日、天狗頭山からは太鼓の音がよく聞こえていました」

「二十四日の夜も、彼らは準備のために神咒寺に集まっていた？」

「いえ。昨日はそこで木木会《もくもくかい》という宴会を開いていました」

犬丸巡査が指した先には、収蔵庫と禅堂が並んでいた。

「どちらです？」

「禅堂の方です。木木会というのは、木慈谷青年団が木曜にやる飲み会ですな」

パンフレットによると、かつての禅堂は老朽化が進んだため、檀家の寄付を集めて平成元年

（一九八九年）に建て直しを行ったのだという。そのため本堂や収蔵庫よりも、屋根や外壁の色合いが鮮やかだった。窓が大きく取られていて、板間にも開放感がある。若者が集まるなら禅堂を選ぶだろう。

浦野はノートに神咒寺の平面図を描き、禅堂に線を引いて「宴会」と書いた。

「それぞれの職場の宴会は金曜が多いですから、木曜は集まりやすいんだそうで。年寄りばかりの集落ですから、普段は肩身が狭いんでしょう。月に一度、若者だけで山奥に酒を運び込んで、夕方から夜が更けるまで騒ぎ明かしていたわけです」

亘はスマホでカレンダーを開いた。昨日は二十四日の木曜日、今日は二十五日の金曜日だ。

「今回の木木会は、追儺に向けた決起集会も兼ねていたようです。禅堂には飲みかけの酒瓶がたくさん残っていました」

「青年団に悪感情を持っている人はいますか」

浦野は声を低くした。

「どうでしょうね。喧嘩っ早いのや酒癖の悪いのもいましたから、憎まれているのもいるでしょう。でも全員を憎む動機というのは思い付きません」

「青年団の内部で揉め事などは？」

「揉め事というほどではないですが、十一月に盗難騒ぎがありました。生野麻里が木木会で財布をなくしたのを、誰かに盗まれたと言って騒いだんです。わたしも境内を探すのを手伝ったんですが、財布は見つかりませんでした」

浦野は曖昧に頷く。七人を焼き殺す動機になるほどの事件ではなさそうだ。

「死体発見の経緯を教えてください」

「お待ちを」犬丸巡査が指を舐めて手帳を捲る。「昨日の午後五時四十五分、集落の住人から神咒寺で火が出ていると消防に通報がありました。木慈谷で火事が起こると、津ヶ山の消防本部から駐在所に無線放送が入り、火災の発生時刻と場所が伝えられます。それを受けてわたしがスピーカーで警報を鳴らし、警報を聞いた消防団員が詰め所に集まって現場へ出動します」

「防災行政無線の受信機は戸別に配備されていないんですか?」

「ええ。本部の予算がないそうでして」

犬丸巡査は責められたと思ったのか、大蛇に睨まれた蛙みたいな顔をした。

亘たちは半年前にも静岡で連続放火事件の捜査に関わったことがある。事件の舞台となった港町では、全戸に防災行政無線の受信機が配備されていた。高齢者の多い地方や、災害が多い海辺や山沿いの地域では、自治体主導で受信機の整備が進んでいることが多い。

「放火が相次いでいたのに対策を取らないのは不用心ですね。パトロール中に無線放送を聞き逃すこともあるでしょう」

「おっしゃる通り。いちおう集落の中の公営施設に受信機がもう一つあるので、平日はそちらの職員も警報を鳴らせます。実例はありませんが」

浦野は「なるほど」とつぶやいて、視線で先を促した。

「わたしたち消防団員は積載車で現場へ向かい、消火活動を開始しました。午後七時十五分に鎮火を確認。並行して焼け跡に落ちた瓦屋根を境内に運び、七人の被害者を発見しました。いずれも灯油をかけられ、身体に火をつけられていたようです。この時点で七人中四人の死亡を確認し、息のあった三人が津ヶ山の病院へ搬送されました」

厳密に言えば木慈谷も津ヶ山市に含まれるのだが、ここでは駅周辺の市街地を津ヶ山と呼んでいるようだ。

「さらに今日未明までに二人が死亡し、一人が意識不明の重態です」

「六人の死因は一酸化炭素中毒？」

「おそらく。熱傷が酷かったのでそちらが死因の可能性もありますが、焼死には違いありません。詳しくは解剖待ちです」

いずれにせよ、犯人は生きた人間に火をつけたのだ。

「火元は七人が倒れていた外陣の間ですね」

「はい。さきほど消防からも報告がありました。七人が倒れていたあたりがもっとも焼損が激しく、彼らの身体が火源になったと見られます」

「灯油は犯人が持ってきたもの？」

「いえ、焼け跡から見つかったポリタンクは、被害者の一人が自宅で使っていたものでした。追儺の練習をする際、石油ストーブで本堂を暖められるように、灯油を持ち込んでいたんだと思います」

浦野は額を掻いて、ノートのメモを眺めた。被害者の状態や死体発見の経緯がまとめられている。

「一人生き残ったという青年について、詳しく伺えますか」

唯一の生存者を疑うのは鉄則だ。

「錫村藍志《すずむらあいじ》、三十二歳。ＩＴベンチャーの技術責任者で、青年団のリーダーも務めていました」

「ＩＴベンチャー？　こんな山奥でですか」

「ええ。ちょうどわたしと同じ二年前に越してきたんですが、遠隔操作で農作業を行うシステムを開発しているとかで、畑を買って実験場をつくっていました。詳しいことはよく分かりませんが」

「犬丸さんから見てどんな方でしたか」

「勉強熱心な青年でしたね。深夜に懐中電灯を持って歩いているので気になって声をかけたら、山中にきのこの菌糸を採取しに行くところだと言われ驚きました。越してきて二年で青年団のリーダーに選ばれるんですから、仲間の人望も厚かったんでしょう」

「一人だけ死を免れたということは、他の六名よりも火傷の状態が良かったんですか」

「七人とも大差ありません。こんな言い方はいけませんが、全身が爛《ただ》れて化け物みたいでした。彼も時間の問題でしょう」

浦野はそれ以上深掘りせず、ノートから焼け跡に目を移した。錫村が重傷を負っている以上、彼が犯人とは考えづらい。

「他に現場で見つかったものはありますか」

「なかったものならあります。七人とも財布を奪われていました」

浦野は弾かれたように犬丸巡査を見返した。

「それは妙ですね。七人の身体に火をつけておいて、金目当ての犯行に見せかけるのは無理がある。犯人の狙いが分からないな。十一月の盗難騒ぎと関係があるんだろうか」

「これまでの放火事件でも金品が盗まれていましたから、同一犯のしわざに見せかけようとしたのかもしれません」

「ああ、そうでしたね」

浦野が生返事をかえす。テレビのニュース速報でも、九月から四件の火災が相次いでいると報じられていた。

「駐在所へ戻れば、これまでの放火事件の資料もあります。ご覧になりますか」

「ええ、お願いします」

犬丸巡査の提案に、浦野が頷く。眉間には皺が寄ったままだった。


パトカーで駐在所に戻ると、犬丸巡査はロッカーの錠を開け、煉瓦が入りそうなファイルを三つ取り出した。

「捜査資料のコピー、三件分です」

「あれ？　これまでの放火事件は四件って聞いたんですけど」

亘が尋ねると、犬丸巡査は人懐っこい笑みを浮かべた。

「十二月二十二日にも集会所で火災があったんですが、消防の調査で、壁面プラグのトラッキングが発火原因と確認されました。ですから放火事件は三件になりますね」

なるほどテレビ局の下調べが甘かったのだ。亘は頭を掻いて「イブイブですね」とわけの分からないことを言った。

「一件目の火事が起きたのは九月三日の午後四時半ごろ。集落の北西部、天狗腹山のふもとで、大森正彦《おおもりまさひこ》さんと恭子《きょうこ》さん夫妻が住む一軒家と納屋が全焼しました。大森さん夫妻はもと専業農家で、二年前に土地を売り、現在は年金暮らしです。事件当日は二人で津ヶ山病院を受診していたため無事でしたが、鎮火後、寝室のチェストに入っていた貴金属品が盗まれていたことが分かりました」

犬丸巡査が一つ目のファイルを開き、中ほどのページをこちらに向ける。一枚目が焼け跡の全景写真、二枚目が黒く焦げた寝室の写真だった。

「こちらの寝室が火元ですね？」

「はい。チェストは内側に灯油がかけられていました。燃え跡からはマッチの燃え滓《かす》が見つかっています。犯人はチェストから貴金属品を取り出した後、指紋などの痕跡を消すためにチェストを燃やしたようです」

浦野が現場写真に目を通すのを待って、犬丸巡査が二つ目のファイルを開いた。

「二件目の火事が起きたのは十月十三日、時刻はやや遅くなり午後五時ごろですね。木慈谷の南東部、天狗頭山のふもとの二階建てアパート、ビレッジ木慈谷が出火し、約一時間後に全焼しました。火元は一〇三号室で、生野麻里さんの机の抽斗《ひきだし》から通帳と小銭入れが盗まれていました。机の中に灯油をかけてマッチで火をつける、一件目と同じ手口です」

「生野麻里？」左手の万年筆がくるりと回る。「どこかで聞いた名前ですね」

「神咒寺の放火事件の犠牲者です。彼女も青年団に所属していました。普段は津ヶ山の化成品工場で事務のアルバイトをしています」

アパートが燃やされた二月後に自身が燃やされてしまうとは踏んだり蹴ったりだ。

「この火事では死者が出ています。アパートの大家で、一〇一号室に住んでいた母良田《ほろた》玄徳《げんとく》さん、八十五歳。死因は一酸化炭素中毒です。アパートには他に二人の居住者がいましたが、外出中のため無事でした」

浦野がページを捲ると、炭化した遺体の写真があらわれた。肌は赤と黒のまだら模様に覆われている。顔の肌が溶けて、食いしばった歯が剝き出しになっていた。手足は試合中のボクサーみたいに曲がっている。

「三件目も手口は同じ？」

「ええ、よく似ています」

　犬丸巡査が三つ目のファイルを開く。

「十一月十六日の午後四時五十分ごろ、集落の北西部で、太田洋治《おおたようじ》さんが所有する平屋とガレージが全焼しました。太田さんは五十六歳。津ヶ山で伯父から引き継いだ介護施設を経営していましたが、市内に住むお兄さんが脳溢血で倒れてから経営を譲り、新しくアパートを借りてお兄さんの世話をしていたそうです。木慈谷の自宅へは月に数回しか帰っておらず、十六日も津ヶ山のアパートにいたため無事でした」

　禍福は何とかのごとし、というやつだ。

「やはり金品が盗られていた？」

「ええ。平屋の焼け跡を調べたところ、現金二十万円がなくなっていたことが分かりました」

「めったに帰らない家に二十万円も置いていたんですか」

「文字通りの箪笥預金ですね。本人も不用心だったと反省していましたが、お兄さんの世話で慌ただしく気が回らなかったんでしょう」

「なるほど。出火元はこの部屋ですね」

　浦野が焼け跡の写真に目を落とす。座敷を廊下から撮影した写真で、引き戸を開いてすぐ右手に燃え崩れた箪笥が写っている。板が黒く炭化し、鱗のような凹凸が浮き出ていた。

「犯人はこれまでと同様、箪笥に灯油をかけてマッチで火をつけたようです。燃え跡からマッチの燃え滓が見つかりました。次のページが放火前の座敷の写真です」

　促されるままページを捲る。写真では年配の男性が花束を持って、気恥ずかしそうに微笑んでいた。経営を退いた際の記念写真だろう。背景には漆塗りの立派な箪笥が写っていた。奥行が広いので、抽斗を出したら入り口が通れなくなりそうだ。

「これは犯人の足跡？」

浦野がページを捲って尋ねる。ふたたび焼失後の写真で、出火元の座敷へ通じる廊下が写っていた。床板に焼損の少ない箇所があり、靴跡がはっきりと残っている。右足、左足、右足の三歩分あり、いずれも爪先は座敷へ向いていた。

「おそらく」犬丸巡査が頷く。「太田さんのブーツとは靴底の形状が一致しないので、犯人が現場へ侵入した際の足跡と見ています」

「土足で上がり込むとは遠慮のない犯人ですね」

「靴は津ヶ山の量販店でも売られているスニーカーで、犯人特定の手がかりにはなりません。歩幅が小さいのは、金目のものを探してあたりを見回しながら歩いていたからだと思います」

浦野はじっと写真を見て、眼鏡のブリッジを押し上げた。

「足跡のこの部分、色が濃くなっているのはなぜですか」

言われてみると、右足の二つの足跡だけ、爪先のあたりの色が濃く見えた。

「煤ですね。歩く途中で床に落ちた燃え滓を踏んだようです」

犬丸巡査が写真の下の余白を指した。鑑識課員の文字で「煤」とメモがある。

浦野はこの写真が気になるようで、しかめっ面でしばらく眺めたあと、犬丸巡査にコピーを取るよう頼んだ。

「放火された三つの家屋の住人に共通点はありません。もちろん狭い集落ですから互いに面識はありますが、誰かに強い恨みを買っていたことはないはずです。警察では窃盗犯のしわざと見てパトロールを強化していました」

「ところが四件目で犯行のパターンが崩れ、六人が亡くなる惨事が起きてしまったわけですね。警察は木慈谷の住人に犯人がいると見ているんですか？」

「ええ」犬丸巡査が不安そうに頷く。「犯行はすべて午後四時半から六時の間に起きています。夕暮れ刻とはいえ寝静まるほどの時間ではありません。余所《よそ》の人間が歩いていたら目につきますから、犯人は集落の人間と考えてよいでしょう。違いますか？」

「同意見です。犯人は基本的に住人が中にいない家を狙っていますから、住人の生活振りを知っているか、怪しまれずに標的を観察することができる人間です。余所者とは思えません」

犬丸巡査が安心した様子で目尻を下げる。

「気になるのはやはり四件目の事件ですね。なぜ家屋ではなく寺院に火をつけたのか。なぜ六人もの死者が出てしまったのか。なぜ被害者たちは本堂から逃げなかったのか。これらの疑問が事件解決の鍵になりそうです」

浦野が音を鳴らしてファイルを閉じる。

三人は誰も答えを持ち合わせていなかった。


午後二時、犬丸巡査は捜査会議に出席するため、山を下りて津ヶ山警察署へ向かった。

浦野と亘は三件の放火現場を見て回った。近くの住人にも火災の様子を聞いたが、新たな情報は得られなかった。

岡山市内のホテルへ帰るには午後八時半のバスに乗る必要があったが、浦野の判断で木慈谷の旅館に一泊することにした。

犬丸巡査に紹介された〈百々目荘《どどめ》〉は、松林を背負った茅葺《かやぶ》き屋根の旅館だった。門扉には信楽焼《しがらき》の狸と、等身大のときおさん人形が並んでいる。ときおさんは一見すると可愛らしい学生服の青年なのだが、よく見ると背中に刀と猟銃を背負い、口には尖った釘を咥《くわ》えていた。

「腕利きの探偵さんだそうですね。ようこそいらっしゃいました。お連れの方は秘書さんですか？」

主人は腰の曲がった老爺《ろうや》で、赤ん坊がそのまま年を食ったような童顔をしていた。

「ええ、まあ、用心棒と言いますか」

亘が少しかっこつけると、

「彼は助手の原田亘です。はらわたくん、肩書きは正確に言わないと駄目だぜ。身分を偽って仕事をすると詐欺罪が成立することもある」

浦野が大げさなことを言い、老爺は孫を見るみたいに目を細めた。

客室に荷物を置いて浴場へ向かう。煤埃を流していると、主人が戸を叩いて、浦野を呼びにきた。岡山県警から電話だという。浦野は慌てて身体を拭くと、浴衣を羽織ってフロントへ向かった。

亘が助手として働き始めた三年前から、浦野は携帯電話を持ち歩いていない。捜査依頼が殺到して仕事に集中できないというのが理由で、ホテルや旅館に泊まっているとこんなことがよくある。

亘が風呂を浴びて客室へ戻ると、浦野が一足先に茶を淹れて待っていた。机には見覚えのある文庫本が置いてある。

「あの主人、なかなかの探偵小説マニアだぜ。電話台の横の本棚に左門我泥の小説が並んでた。

やけに楽しそうだと思ったら、本物の探偵と会えたのが嬉しかったんだな」

浦野が表紙をこちらに向ける。左門我泥の『方相氏《ほうそうし》はなぜ殺される』だ。左門が発表した七番目の長編で、大正末期の東京を舞台に、古城倫道と殺人破戒僧の死闘を描いた代表作である。

左門我泥の小説には二つの特徴がある。一つは作中に実在の人物が登場することだ。物語の主役となるのは、半脳の天才こと古城倫道。大正十年（一九二一年）にシベリアのパルチザン討伐戦で頭を負傷し、脳の三分の一を失いながら、回復とともに卓抜した推理力を発揮し、私立探偵となって数々の難事件を解決した伝説の人物だ。他にも切れ者刑事で後に成城警察署の初代署長となる國中親晴《くになかちかはる》、実業家の大瓦喜七郎《おおがわらきしちろう》、東京日日新聞記者の磯崎修平《いそざきしゅうへい》などが実名で活躍する。

もう一つの特徴は作中で実際の事件が描かれることだ。みよ子が愛読している横溝正史の小説でも、金田一耕助や由利麟太郎など実在の探偵が活躍するが、描かれる事件の大半は作者が創作したものである。だが左門我泥の古城倫道ものは、すべて作者が見聞きした事実に基づいているのだ。

左門は古城倫道の友人で、昭和四年（一九二九年）からは探偵事務所で助手を務めていた。だが昭和十一年（一九三六年）の春、古城は忽然《こつぜん》と姿を消してしまう。何らかの事件に巻き込まれ命を落としたのを、警察が隠しているのではないかと噂されたが、真相は定かでない。取り残された左門は悲嘆に暮れ、膨大な捜査資料を封印してしまった。

だが戦後、多くの探偵小説誌が創刊されるに至り、左門は奮起する。蔵から資料を発掘し、古城が解決した事件を探偵小説にまとめて発表したのだ。左門の小説は大きな話題を呼び、古城倫道の名はふたたび世に知れ渡ることとなった。

「はらわたくんも事件を小説にしてみたらどうだ？」

浦野がうまそうに茶を啜《すす》って、本気とも冗談ともつかぬことを言う。

「左門我泥が小説家になったのは古城倫道が失踪してからです。縁起の悪いこと言わないでください」

「そうか。じゃああの世の楽しみに取っておくよ」浦野は茶碗を置き、ブリーフケースからノートと万年筆を取り出した。「よし、読者に解決編が遅いと文句を言われないように、さっさと事件を解決しちまおう」

「さっきの電話は犬丸巡査ですか？」

「いや、與沢刑事部長だ。捜査会議の情報共有と言いつつ、こちらの動きに探りを入れたかったようだね。あいにく実のある話はできなかったが」

「與沢さんから新情報は？」

「いくつか。神咒寺の裏手、天狗頭山の斜面で足跡が見つかった。煤は付いていたが灯油は付いていない。被害者に灯油を浴びせた犯人が、燃え盛る本堂の裏から天狗頭山へ逃げ込んだんだろう」

「生存者の錫村藍志が犯人という可能性は消えますね」

浦野が頷く。神咒寺を飛び出し、山中へ駆け込む犯人の姿が脳裏に浮かんだ。

「神咒寺の焼け跡では多くの仏具が見つかった。捜査本部では三件目の放火の被害者――太田洋治を呼び、仏具が本堂にあったものかを確認させた」

「なぜ太田に？」

「彼のお父さんが神咒寺の最後の住職だったらしい。お父さんが亡くなってからは無住寺だが、太田が時折り寺の手入れをしていたようだ。ほとんどの仏具は以前から本堂に置かれていたことが確認できたが、一つだけあるはずのないものが見つかった。五鈷鈴《ごこれい》だ」

浦野が神咒寺のパンフレットを広げる。収蔵品の一つとして五鈷鈴が紹介されていた。釣り鐘型をした金色の鈴で、草木を象った模様が彫り込まれている。

「金剛鈴《こんごうれい》の一つで、仏や菩薩の注意を引くために鳴らす密教法具だ。太田は収蔵庫に保管してあったはずだと主張している」

「犯人が持ち込んだってことですか？」

「そうなるが、警察は半信半疑のようだね。太田の覚え違いという可能性もある」

犯人は鈴を用いた妖術で、若者たちを本堂に閉じ込めたのだろうか。

「生死を彷徨《さまよ》っている錫村藍志が意識を取り戻してくれれば事件は解決するはずなんだが、容態はかなり厳しいらしい。岡山大学医学部では六人の解剖が行われ、死因の判定が行われた。四人が一酸化炭素中毒、二人が呼吸困難による窒息死だ。いずれにせよ火災が起きるまで六人は生きていたことになる。身体に縛られた痕跡はなく、熱傷の他に傷跡もない。薬物も検出されていない。やはり気になるのは、彼らが本堂から逃げなかった理由だ」

浦野が問いを立てる。亘は風呂を浴びながらいくつか仮説を練っていた。

「青年団は集団自殺をしたんじゃないでしょうか。犬丸巡査も、若者たちは肩身の狭い思いをしていたと言っていました。自分たちの意志で火をつけたのなら、本堂から逃げなかったのも当然です」

「灯油を浴びた理由は？」

「確実に命を絶つためです。単に火をつけるだけでは不安だったんです」

「七人の財布がなくなっていたのは？」

「他殺に見せかけるカモフラージュです」

「駄目だな」浦野が小さく首を振る。「天狗頭山の足跡が説明できない。誰かが現場から逃走したのは確かだ」

「青年団員の一人が怖気づいて逃げたんですよ」

「駄目だね。足跡に煤が付いていた以上、その人物は寺が燃え始めてから山へ逃げたことになる。青年団のメンバーなら灯油を浴びていたはずだが、足跡から灯油は検出されなかった」

ぐうの音も出ない。亘は頭を切り替えた。

「今のは忘れてください。もう一つ考えがあります」

「ほう」

「犯人は七人が逃げ出さないように、猟銃などで彼らを脅したんじゃないでしょうか」

「何のために?」

「強盗です。犯人は禅堂で若者が騒いでいるところに押し入り、銃器で脅して財布を奪います。さらに本堂へ移動させたあと、ポリタンクの灯油をかぶるよう命令し、火をつけて逃走したんです」

「なぜ禅堂から本堂へ移動させたんだ?」

「禅堂は平成元年の建て替えで、防火設備が整備されていたんだと思います」

「なるほど。だが若者が七人もいたのに、誰も逃げようとしなかったのか?」

「犯人に銃器で脅されたら、普通は抵抗できないでしょう」

「どうかな。身体に火をつけられた時点で、被害者は凄まじい痛みを味わったはずだ。犯人が銃器を振りかざしているからといって、じっとしていられるとは思えない。本堂の外までは逃げられなくても、のたうち回ったり、服を床に擦りつけて火を消そうとしたりするはずだ。だが七人の身体には、火傷の他に目立つ傷がなかった」

「ああ。そうですよね」

亘は白旗を上げた。犯人は本当に妖術で身動きを封じたのだろうか。

「浦野さんには考えがあるんですか?」

「まだ手がかりが足りない。事件の謎を解くには、木慈谷という土地を知らなすぎる」浦野は思わせ振りにノートを閉じた。「明日は郷土資料館へ行ってみよう」

亘はみよ子に「今日は木慈谷に泊まる」とLINEを送って、布団へ潜り込んだ。

解決編まではもう少しかかりそうだ。

＊

猪首駅へ向かう人々は、じいちゃんの軽自動車に気づくと一様に足をとめ、不法投棄されたゴミでも見るように眉を顰《ひそ》めてから、交番の前を足早に通り過ぎた。

「――廣瀬巡査、亘くんを暴行したのはきみだ」

浦野は静かな口調で、大男の廣瀬巡査に告げた。じいちゃんは鳩が実弾を食ったような顔で浦野を見つめている。

「弱りましたね。先生はわたしよりも子どもの言うことを信じるんですか?」

廣瀬巡査が呆れたように眉を持ち上げる。急に始まった推理ドラマを見ている気分だった。

「侮らないでくれ。子どもの言葉だから信じたんじゃない。あの車が交番の前に停まったとき、きみはどう思った？」

浦野はじいちゃんの軽自動車に目を向けた。ボンネットが潰れ、フロントガラスに罅が入っている。

「わたしは当然、これは交通事故だと考えた。錆びの浮いた古い車を無理やり運転しようとして、どこかへ突っ込んだんだろう。そこできみと交番を出ると、車のドアが開いて、七十代の男性と十代の少年が降りてきた。少年は顔に怪我をしている。交通事故を起こしたご老人が、通信機器を持っていないため警察に連絡できず、交番に事故の発生を伝えにきた——そんな推察が自然に組み上がった。

だがきみは亘くんにこう言ったね。不良たちにやられたんでしょうと。様子を見ていると、どうやら暴行を受けたのは事実らしい。なぜきみは交通事故ではなく、亘くんが暴行されたと分かったんだ？」

廣瀬巡査が反論するよりも、浦野が言葉を継ぐのが早かった。

「可能性はいくつかある。きみはこの街の警察官だ。あらかじめこの車のことを知っていたのかもしれない。過去に検問などで取り締まった際、この車が問題なく走行できることを確認していたとすれば、きみが交通事故ではなく暴力事件だと判断したのも納得できる。

だが原田竹蔵さんの免許証は五年前に期限が切れていた。一方、きみが猪首駅前交番に赴任したのは一年前だ。きみが過去にこの車を検問にかけたのなら、その時点ですでに免許証の期限は切れていたことになる。過失の場合を除き、無免許運転をすれば違反点数25点が加算され、二年間は免許を取得できない。きみが竹蔵さんを覚えていたのなら、彼が免許を所持していないことも知っていたはずだ。

だがきみは竹蔵さんに免許証を見せるように言い、竹蔵さんも期限の切れた免許証を差し出した。つまりきみはこの車を一度も調べていないことになる。よってこの仮説は成り立たない。きみは二人が交番へ来る前から、亘くんが暴行されたことを知っていた。これは事実だ」

浦野は亘に鋭い視線を向けてから、すぐに廣瀬巡査へ向き直った。

「ではなぜきみは亘くんが怪我をした原因を知っていたのか。ここでも理由は二つ考えられる。亘くんが怪我をするところを偶然見ていたのか、きみが亘くんを暴行した本人だったのか、どちらかだ。

だがきみは亘くんの指の傷を根拠に、彼の自作自演を疑い始めた。もしも本当に亘くんが自傷をしたのなら、正直に見たことを言えば良い。ましてや暴行される場面を見ていたのなら、事実を隠蔽するような真似をする理由がない。よって可能性は一つ。きみが亘くんを暴行したんだ」

浦野の言葉は台本を読んでいるかのように淀《よど》みなかった。

亘とじいちゃんが交番を訪れて、廣瀬巡査と話をしたのはわずか五分ほどだ。その短い会話で、浦野は真実を言い当ててしまった。この男はいったい何者なのだろうか。

廣瀬巡査の劣勢は明らかだったが、大男はわざとらしい笑みを浮かべて、慌ただしく前髪を掻いた。

「交通事故ではなく暴行事件だと見抜いたから、わたしが犯人だと言うんですね？　先生、現場の警察官を馬鹿にしすぎですよ。わたしたちの一番の武器は、現場で磨き上げた勘です。一年も交番に立っていれば、この街にどんな人が暮らしていて、どんな事件が起こりやすいのか分かってくる。わたしは自分の勘で、この少年が暴行を受けた可能性が高いと判断した。それだけのことです」

「恥を知れ。きみは子どもに罪を着せようとした。語るに落ちてるんだよ」

浦野の声に、かすかな怒気が滲んだ。

「犯人と指摘されたとき、きみは警察官だから人を蹴ったりしないと言った。亘くんは誰かに蹴られたなんて一言も言っていないよ。指の状態からは、むしろ亘くんが自分の拳で顔を殴ったと推測できるくらいだ。なぜ蹴られたと考えたのか説明してくれないか？」

廣瀬巡査は目を泳がせた。腫れ上がった顔を見ただけで、殴られたのか蹴られたのかを見抜くことはできない。廣瀬巡査はしばらく黙り込んでから、ゆっくりと口を開いた。

「先生、あなたはイノクビ第一ビルの連続自殺事件の現場を見にきたんでしょう。わたしの仕事に横槍を入れるのはやめてもらえませんか」

「わたしがここへ来たのは、この街で発生した連続暴行傷害事件の調査のためだよ」

廣瀬巡査の表情がはっきりと変わった。昨夜と同じ狐のような獰猛な目で、浦野を睨みつける。

「この三カ月、猪首駅周辺で少年が暴行されるのを見たというインターネット掲示板の書き込みが相次いでいた。暴行は極めて一方的で、不良同士の喧嘩には見えなかったという。だが県警に問い合わせてみると、被害届は一件も出ていなかった。

わたしは犯人が警察に相談しづらい非行少年を狙っているのではないかと推察した。猪首駅周辺で発生した非行事件を把握している人物は誰か？　その地域の警察官だ。わたしは猪首駅前交番の巡査が作成した調書や報告書を確認してみた。結果は案の定だ。暴行を見たという書き込みが行われた日は、いずれも猪首駅周辺で複数の万引き被害が発生していた。暴行事件は警察官の憂さ晴らしだったんだ。

わたしは県警本部の監察室に連絡した上で、証拠を押さえるため、猪首駅前交番に足を運んだ。

あとはきみも知っている通りだ」

「おれを騙したのか」

廣瀬巡査の声には抑揚がなかった。

「きみが勝手に墓穴を掘ったんだ。ちなみにわたしの携帯電話は十分前から監察室のデスクにつながっている。きみのやったことは筒抜けだ。もうすぐここへ応援が来るはずだよ」

浦野がポケットから携帯電話を出し、画面を見せる。廣瀬巡査は数秒黙り込んでから、大きく肩を落とし、しおらしく両手を上げた。

「おれが悪かった。もうこんなことしない。だから大事《おおごと》にしないでくれ。おれにも生活があるんだ」

廣瀬巡査は携帯電話のマイクが拾えないように声を落として言うと、浦野に歩み寄り、ふいにポケットからジャックナイフを取り出した。鋭い刃が浦野の胸に突き刺さる。

「あひゃっ」

じいちゃんが叫んだ。

「呆れた。まだ墓穴を掘ってどうするんだ」

ナイフが刺さっているのに、浦野の表情はまったく変わらなかった。

「くそ！」

廣瀬巡査は舌打ちして道路へ駆けだしたが、走り込んできたタクシーの後部ドアに激突して転倒、右足がタイヤに巻き込まれて二十メートルくらい引き摺られた挙句、血まみれになってアスファルトに転がった。右足がUの形に折れていた。

「ありゃ。痛そうだねえ」

じいちゃんが舌を火傷したような顔をする。

浦野は胸に刺さったナイフを抜くと、ハンカチに包んでポケットに仕舞った。縦一文字にシャツが裂けていたが、出血はなかった。

「なんで平気なんだい」

「防刃ベストですよ。日本では刃物を使った犯罪が多いので、防弾チョッキより実用的なんです」

平然とした口振りだが、もし拳銃で撃たれていたら死んでいたということだ。

浦野はシャツの皺を伸ばすと、二人に向き直り、深々と頭を下げた。

「あと一日早く彼を捕まえていれば亘くんは無事で済んだはずです。力不足で申し訳ありません」

「とんでもねえ」じいちゃんが目を丸くして頭を振る。「あんたには助けられました。あやうく冤罪《えんざい》を吹っ掛けられるところでしたよ」

「あの、あなたは何者なんですか?」

失礼な言い方をしてしまったかと思ったが、浦野は顔色を変えずに答えた。

「探偵の浦野灸です」

4

「浦野様、浦野様」

十二月二十六日、午前六時半。亘は〈百々目荘〉の主人が浦野を呼ぶ声で目を覚ました。

「また與沢さんですか？」

浦野が起き上がって眼鏡をかけると、

「いえ、大阪府警の高槻《たかつき》さんという方です」

童顔の老人が嬉しそうに言った。探偵小説マニアというのは本当らしい。

浦野は浴衣を整えて、足早にフロントへ向かった。大阪府警は木慈谷の事件に関与していないはずだから、岡山県警づてに浦野の宿泊先を聞き出したのだろう。こんな早朝に何事だろうか。

数分後、フロントから戻ってきた浦野の顔には、珍しく動揺の色が浮かんでいた。

「心斎橋の女子高生殺人事件で動きがあった。昨夜、被害者の妹が帰宅途中に切りつけられたらしい」

その事件ならコロッケ屋の男が容疑を認めていたはずだ。

「模倣犯ってことですか？」

「分からない。何か見落としていたんだろうか」

被害者は三姉妹の長女で、長女が高校一年生、次女が中学二年生、三女が小学六年生だった。犯人が姉妹を狙っているとすると、まだ事件が続く可能性がある。

浦野は落ち着かない様子で、昨夜の冷えた茶に口を付けた。

「このままじゃまずい。わたしは大阪へ行く。はらわたくんは木慈谷で捜査を続けてくれ」

「お、おれ一人でですか？」

急に自信がなくなった。助手もままならないのに、浦野灸の代打は荷が重い。

「大丈夫さ。郷土資料館で木慈谷の過去を調べてほしい。かつてこの土地では凄惨な殺人事件が起きている。この事件は今も住人たちに影響を与えているはずだ。おそらく放火事件の謎を解く鍵もそこにある」

　そんな話は初耳だったが、同時に腑に落ちる感覚があった。みよ子が故郷について語らなかった理由は、その殺人事件にもあるのだろう。

　浦野は冷えた茶を飲み干すと、風呂敷から衣類を取り出した。

「緊急のときは大阪府警に電話をしてくれ。わたしも落ち着いたら連絡する」

「あっ、えっと――」

　そこまで口に出して、続きを言うのが恥ずかしくなった。浦野がスラックスを穿く手を止める。

「何だ。言ってみろ」

「ええとですね。万一、犯人に襲われたときのために、ベストを貸してくれませんか」

　浦野と初めて出会ったとき、猪首駅前交番の巡査から彼の身を守った、あの防刃ベストだ。浦野は瞬きをしてから、顔中に笑みを広げた。

「かまわないぜ」

　風呂敷から防刃ベストを取り出し、亘に手渡す。思ったよりも軽くて柔らかかった。

「銃弾は貫通するからな。撃たれるなよ」

　浦野はスラックスを穿き、ジャケットを羽織って、駆け足で〈百々目荘〉を出ていった。

　気づいたときには客室に一人きりで、空の茶碗と黒いベストを眺めていた。


　午前九時四十分。ベストを装着し、シャツを上に重ねて部屋を出た。

　主人に郷土資料館への道順を尋ねると、主人はチラシの裏に地図を描いて、

「あそこへ行くならガラムの煙草を買っていきなさい」

ゲームのキャラクターみたいなことを言った。事情を尋ねても、主人はニヤニヤ笑って「いいから」としか言わない。仕方がないので煙草屋に立ち寄り、婆さんからガラムを一箱買って郷土資料館へ向かった。

地図をたよりに休耕田の畦道を縫うように歩いていると、首筋に汗が滲んだ。山から吹く風に熱がこもっている。足元からは湿った土と草の臭いが漂っていた。とても十二月とは思えない。

土曜日ということもあって、あちこちの家屋からテレビの音が聞こえた。縁側でうまそうに煙草をふかしているおっさんを見かけて、少し羨ましい気分になる。

木慈川沿いの道を北東へ十分ほど歩くと、丸太の橋が現れる。橋を渡ったところが郷土資料館だった。

主人によると、この丸太橋は初めて郷土資料館が建てられた際に造られたものだという。郷土資料館は何度か建て替えられているが、橋だけは当時のままらしい。簀子《すのこ》のように丸太をつなげた簡素な代物で、一歩進むたびにギシギシと不吉な音が鳴る。亘は足元を見ないように橋を渡った。

郷土資料館はクリーム色の平屋で、外観は広めの家屋と変わらなかった。開館時間は午前十時から午後六時。スマホで十時を過ぎているのを確認して、観音開きの扉を開けた。

正面にリノリウムの廊下が伸び、左手に小さな窓口があった。アクリル板に空いた放射状の穴から、男の怒鳴り声が聞こえてくる。事務室を覗くと、胡麻塩頭に口髭を蓄えた強面《こわもて》の男が、携帯電話に「とぼけちょるんか」「おどれの頭を使え」「ぶちまわすぞ」と罵声を浴びせていた。年は六十代半ばくらいだろうか。

男は亘に気づくと、携帯電話を握ったまま窓口へ顔を寄せ、

「どうもすんませんね。ちっとお待ちくだせえ」

声量はでかいまま囁くように言った。アクリル板の穴越しにも息が煙草臭いのが分かる。亘が立ち尽くしていると、すぐに「ぶちまわすぞ」が再開した。

居心地の悪い気分で電話が終わるのを待っていると、足元のマットの表面がへこんでいるのに気づいた。ビルのエントランスでよく見かける、緑色の靴拭きマットだ。円形のものを置いたように、真ん中の繊維が沈みこんでいる。直径は八十センチほどで、円の中だけ日焼けが少なく色合いも鮮やかだった。等身大のときおさん人形でも置いてあったのだろうか。

「死んでしもうたもんは仕方ねえが！」

穏やかならぬ言葉で我に返る。本当にここは郷土資料館だろうか。

窓口を覗くと、六畳ほどの部屋に二人分のデスクが向かい合って並び、ノートパソコンや固定電話機が設えてあった。ロッカーの上には防災行政無線の受信機が置いてある。いちおうヤクザの事務所ではないようだ。

男は五分ほど怒声を上げ続けた挙句、「客が来たけえ今回は許しちゃる」と捨て台詞を吐いて電話を切った。

「どうもすんませんね。一昨日の火事でうちのバイトが死んでしもうたんですわ。わし一人じゃ手が足らんけ、市の観光課にどうにかせいって頼んじょったんです」

あれが人に物を頼む口調だったのか。

「で、今日は何でした？」

男は小窓を開け、カウンターに頬杖を突いた。

「えっと、これをどうぞ」

亘がガラムを差し出す。男は子どもみたいに相好を崩し、「兄ちゃん、困りますなあ」と言って箱を開けると、さっそく一本取り出してライターで火をつけた。火花が弾け、甘ったるい臭いが広がる。

「おれ、いくつに見える?」

「六十五くらいですか」

「今年で五十八よ。こう見えて最近まで吸わなんだ。先月、煙草屋のばばあとの賭けに負けてしもうて、吸うたらまあうまいのな。兄ちゃんもいるか?」

還暦手前で喫煙デビューとは珍しい。誘いは丁重に断った。

「で、何の用でしたか」

「東京で記者をしてまして。火事の取材に来たんですけど、もうちょっと木慈谷のことを勉強したいと思いまして」

事前に考えておいた台詞だった。「肩書きは正確に」と浦野に叱られたばかりだが、さすがに探偵の助手では怪しすぎる。今回ばかりは嘘も方便だ。

男は一瞬、驚いた顔をしたが、すぐに張り切った仕草で頷き、窓口の横の扉から姿を見せた。

「ご案内しましょう。わしが館長の六車《ろくぐるま》です。こっちへ」

六車はガラムの甘い臭いを振りまきながら、そそくさと廊下を歩いていく。壁の案内板を見ると、廊下の角を曲がったところに小さなラウンジがあり、その正面が「常設展示室」、右手が「資料保管室」だった。六車はラウンジの右手の扉に手をかける。

「あ、えっと」亘の声は裏返っていた。そこは資料保管室だ。「一般向けの展示でいいんすけど」

「なんじゃ、そうけ」

六車は憮然とした仕草でノブから手を離し、ラウンジを突っ切って常設展示室のドアを開けた。煙草がなければ首をへし折られていたかもしれない。

六車は壁のスイッチを押して明かりをつけた。学校の教室くらいの正方形の部屋で、百貨店の食品売り場みたいなショーケースが壁に沿って置かれている。壁面には木慈谷地区の航空写真と、「木慈谷の歩み」と題した年表、聞いたことのない画家の洋画が並べてあった。

「木慈谷はもともと二十二の小村に別れちょったが、明治二十二年（一八八九年）に町村制ができてまず四つの村にまとまった。この翌年、三人が熊に食われて死んだんじゃが、このとき県知事の千坂高雅《ちさかたかまさ》が見舞いにきてわしの曽祖父の家に泊まんさった」

六車がアドリブを交えて年表を読み始める。

亘が知りたいのは、かつて木慈谷で起きたという殺人事件の詳細だ。適当に相槌を打ちながら、年表の先に目を向ける。昭和十三年（一九三八年）の欄に『津ヶ山事件。一夜で三十人の死者を出す。』とあった。これだ。

「あの、これ何ですか？」

亘が指した欄を見て、六車は顔が曲がるほど眉を顰めた。

「なんじゃ。結局、知りてえんはそれか」

「有名な事件なんですか？」

「おめえさんらがテレビでしょっちゅう蒸し返すけえな。最近もアメリカの映画になったじゃろ。知らんのか」

六車は迷惑そうな顔をしながらも、年表の下のガラスケースを指で叩いた。ガラムが効いているようだ。

展示には「津ヶ山事件の悲劇と復興」とあり、当時の新聞記事や、棺桶に手を合わせる子どもの写真が並んでいた。

昭和十三年（一九三八年）五月二十一日未明、向井《むかい》鴇雄《ときお》という若者が三十人を殺害する事件を起こした。鴇雄は電柱によじのぼり送電線を切断し、集落を停電させた後、自宅に戻り祖母を殺害。赤い鉢巻に懐中電灯をくくりつけた異様な風貌で集落へ繰り出すと、次々と家屋に押し入り、日本刀と改造猟銃で村人たちを惨殺した。鴇雄は犯行後、荒又《あらまた》峠で遺書を綴り、心臓を撃ち抜いて自殺した。

「すごい。本当にアメリカの映画みたいですね」

「おめえ、馬鹿にしちょるんか？」

六車が目をひん剝いて亘を睨む。殴り合って負けることはないが、騒ぎを起こして浦野に迷惑をかけるわけにはいかない。亘はしおらしく頭を下げた。

「すみません」

「木慈谷の出身っちゅうだけで結婚が破談になった者《もん》もおる。おめえが思うとる以上にわしらはテレビに迷惑をかけられとるんじゃ」

みよ子が出身地を隠し、東京に住み続けようとする理由も同じだろう。とはいえときおさんなるキャラクターのグッズが作られていることを考えると、住人たちの受け止め方にも濃淡があるようだ。

「犯人の動機は何だったんですか？」

「常識的な説は、村人への復讐じゃな」六車は甘ったるい息を吐いて、ガラスケースの中の新聞記事を指した。「鴇雄は自分を邪険にした村人への恨み言を、遺書にしつこう書いちょる。肺病の感染、さらにそれを取り繕うための妙な振る舞いが仇となり、鴇雄は村人に疎まれとった。惚れてた女に邪険にされたのがとくに堪《こた》えたようじゃ」

「常識的な説ってことは、そうじゃない説もあるんですか？」

「ぎょうさんある。落ち武者の呪いとか、旧日本軍の軍事訓練とかの。冗談みたいな話じゃが、そこらの爺さんに話を聞くと、平気で祟りを信じちょったりする」

「なにか祟られる理由があるんですか？」

「それがあるんじゃ」六車は霊媒師みたいな湿っぽい顔をした。「十六世紀の半ば、毛利の猛攻を受けた尼子の家臣が、木慈谷へ落ち延びた。落人《おちうど》は十六人で、全員ひどい傷を負うとった。初めは村人もこいつらを歓迎したんじゃが、毛利の捜索の手が迫るにつれ、村人の意見は分かれた。落人を匿うちょると毛利方にばれたら、村人にも危険が及ぶけえの。

そんな折り、山の向こうの集落で、村人が落人を隠しとるんが見つかった。毛利の武将は村人たちを撫で斬りにしたうえ、火をかけて皆殺しにした。この報せを受け、木慈谷の村人たちはついに腹を括る。落人どもに毒酒を盛って身体を麻痺させ、宿屋に放火して十六人を焼き殺したんじゃ」

〈猪百戒〉のテレビで目にした、燃え盛る神咒寺の映像が脳裏によみがえった。六車はこの話が得意なようで、立て板に水で説明を続ける。

「ここに鬼がおる！　焼け落ちる宿屋の中で、落人の大将はそう叫んだそうじゃ。こん年、木慈谷は大旱《たいかん》に見舞われる。疫病が蔓延し、原因不明の火災で次々と田畑が焼けた。落人の呪いを恐れた村人は、神咒寺に陰陽師《おんみょうじ》を呼んで、追儺の儀式を行ったんじゃ。すると災厄は収まり、村に平穏が戻った」

亘は唾を呑んだ。木慈谷の人々は四百五十年以上前から、火で人を殺し、火に怯えて生きてきたのだ。

「神咒寺では今も、追儺の儀式が行われてるんですよね？」

「そうじゃ。でも過去に一度だけ、出征で人手が足らず儀式ができんかった年がある。それが昭和十三年（一九三八年）、津ヶ山事件が起きた年じゃ。爺さんが落人の呪いを信じとうなるのも分かるじゃろ」

亘は頷いた。

「館長さん、詳しいですね」

「当たり前じゃ。わしゃ郷土資料館の館長じゃが。ここには落ち武者を殺して奪った魔刀〈赤子《あかご》殺《ころし》〉も保管されちょる」

六車が得意げに言う。オカルト好きが喜びそうな刀だ。亘がガラスケースを見回すと、

「展示はしとらんよ。明治元年（一八六八年）に神咒寺の住職が千年杉の木箱に封じて以来、その封が解かれたことはない。そこらの妖刀とはわけが違ういうことじゃ」

六車は子どもを嘲笑うような顔をした。

問題は過去の事件が現在の放火事件にどう関わっているかだ。四百五十年前の落ち武者殺しはさておき、七十七年前の津ヶ山事件が今回の事件に影響している可能性は十分にある。

「向井鴇雄の血を引く人間は、今も木慈谷にいるんですか？」

「まさか」六車が声を硬くする。「鴇雄《まがた》に子はおらんし、一宮に嫁いだ姉貴も行方知れずじゃ。そもそも鴇雄は天狗腹山の向こうの真方の生まれじゃけ、木慈谷に係累はおらん」

「被害者の遺族は？」

「そりゃおるわ。三十人も死んどるけえの」

「紹介してもらえませんか?」

「駄目じゃ」

取りつく島もなかった。ですよねと胸のうちでつぶやく。

「おめえ、本当は何が知りてえんじゃ」

「えっとですね」亘はとっさに記者らしい言い分を捻り出した。「家族を殺された遺族は、犯人が憎いじゃないですか。でも犯人は自殺してるから、恨みを晴らす方法がない。そういうとき、遺族の感情はどうなるのかなと思いまして」

怒鳴られるかと思ったが、六車は神妙な顔で、細めた目を木慈谷の地図に向けた。

「時効じゃけんええことを教えたる。鴇雄の動機の一つは、女に袖にされたことじゃ。鴇雄が惚れたんは屯倉有子《みやけゆうこ》って女で、鴇雄を置いて真方に嫁ぎよった。事件のあとは鴇雄との仲を邪推されて、真方でも肩身の狭い思いをしたようじゃ。結局、出征した旦那が死んだ数年後、三人の子どもと行方を眩《くら》ましたらしい」

地図を見ると、木慈谷と真方は十キロも離れていなかった。となりの集落の住人にも事件は大きな衝撃を与えたことだろう。

「わしが二十八のときじゃけ三十年前、昭和六十年(一九八五年)のことじゃ。集会所の近くのあばら屋におっさんが越してきよった。気の良さそうなおっさんで、昼間から神咒寺のあたりをようふらついとった。庭にお釈迦様がぎょうさん飾っとったけ、もとは仏師じゃ思う。子どもらはムネさんいうてよう懐いとった。じゃが一人暮らしで親戚もいねえんで、大人は不気味がっとったな。

そねなとき、木慈谷に変な噂が流れた。真方へ向かう山道に鴇雄の墓があったんじゃが、ムネさんがそれに手を合わせとるんを見た子どもがおったんじゃ。鴇雄の係累でもねえ限り、あんなのを供養するもんはおらん。ほんでムネさんは鴇雄と屯倉有子の血を引いとるんじゃねえかって噂が広まったんじゃ」

六車は寒さを堪《こら》えるように、幅の広い肩を震わせた。

「なにか根拠があるんですか？」

「色白の二枚目で、雰囲気が鴇雄に似とった。そんだけじゃ。大人たちはムネさんを村八分にした。話をせん。目も合わせん。ものは売らんし、ゴミも集めん。ムネさんとこへ遊びに行った子どもがよう親に叱られちょったわ。

そんでもムネさんは木慈谷に残った。身体が悪くて引っ越せなんだか、木慈谷に縁があって動けなんだか、理由なんかなかったんかも分からん。とにかくムネさんは一人ぼっちであばら家に住み続けたんじゃ。

ほんで事件が起きた。その筋の輩が木慈谷に乗り込みよって、ムネさんの家に火をつけたんじゃ」

六車は人差し指で頬を引っ掻いた。痒いんじゃない、ヤクザだ。

「誰かは分からんけの、津ヶ山の筋者《すじもん》に金を渡して、ムネさんを追い出させたんじゃ。見返りはムネさんの家の貯金で払ったいう噂じゃ」

家に火をつけ、金目のものを奪う。三十年前にヤクザがやったことは、今回の放火犯がやったこととそっくりだ。木慈谷の過去と現在がつながった。

「ムネさんは死んだんですか？」

「知らん。わしが知っとるんは、木慈谷からムネさんが消えたことだけじゃ」

六車は我に返ったように瞬きをすると、手を振って口を閉ざした。

もしもムネさんが生きていたら、現在も木慈谷の人々に強い恨みを抱いているはずだ。この男がヤクザに自分を襲わせた人間を見つけ、三十年前と同じ方法で木慈谷から追い出そうとしたのではないか。

だがそれでは神咒寺の放火事件の説明がつかない。犠牲になったのは二十代から三十代の若者たちで、ムネさんの事件が起きた三十年前には生まれていないか、物心もつかない子どもだ。彼らには殺される理由がない。

木慈谷にはまだ隠された過去がある。亘はそう確信した。

「鴇雄の墓はいまも山中にあるんですか」

「ねえよ。川から拾った石を置いただけのけちな墓じゃけ、九年前に台風の豪雨で流されてそれきりじゃ」

「三十年前、ヤクザを呼んだのは誰ですか。その人に話を聞きたいです」

「馬鹿言うなや」六車は声にドスを利かせた。「あれはもう時効じゃ。絶対に掘り返すんじゃねえど」

これ以上、六車から話を聞き出すのは難しそうだ。幸か不幸か、岡山のヤクザにはとっておきの伝手《つて》がある。

「土地の歴史を知るのは面白いですね。ありがとうございました」

亘は適当な礼を言って、郷土資料館を後にした。

木慈川沿いの茂みに分け入り、ＬＩＮＥを開く。みよ子に「いまひま？」とメッセージを送ると、すぐに電話がかかってきた。

「どうしたの？」

みよ子の声は硬かった。故郷について聞かれるのを警戒しているのだろう。剣道場が近いらしく、後ろからめーんめーんと掛け声が聞こえた。

「あのさ、みよ子の父ちゃんって、津ヶ山でも顔が利くの？」

「はあ？」

亘は、調査中の事件にヤクザが関わっていること、誰がヤクザに仕事を頼んだのか分かれば真相に近づけそうなことを説明した。

「みよ子の父ちゃんなら分かるかなと思って。餅は餅屋ってやつ」

「そいつが松功会の二次団体の組員なら分かるかもね。お父さんに聞いてみても良いけど、はらわたは本当に良いの？」

みよ子が慎重に言葉を選んでいるのが分かる。

「どういう意味？」

「組長が他人に情報を洩らすわけにいかないでしょ。お父さんに協力してもらうんなら、はらわたもうちの家族ってことになるよ」

なるほど、そういうものか。

ヤクザに借りをつくるのは恐ろしいが、みよ子と交際を続けるには避けられぬ道だ。なにより、放火事件の謎を解いて、浦野の期待に応えたかった。

「事件が片付いたらちゃんと挨拶に行くよ」

「分かった。じゃ、彼氏が困ってるって言って頼んでみるね」

みよ子は少しだけ声を弾ませた。


午後三時半。腹ごしらえをしようと定食屋に入ると、犬丸巡査と若い警察官が冷麺を啜っていた。駐在所へ立ち寄る手間が省けたようだ。

「ご苦労様です。冷やし中華、おいしいですよ」

犬丸巡査が扇子で顔をあおぐ。十二月とは思えない光景だ。

「捜査に進展はありましたか」

亘も冷やし中華を注文して、座布団に腰を下ろした。

「今一つですな。二百人に総当たりで聞き込みをかけてますが、はかどりません。実は怪しい男が一人浮かんだんですが、すぐにアリバイが見つかっちまいました」

犬丸巡査は渋い顔で玉子を齧る。

「怪しい男、ですか」

「猪口美津雄《いぐちみつお》。元猟師の老人です。青年団を皆殺しにしてやると酒の席で息巻いていたのを飲み仲間が洩らしましてね。なんでも愛犬を青年団に殺されたと言い張っていたらしいんです」

なるほどそれは怪しい。

「わたしも居酒屋で猪口と飲んだことがあるんですが、どうもぼけが始まってるようでしてね。調べてみると、柴犬の凡太夫《ぼんだゆう》が九月に死んだのは事実なんですが、かかりつけの獣医が灯油中毒と判定していました。庭先に並べてあった灯油缶を舐めて中毒を起こしたんです。ところが猪口は、その判定をけろりと忘れて、青年団に毒を盛られたと言い張ってるんです」

「困った老人ですね」

「まったくです。念のため獣医にも裏を取ったんですが、死因は灯油中毒で間違いなさそうですね。健康な犬は灯油を舐めたりしませんが、鼻腔に腫瘍ができて臭いが嗅げなくなると、間違って舐めてしまうことがあるそうで」

「猪口が神咒寺に火をつけた可能性はないんですね？」

「ええ。二十四日は夕方から酒屋でくだをまいていて、アリバイは完璧です」

犬丸巡査はうなだれて髪を掻き回した。

「そちらはめぼしい発見はありましたか」

「郷土資料館で六車館長に話を聞いてきましたが、発見というほどのものはありません」

ムネさんの事件を探っていることは伏せた。犬丸巡査が赴任してきたのは二年前だから、三十年前の事件についてはよく知らないはずだ。

「六車に会いましたか。あれは乱暴な男でしょう。怒鳴られずに済みましたか」

「ええ、なんとか」

亘は苦笑した。ガラムのおかげだ。

「六車も消防団員なんですがね。あれが怒鳴ってばかりいるせいで若いのがみんな抜けちまったんですよ。おかげで団員の高齢化が進んで困ってます」

犬丸巡査はくたびれた顔で楊枝を咥える。

若者たちが消防団をやめた腹いせに、六車が彼らを焼き殺した――というのはさすがに妄想が過ぎるだろう。

「あの人、ちゃんと仕事してるんですか？」

「館長としては分かりませんが、消防団としては欠かせない戦力ですよ。もとが学校の先生で、団体行動に慣れてるんです。集合が遅いのは玉に瑕《きず》ですけどね。集会所の火事のときは珍しく一目散に駆け付けて、現場でも大活躍でした」

イブイブイブの火事のことだ。

「まだ定年じゃないですよね。なぜ学校を辞めたんですか？」

「倉敷の裏カジノに出入りしてるのがばれて、首を飛ばされたんです。どうして市の観光課があれを雇ったのか不思議ですよ」

「そういえば、神咒寺の火事の犠牲者には郷土資料館のアルバイトもいたそうですね」

「河東剛《かとうごう》くんでしょう。あれは良い子でしたよ。週に三、四日は働いてたんじゃないですか。気が弱そうで六車の部下じゃ身がもたないと思ったんですが、杞憂でしたね。死んでしまって残念です」

犬丸巡査はコップの水を飲み干して、ため息とげっぷの混ざったものを吐いた。


午後五時十五分。

〈百々目荘〉の客室に戻ったところで、スマホが震えた。

「やあ、調査は進んだかい？」

浦野からの電話だった。

亘は六車館長に聞いた木慈谷の過去——十六世紀末の落ち武者殺し、昭和十三年の津ヶ山事件、そして昭和六十年のムネさん宅放火事件について掻い摘んで説明した。

「ありがとう。ムネさんの事件は、今回の事件とも関係がありそうだね」

浦野の考えは亘と同じだった。

「心斎橋の事件はどんな様子ですか?」

「姉を殺した犯人と妹に切りつけた犯人は別だね。前回の犯人は指紋や毛髪を執念深く取り除いていたが、今回の犯人は痕跡に無頓着だ。返り血を浴びたまま通行人にも見られている」

「逮捕は近そうですね」

「そう願いたいところだ。さいわい被害者の意識がはっきりしていて、明朝には話ができそうなんだ。供述に齟齬がないのが確認できたら、早いところ木慈谷に戻るよ」

「できるだけ情報を集めて、浦野さんの帰りを待ってます」

亘が言うと、数秒の沈黙のあと、浦野が真剣な声を出した。

「はらわたくん。きみはわたしの助手だ。肩書きは正しく名乗れと言ったが、肩書きに縛られる必要はない。わたしが警察の捜査に協力するのはなぜだと思う?」

「一刻も早く事件を解決するため、ですか」

「そうだ。それが被害者の無念を和らげ、次の悲劇を防ぐことにつながると信じている。もしもきみが真相に気づいたら、わたしを待ってはいけないよ。一秒でも早く犯人を捕まえるんだ」

浦野が自分を励ましているのが分かった。

「心配するな。きみならできる」

5

十二月二十七日。目覚めると霧のように細かい雨が降っていた。

布団から這い出てスマホを見ると、みよ子から「これ？」とＬＩＮＥが届いていた。同送された画像に、週刊誌の切り抜きが写っている。

「昭和六十年十二月、津ヶ山市に本部を置く松功会系山頭組《さんとうぐみ》の舎弟が、木慈谷の住人から依頼を受け、権利問題の交渉を行った。依頼者は介護施設のオーナーの甥で、施設に入居していた元組員が仲介役を担ったとされる。」

亘は思わず口笛を吹いた。

三件目の放火の被害者である太田洋治は、介護施設の経営を伯父から引き継いでいたはずだ。彼が入居者の元組員を通じてヤクザに依頼し、ムネさんを集落から追い出させたのだろう。

それから三十年後、太田の家が何者かに燃やされた。これが偶然とは思えない。

念のため〈百々目荘〉の主人に確認してみたが、当時の木慈谷の住人で、介護施設に勤務していた者は、太田洋治の他にいなかった。

亘は身支度を整えて〈百々目荘〉を出ると、駐在所を訪れ、犬丸巡査に太田洋治の現在の住所を尋ねた。

「お兄さんの世話のために、津ヶ山のアパートに住んでると思います。太田さんが何か？」

「ちょっと確認したいことがありまして」

亘は言葉を濁した。まだムネさんが犯人と決まったわけではないし、調査内容を洩らすには早い。

犬丸巡査に教えられた住所をスマホの地図アプリに入力し、道順を調べる。

「わたしは今日も聞き込みですよ。堪りませんなあ」

犬丸巡査が雨空を見上げる。覇気のない顔が驢馬によく似ていた。

亘は午前七時五分発の津ヶ山市役所行きバスに乗ると、バスで四十分、役所から徒歩で十五分かけて、太田洋治が住むタリージェ津ヶ山を訪ねた。

タリージェ津ヶ山は二階建ての古アパートで、赤黒く錆びたトタン屋根と枯蔦に覆われた木造の壁が目立っていた。撓んだ雨樋から水が溢れている。築四十年は過ぎているはずだ。

二階のドアをノックして十秒ほど待つと、五十代半ばの男が顔を出した。背が低く小太りで、お地蔵さんみたいな風貌をしている。ヤクザと付き合いがあるようには見えない。涙袋が厚いせいで、今にも泣き出すのではないかと不安になった。

「浦野探偵事務所の助手の原田です。岡山県警の捜査に協力している者です」

肩書きは正確に。今回は浦野の言いつけを守った。

「出かけるところなのですが」

「時間は取らせません。三十年前、ムネさんの家が放火された事件のことを聞かせてください」

太田は心臓が麻痺したように目を見開いたが、すぐに肩を落とし、死を受け入れた難病患者みたいな顔をした。

「こちらへ」

案内されるまま居間へ上がる。部屋は四畳半で、煎餅布団と卓袱台《ちゃぶだい》だけでいっぱいだった。仮住まいだった部屋が、放火事件のせいで唯一の住まいになってしまったのだ。

亘は座布団に腰を下ろし、卓袱台を挟んで太田と向かい合った。

「三十年前、放火事件を仕組んだのはあなたですね」

「なぜ分かったんです？」

「それは――情報源は明かせません」

もっともらしく突っぱねた。彼女の親に聞いたとは口が裂けても言えない。

「あなたは今回の放火事件が、三十年前に集落を追われた男の復讐だと気づいたはずです。でも過去が暴かれるのを恐れ、それを黙っていた」

「そこまでの確信はありませんよ」太田が力なく首を振る。「過去のことを警察に黙っていたのは事実ですが、結果的にはそれでよかったと思っています」

「なぜですか?」

「神呪寺の事件で、青年団の若者たちが狙われたからですよ。ムネさん、いや宗像忠司《むなかたただし》さんの家が燃やされたとき、彼らはまだ子どもか、生まれてもいなかったはずだ。宗像さんが犯人なら彼らを狙う理由がありません」

「それ以外の被害者は、宗像さんに狙われる理由があるんですか?」

「初めに家を燃やされた大森さん夫妻と、二番目の火災で亡くなった母良田玄徳さんは、三十年前も木慈谷に住んでいましたから」

「当時の木慈谷に住んでいたのなら恨まれても仕方がないと?」

「そうです」太田は苦いものを吐き出すような顔をした。「娯楽のない田舎では、余所から来た者の粗を探して、なぶりものにするのが数少ない気晴らしなんです。宗像さんは人畜無害な男でした。でも向井鴇雄と屯倉有子の子孫だなんて噂が広まってしまったら、村八分に加担しないのは自殺行為です」

他人事のような口振りだが、ヤクザを呼んだのは太田自身だ。

「あなたはなぜ、山頭組の組員に宗像さんを襲わせたんです?」

「あの男が木慈谷の脅威だと感じたからです」

「宗像さんは人畜無害だったんですよね？」

太田はしばらく黙り込んだが、やがてゆっくりと顔を上げた。

「わたしはよく神咒寺に出入りしていました。境内の清掃や仏具の手入れのためです。父は神咒寺の住職でしたが、わたしは仏門に入っていません。二十歳のときに父が亡くなって、寺が荒れていくのを見ていられなかっただけです。

その頃は青年団の木木会もなかったので、追儺の時期を除いて、神咒寺は閑散としていました。そこへ越してきたのが宗像さんです。あの人はなかなか信心深いようで、毎日欠かさず神咒寺へ参拝していました。話を聞いてみると、仏像を彫るのが趣味で、仏師に弟子入りしていたこともあるといいます。わたしたちは顔を合わせるたびに言葉を交わす仲になりました」

太田は核心に入るのをためらうように、掌を卓袱台に擦りつけた。

「そんなとき、宗像さんが向井鴇雄と屯倉有子の血を引いているという、例の噂が広がりました。三十年前は今ほど津ヶ山事件の記憶が薄れておらず、向井鴇雄を直接覚えている人も多くいました。屯倉有子についても、村中の男に身体を売って小遣いを稼いでいたとか、向井鴇雄を籠絡して土地を売らせたとか、真偽の分からない噂が広まっていました。どれだけ善人でも、彼らの血縁者がこの集落で生きていくのは無理です。わたしは宗像さんが参拝に来たのをつかまえて、との真偽を質しました」

太田の喉仏が持ち上がる。亘もつられて唾を呑んだ。

「宗像さんは、自分が向井鴇雄と屯倉有子の孫であることを認めました」

噂は真実だったのだ。

「宗像さんは何のために木慈谷へ来たんです？」

「わたしも同じことを尋ねました。宗像さんはいつもと同じ、人の良さそうな笑みを浮かべて答えました。先祖の恨みを晴らすためです、と」

「病気で差別された祖父の恨みですか？　それとも真方の集落を追われた祖母の恨み？」

「それらも含め、津ヶ山のすべての過去に対する恨みです」

なんだそれは。

「宗像さんは五歳から七歳までの三年間、鬼の声を聞くことができたそうです。鬼の正体は、かつて木慈谷で焼き討ちにあった武者たちでした。地獄へ送られた者のうち、特異な悪事をなして人々を苦しめた者が、閻王《えんおう》に選ばれ、獄卒《ごくそつ》に成り替わることがあります。これが人鬼《じんき》です。四百五十年前、地獄へ落ちた武者たちは、村人への恨みを晴らすため、自ら願い出て人鬼となりました。そして数百年の時を経て、幼き日の宗像さんに語り掛けたのです」

「待ってください」大粒の唾が卓袱台に落ちる。「宗像さんは狂っていたんですか？」

「わたしには分かりません。宗像さんが木慈谷へ移り住んだのは、召儺《しょうな》の儀式を行うためでした。召儺とは鬼を現世に召喚すること。追儺が鬼を地獄へ追い返す儀式だとすれば、召儺は地獄から鬼を呼び込む儀式です。釈迦が人々に伝えなかったこの儀式の方法を、宗像さんは人鬼に教えられたそうです。

　わたしが問い質した時点で、宗像さんはすでに二度、召儺に挑んでいました。一度目は鬼の中でも凶暴な牛頭《ごず》をよみがえらせようとしましたが、肉体へ牛頭を宿すことができず失敗。もっと人間に近い鬼ならうまくいくはずと考え、四百五十年前に人鬼となった武者をよみがえらせようとしましたが、これも失敗。三度目はそれまでの反省を踏まえ、もっとも生身の人間に近い、この数十年で死んだばかりの若い人鬼で召儺を試したいと話していました」

「妄想だ。相手にするだけ無駄ですよ」

「そうでしょうね。でも木慈谷の人々が、追儺によって暗い歴史を克服してきたのも事実です。あの凄惨な津ヶ山事件でさえ、追儺を行わなかった罰という意味が読み取れたからこそ、なんとか乗り越えることができた。そんな土地で召儺が行われたら、人々の心は壊れてしまう。だからわたしは、宗像さんを追い出すことを決めました」

　そのときの覚悟が甦ったように、太田の額に汗の粒が浮かんだ。

「宗像さんは死んだんですか?」

「山頭組の組員には殺さないでほしいと頼みましたが、どうなったのかは知りません」

「宗像さんがふたたび木慈谷に現れたら、あなたは彼に気づきますか」

「さあ、分かりません」

　太田が力なく首を振る。もし宗像が生きていたら、いずれ木慈谷の地に舞い戻り、召儺を行おうとするはずだ。

「太田さんは召儺の方法を聞いたんですか?」

「少しだけ。宗像さんは、釈迦を辱め、自身の肉体が持つ仏性を葬ることで、鬼を呼び込むことができると言っていました」

「釈迦を辱める?　なんですかそれは」

「釈迦如来像を燃やすんですよ」太田はうなだれたまま言った。「あの人は燃やすために仏像を彫っていたんです」

6

タリージェ津ヶ山の階段を下りたところで、スマホが震えた。画面には公衆電話の文字。思い当たる相手は一人しかいない。亘はすぐ電話に出た。

「はらわたくん、困ったことになった」

やはり浦野の声だった。駅の構内にいるらしく、発着のアナウンスが反響して聞こえる。

「心斎橋の事件ですか？」

「違う。悪いが説明している時間がないんだ。今、急いで津ヶ山へ向かっている。そちらの状況を教えてくれないか」

昨夜とは別人のように、余裕のない声だった。

「太田洋治さんに話を聞き、ムネさんの正体を突き止めました」

亘は声を落として、太田に聞いた話をくりかえした。

「ありがとう。手がかりは出そろったようだね。津ヶ山駅に着いたらまた連絡するよ」

浦野は口早に言って電話を切った。何を焦っているのだろう。

スマホをしまおうとすると、今度は犬丸巡査からの着信が残っていた。捜査に進展があったのだろうか。

折り返しをかけると、すぐに発信音が途切れた。

「ああ、原田さん。まだ津ヶ山市街ですか？　わたしも今、そちらへ向かっているんです」

運転中らしく、歩行者信号がピヨピヨと鳴る音が聞こえた。

「何かあったんですか？」

「錫村藍志が意識を取り戻しました」

思わず肩から緊張が抜けた。これで錫村の口から、七人に火をつけた犯人の正体が明かされるだろう。亘の頭にも推理が組み上がりかけていたが、名探偵のように披露する機会はなさそうだ。

「これから医師の立会いのもと話を聞きます。原田さんも同席いただけますか」

「ええ、もちろんです」

亘は礼を言って通話を切った。浦野にこちらから連絡する手段はない。ビニール傘を差して、スマホの地図を見ながら津ヶ山病院へ向かった。


午前十一時。

二重の自動ドアを抜けると、外来受付カウンターの前で犬丸巡査が会釈をした。

診療棟から入院棟へ移動し、エレベーターで最上の四階へ進む。廊下の奥の病室の前で、警備の警察官が赤い目を擦っていた。

犬丸巡査がノックをして引き戸を開ける。ベッドの右手に医師と看護師が、左手に興沢を含む四人の刑事が並んでいた。

錫村は全身を包帯とガーゼに覆われていて、肌が出ているのは目と口の周りだけだった。鼻と股間にカテーテルがつながれ、包帯の隙間からは赤く腫れた肌が見える。巨大な蛭《ひる》のように膨れた唇が開いたままで止まっていた。

「では、手短にお願いします」

五十代の医師が囁くように言う。声には疲労感が滲んでいた。

「錫村藍志さん、今回の被害に遭われましたこと、心よりお見舞い申し上げます。少しだけ質問をさせてください」

年配の刑事が口を開く。子どもに話しかけるような口調だった。

「あなたたちが神児寺で宴会を開いていたところ、不審者が押し入り、あなたたちを脅して身体に火をつけた。そうですね？」

数秒の沈黙の後、錫村の頭がわずかに揺れた。肯定とも否定ともとれるが、刑事は確認せずに質問を続ける。

「犯人はあなたの知っている人物ですか？」

錫村が口をすぼめ、苦しそうに息を吐く。

「お――」

犬丸巡査がごくりと唾を呑む。

「おぼえていません」

ちり紙を擦ったような声だった。

刑事たちが無言で顔を見合わせる。記憶を失っているのか、犯人をかばっているのか分からない。

錫村の唇が動いた。

「ほかの、みんなは、ぶじですか」

年配の刑事が答えようとするのを、医師が右手で制した。

「六人とも、この病院で治療を受けているところです」

錫村が微かに口角を持ち上げる。

「犯人がどんな人だったか、思い出せませんか」

刑事たちが祈るようにベッドを覗き込む。

「おぼえていません」

錫村の答えは変わらなかった。


ぞろぞろと病院を出ていく刑事たちを、待合室の患者が不審そうに眺めている。

「ちくしょう、期待させやがって」

輿沢の捨て台詞を残し、捜査本部の刑事たちは津ヶ山警察署へ戻っていった。

「探偵さんが活躍するにはぴったりの舞台ですよ。はやく浦野先生にご登場いただきたいですなあ」

出入口の前のロータリーで、犬丸巡査が雨空を見ながら泣きごとを言った。浦野はまもなく木慈谷へ戻るはずだが、まだスマホに連絡はない。

――もしもきみが真相に気づいたら、わたしを待ってはいけないよ。

昨日の浦野の言葉が頭をよぎったが、亘はまだ犬丸巡査に推理を披露できる状態ではなかった。事件の真相には察しがついたものの、肝心の犯人が分からないのだ。

「木慈谷へ戻るなら一緒にどうですか」

犬丸巡査に誘われたが、津ヶ山駅で浦野を迎えるため、市街地に残ることにした。

パトカーを見送り、病院前の通りへ出る。どこで時間を潰そうかとあたりを見回して、ふいに息が止まった。

診療棟と入院棟をつなぐ廊下の窓に、男の姿が見えた。落ち着かない様子で周囲を見回しながら、足早に入院棟へ向かっていく。

「――」

その瞬間、味わったことのない興奮を覚えた。

木慈谷で見た光景、耳にした言葉、学んだ知識が、パズルのピースのようにつながり、予想外の景色が組み上がる。

犯人はあの男だ。

慌てて道路を振り返ったが、犬丸巡査の乗ったパトカーはすでに街路へ消えていた。あの男を止められるのは自分しかいない。

亘は出てきたばかりのロータリーを引き返し、病院に駆け込んだ。待合室を横切り、廊下を抜けて入院棟へ向かう。エレベーターのランプは四階を指していた。通路の奥の階段へ走り込み、二段飛ばしに駆け上がる。

四階の通路に出ると、錫村の病室の前で、警察官が長椅子に座っていた。あろうことか壁にもたれて鼾をかいている。

亘は廊下を駆け抜け、引き戸を開けて病室へ飛び込んだ。

「わっ」

ベッドの手前に男が立っていた。素早くこちらを振り返り、焦りと驚きの交じった目で亘を見る。点滴スタンドが倒れ、錫村の鼻に入っていたカテーテルがずずずと音を立てて引っこ抜けた。

「こんなところで何をしているんです?」

男は返事をせずに亘を睨んだ。腕力で口を塞げる相手かを推し量っているのだろう。亘が思わず身構えたそのとき、

「どうしました?」

寝起きの警察官が病室を覗き込んだ。錫村の鼻から血が噴き出ているのを見て目をひん剝く。

男は作戦を変更したのか、わざとらしい笑みを浮かべた。

「錫村はわしの友人での、気になって様子を見にきたんじゃ」

「そんな嘘は通用しませんよ。あなたは唯一の生存者である錫村さんの口を封じるために病室へ忍び込んだんです」

「ちょっと待ちなよ、お二人さん」二人の間に警察官が割り込んだ。「こっちは浦野灸さんの助手だろ。あんたは誰だ?」

「郷土資料館の六車孝《たかし》じゃ。怪しいもんじゃねえど」

「違う」

亘は啖呵を切った。

——心配するな。きみならできる。

浦野の言葉が胸の奥でよみがえる。

亘は強面の男を真っすぐに見据えた。

「あなたの本当の名前は、宗像忠司です」

7

強風に吹き上げられた雨粒が窓を鳴らす。

「おめえ、おつむがまともじゃねえの」

六車を名乗る男が、自分の蟀谷に指をぐりぐりと押しつけた。

「余裕ぶっても無駄ですよ。連続窃盗放火事件の犯人はあなたです」

亘は負けじと声を張りあげた。警察官がぽかんと口を開けて六車もどきを見つめる。錫村は瞼を閉じたまま静かに呼吸していた。

「あなたは昨日、郷土資料館に忍び込んでいました。灯油を撒いて火をつけるまえに、魔刀〈赤子殺〉などの市場価値の高い収蔵品を盗み出すためです。休館日だから誰も来ないと高を括って、錠を開けたままにしていたのが失敗でしたね。

おれに顔を見られてしまった以上、資料館から逃げ出すわけにもいかない。その場しのぎで話を聞いてみると、相手は東京から放火事件の取材にきた記者だという。地元の新聞記者ならともかく、東京の記者がいつまでも木慈谷に居座ることはないでしょう。取材が済んだらすぐに帰るはず。そう考えたあなたは、資料館の館長を演じて、その場をやりすごすことにしました」

「えれえ込み入った妄想じゃわ」

六車もどきが歯茎を剝き出してぼやく。

昨日、十二月二十六日は土曜日だ。この日が郷土資料館の休館日だったのは間違いない。亘がそれに気づいたきっかけは、駐在所で犬丸巡査に聞いた言葉だった。

木慈谷では予算不足のため防災行政無線の受信機が戸別に配備されておらず、犬丸巡査が無線放送を聞いて、スピーカーで警報を流す手筈になっているという。もし犬丸巡査の外出中に火災が起きたら消火活動が遅れかねないが、集落の公営施設に受信機がもう一台あるので、平日はそちらの職員も対応ができるという話だった。

亘は資料館を訪れたとき、事務室に無線の受信機があるのを見ている。犬丸巡査が言っていた公営施設とは、資料館のことだったのだ。

なぜ無線放送に対応できるのかといえば、平日が開館日で、職員が必ず在館しているからだろう。言い換えれば、土日祝日は休館日で職員がいないということになる。

「あんた、突拍子のないことを言ってるぞ。大丈夫か？」

警察官が不安そうに亘を見る。

「はい。おれが初めに事務室を覗いたとき、この人は携帯電話に罵声を浴びせていました。デスクに固定電話があるんですから、本物の職員ならそっちを使うはずです。

電話が終わって、おれが木慈谷について勉強したいと言うと、あなたはおれを資料保管室に連れて行こうとしました。あなたが木慈谷に住んでいたのは三十年前のことですから、資料館のどこに常設展示室があるか覚えていなかったんでしょう。展示室の照明が落ちていたのも、休館日なら当然ですね。

もしおれが木慈谷の歴史や風土の話を真面目に聞こうとしていたら、あなたの化けの皮はすぐに剝がれていたかもしれません。でも悪運の強いことに、おれが興味を持ったのは津ヶ山事件や落ち武者殺しの話でした。向井鴇雄と屯倉有子の孫であるあなたにとって、津ヶ山事件は人生を狂わされた元凶とも言える出来事です。幼い頃に落ち武者の声を聞いたというくらいですから、戦国末期の落ち武者殺しにも詳しかったんでしょう。余所者のおれを相手に館長を演じるのは難しくなかったはずです」

「向井鴇雄と屯倉有子の孫？　そ、そりゃ本当かい」

警察官が六車もどきを見て何度も瞬きをする。

「この男は三十年前、木慈谷へ移住してきました。しかし出自に関する噂が広まった結果、家を焼かれ財産まで奪われてしまいます。そこで自分を追い詰めた者たちを同じ目に遭わせ、恨みを晴らそうとしたのが今回の事件でした。郷土資料館を燃やそうとしたのは、館長の六車孝への報復でしょう」

「そりゃおかしいよ。神咒寺で殺された連中の大半は、三十年前には生まれてないはずだもの」

「それがこの事件のややこしいところです。初めは若者たちを脅して仏像を燃やさせ、召儺のための生け贄にしたんじゃないかと考えました。でもそれでは、彼らが本堂から逃げなかった理由が説明できません。そもそも神咒寺の事件と他の事件では状況が大きく違います。宗像忠司は三件の窃盗放火事件の犯人であって、神咒寺の事件とは関係がなかったんです」

「めちゃくちゃじゃ」六車もどきが苦笑する。「木慈谷には二人も放火犯がおるんか?」

「神咒寺の事件に犯人はいません」

「犯人がいない? 集団自殺か?」

「いえ。自然災害です」

数秒の沈黙。警察官が正気を疑うように頬を引き攣らせた。

「助手さん、冗談は困るよ」

「冗談じゃありません。さっきも言った通り、神咒寺の事件には奇妙な点があります。なぜ若者たちは本堂から逃げなかったのか? 身体を縛られたわけでも、毒物を摂取したわけでもないのに、彼らは本堂に留まり続け、結果として命を落としてしまったんです。

この謎を解く手掛かりは二つあります。一つ目は、火災が起きる直前、若者たちが本堂へ移動していたこと。禅堂に酒瓶が残っていたそうですから、青年団の飲み会が禅堂で行われていたのは間違いありません。若者たちは何か理由があって、禅堂から本堂へ移動したんです。平成元年に建て直された禅堂には、本堂にはない大きな窓がありました。若者たちは誰かの目を避けるために、本堂へ移動したのではないでしょうか」

「誰かって誰さ」

「ヒントは二つ目の手がかり――焼け跡から見つかった五鈷鈴です。若者たちは本堂へ逃げ込む際、収蔵庫から鈴を取り出して持って行ったことになります。彼らは鈴を使って、何かから身を守ろうとしたんです。神咒寺が天狗頭山の中腹にあることを考えれば、彼らが恐れていたものが分かります」

「ははあ。鈴で身を守ると言ったら、そりゃ――」警察官は驚きとも呆れともつかない顔をした。「熊かいな」

「はい。ご存知の通り、今年は異常な暖冬です。十二月に入ってようやく気温が下がったものの、先週からふたたび汗ばむほどの陽気が続いていました。十二月初旬に冬籠りを始めた熊が、春が来たと勘違いをして、山を下りてきてしまったんです。

　禅堂で酒盛りをしていた若者たちは、境内をうろつく熊に気づいて慄然とします。過去に多くの村人が熊害で命を落としてきたことは彼らも知っていたでしょう。大きな窓のある禅堂に留まっていたら熊に見つかるのは時間の問題です。そこで彼らは、熊が離れた隙を突いて本堂へ逃げ込みました。このとき機転を利かせた者が、収蔵庫から五鈷鈴を持ち出したんです」

　警察官がごくりと喉を鳴らした。六車もどきは黙って話を聞いている。

「ところが熊は境内を去ろうとしない。鈴の音がかえって熊に居場所を知らせてしまったのかもしれません。本堂の扉には錠が付いていませんから、押し開けて中へ入るのは簡単です。若者たちは震えあがりました。

極限状態の中、一人が突拍子もない奇策を捻《ひね》り出します。彼の頭にあったのは、猪口美津雄さんの飼い犬が灯油中毒で死んだ事件でした。柴犬の凡太夫は鼻腔に腫瘍があったため、刺激臭に気づかず灯油を舐めてしまったそうです。これを裏返して考えれば、まともに鼻の利く動物は、刺激臭を放つ灯油に手を伸ばさないということになります。ならば全身の服に灯油を染み込ませておけば、熊も手を出せなくなるのではないか。彼はそう考えたんです」

示し合わせたように、ベッドの錫村がううと唸った。

「熊から身を守るために、わざと灯油をかぶったってのか？」

「はい。そこへ泣き面に蜂で、もう一つの災害が襲い掛かります。十二月半ばに急激に気温が上がったことで、地表の大気が暖められて上昇し、中国山地一帯で積乱雲が発生していました。本堂の屋根からは、天を刺すように火焔宝珠の装飾が突き出ています。この火焔宝珠に、雷雲から稲妻が落ちたんです。

高温の電流を浴びたことで、七人の身体はたちまち炎に包まれました。彼らは自分の身に何が起きたのか到底理解できなかったはずです。そのうえ熊への恐怖から、本堂の外へ逃げることもできなかった。その結果、一酸化炭素中毒や呼吸困難に陥り、命を落としてしまったんです」

強風が窓を揺らし、二人の身体がびくんと震えた。

「そんなのあんまりだ」警察官が老人みたいな声を出す。「運が悪すぎるよ。まるで呪いじゃないの」

「災害ってそういうものですよ。誰もが自分には関係ないと思っていますが、必ず誰かのもとにやってくるんです。

木慈谷の人たちが落雷に気づかなかったのは、青年団が太鼓の練習をしていて、天狗頭山から響く轟音に馴れてしまったからでしょう。落雷と炎に驚いた態は、慌てて山奥へ姿を消します。こうして若者たちが殺されたかのような火災現場ができあがったんです」

「でも彼らは、焼け死んだだけじゃなく、財布を盗られていたはずだよ」

「それは勘違いですね。七人はもとから財布を持っていなかったんです。十一月に盗難騒ぎが起きてから、青年団の中で対策を話し合い、木木会には財布を持ってこないようにルールを決めていたんだと思います。ところが木慈谷で立て続けに窃盗放火事件が起きていたせいで、警察の目には、被害者たちが財布を盗まれたように見えてしまったんです。彼らの自宅を調べれば財布が見つかると思いますよ」

警察官は詐欺に遭ったような顔をしていたが、ゆっくり目を回して六車もどきを見た。

「あんたの言う通りだとしたら、この人は何のためにこの病院へ来たんだ？　神咒寺に火をつけた犯人じゃないなら、錫村さんの口を塞ぐ必要もないじゃないの」

「そうでもありません。天狗頭山の斜面に、本堂から逃げ出した人物のものと見られる足跡が残っていました。これは宗像さん、あなたの足跡ですね。あなたは集落の住人に見つからないように本堂の余間《よま》で寝起きをしていました。二十四日の夕方、落雷に肝を潰したあなたは、若者たちを見捨てて神咒寺から逃げ出したんです。

ところが三日後、あなたは偶然訪れた津ヶ山病院で、刑事たちが顔色を変えて入院棟へ入っていくところを目にします。数分後に出てきた彼らの会話を聞けば、錫村さんがどんな状態にあるのかは想像が付いたでしょう。

錫村さんが記憶を取り戻したら、現場から逃げた男が犯人だと誤った証言をする可能性がある。不安に駆られたあなたは、錫村さんを事故に見せかけて殺し、口を封じようとしたんです」

警察官は不憫《ふびん》そうにベッドの錫村を見て、ふたたび六車もどきに目を向けた。

「助手さんの言ったことは本当か？」

六車もどきは大げさに肩を落として、胡麻塩頭をぽりぽりと掻いた。

「木慈谷は不幸な地じゃ。やはり呪われとるのかもしれん」

警察官が警棒に手を置く。数秒の沈黙。

「呪われているとは、どういう意味だ」

「死体に群がる蛆虫みたいに、こういうあほが日本中から集まってくる。わしが郷土資料館の館長になってから四年、恥知らずの専門家気取りがひけらかす屁理屈をどんだけ聞かされたことか。呪われとる言うたんはそのことじゃ」

六車もどきは警察官を見て、ふんと鼻を鳴らした。

「お巡りさんがこんな屁理屈を信じちゃいかんですわ」

「じゃあ、あなたは向井鴇雄の孫ではないと？」

「当然じゃが」六車もどきが頷く。「初めに言うたじゃろ。そいつはおつむがまともじゃねえんじゃ」

8

「わしが偽者いうなら、木慈谷の人間を呼んで聞いてみりゃあええ。わしが郷土資料館の六車孝だと証言してくれるはずじゃ」

「口車に乗せられちゃ駄目ですよ。論理的に考えれば、この人が宗像忠司であり、連続窃盗放火事件の犯人であることは間違いありません」

警察官はどちらに付くか迷ったようで、叱られた小学生みたいな顔で二人を見比べた。

「わしも探偵小説に出てくる名探偵は嫌いじゃねえ。だがこの探偵気取りは自分の都合良く屁理屈をこねとるだけじゃ。ここは一つ、おめえと同じ土俵で相撲を取ってやる。おめえが郷土資料館に来たとき、足元に何があったか覚えちょるか」

「――足元？」

資料館を訪ねたときの光景を思い浮かべる。観音開きの扉を開けると、左手に窓口、正面には廊下が伸びていた。足元はリノリウムの床で、扉を通ってすぐのところに緑色のマットが敷いてあった。

「特別なものはなかったと思いますが」

「忘れとるだけじゃ。わしは電話をしながら、おめえの様子を見ちょった。おめえは足元のマットについた丸い跡に気づいとったはずじゃ」

その言葉で記憶がよみがえった。直径八十センチほどの円形のものを置いたように、マットの中央が沈みこんでいたのだ。そこだけ色合いが鮮やかに見えたのは、陽光に晒される時間が少なかったからだろう。

「あれは何かをマットに置いた跡じゃ。わしは正体を知っとるわけじゃが、おめえさんのために、名探偵のやり方で答えを教えたる。

マットの日焼け具合に差が出るくらいじゃけ、あれはかなりの時間あそこに置いてあったことになる。でも玄関マットのど真ん中に物が置いてあったら、客の出入りの邪魔じゃ。つまりあれは閉館中だけあそこに置いておくもんじゃ。開館中はよそへ移し、閉館したら玄関マットに置いておくもんいうたら何じゃ？　『本日は終了しました』と書いた案内看板じゃろ」

亘は黙って六車もどきの言葉を聞いていた。掌に脂汗が滲み、鼓動が徐々に速くなる。

「郷土資料館が開館する平日の十時から六時の間、案内看板は事務室の中に置いてある。それ以外の時間――平日の閉館時間と土日祝日は、案内看板を玄関マットに置いておくんじゃ。

おめえの言う通り、わしが資料館へ忍び込んだ不審者なら、この案内看板を置いたままにしておくはずじゃろ。わざわざ看板をどかして、来館者を招き入れてやる理由がねえ。でもおめえが資料館へ来たとき、玄関マットに案内看板は置いとらんかった」

「なるほど。そいつはおかしい」

警察官が目を細めて亘を見る。

「じゃああなたは、休館日なのになぜ案内看板をどかしたんです？」

亘は無理やり気丈な声を出した。六車が鬼の首を取ったように笑みを広げる。

「決まっとるじゃろ。わしが本物の館長で、人が来るんを知っとったからじゃ」

「なぜ人が来ると分かったんですか」

「わたしが連絡しておいたからだよ」

後ろから、馴染みのある声が聞こえた。

思わず背後を振り返る。引き戸が開き、浦野と犬丸巡査が病室を覗いた。

「二十五日の夜、〈百々目荘〉の電話で與沢刑事部長と話したあと、郷土資料館にも連絡を入れたんだ。資料が見たいから二十六日も開館してほしいと頼んだら、彼は二つ返事で承諾してくれた。こちらの男性が館長なのは間違いないよ」

「そんな――」

頭が真っ白になった。

亘の推理は、すべて妄想だったのだ。

「はらわたくん、肩書きは正しく名乗れと言っただろ。記者だなんて嘘を吐《つ》くからこんなことになるんだ」

浦野が亘の顔を見ずに言う。よく見ると浦野はひどく顔色が悪かった。

「あなたのやったことはすべて分かっている。もちろんこの病院へ忍び込んだ理由もだ。すぐに自首をしなさい」

「自首？　何を言いよる。わしはお巡りの世話んなるようなことは何もしとらん」

「先月から急に煙草を吸い始めたそうだね。ここでその理由を説明しようか？」

ふいに六車の顔から血の気が引いた。

「どうしてそれを――」

「あなたの話を聞いている時間はないんだ。犬丸さん、彼を津ヶ山署へ」

「分かりました」

犬丸巡査が六車にぴったりと張り付いた。寝不足の警察官もそれに続く。六車は観念したらしく、二人に促されるまま病室を出た。

「いったいどういうことですか」

「今からそれを説明する」

浦野は言葉を切って、ベッドに横たわった男に問いかけた。

「ずっと聞いていたんだろう？　黙っていないで話をしようじゃないか」

錫村藍志の重く腫れた瞼が、ゆっくりと開いた。

9

「三件の連続窃盗放火事件と、神咒寺の放火事件では、事件の背景が大きく異なる。はらわたくんの推理も、二つを切り分けたところは良い滑り出しだった」

浦野はブリーフケースから現場写真のコピーを取り出し、ベッドサイドのテーブルに置いた。

「まず三件の窃盗放火事件について考えてみよう。太田洋治さんの平屋が燃やされた三件目の事件には、重要な手がかりがいくつも隠れていた。これは警察が撮影した現場写真だ。

玄関から座敷へ通じる廊下に焼損の少ない箇所があって、そこに犯人の足跡が残っている。足跡は右足、左足、右足の三歩分だ。靴は津ヶ山市街の量販店で売られているもので、歩幅も標準的な大きさだ。これだけでは犯人の特定にはつながらない」

錫村はゆっくりと上半身を起こし、現場写真を見下ろした。鼻の下に生々しい血の痕が残っている。膨れた唇の間から弱々しい呼吸音が響いた。

「だがよく見てみると、右足の跡だけ爪先のあたりの色味が濃くなっている。犬丸巡査に確認すると、この部分には煤が付いていたという。

これはおかしい。この足跡は犯人が玄関から座敷へ向かったときのものだ。犯人は座敷で箪笥の中身を盗んだあと、その箪笥に火をつけ、逃走した。この仮定が正しければ、足跡がついた時点では、まだ火災は発生していなかったはずだ」

「足跡の上に偶然、煤が落ちただけではありませんか?」

錫村が口を開く。低く擦《かす》れているが、優等生らしい丁寧な口調だった。

「足跡が一つならその可能性もある。だが右足の足跡は二つあり、どちらも同じ位置に煤が付いていた。犯人の靴底に煤が付いていていたのは間違いない」

「なるほど。そうですね」

錫村は大人しく頷いた。

「ここで考えられる仮説は二つある。一つ目は、犯人が座敷を一度出たあと、廊下を引き返した可能性だ。犯人は箪笥に火をつけて座敷を出てから、重大な証拠を遺していたことに気づき、慌てて座敷へ引き返した。ひとたび火災が発生すれば、不完全燃焼で生じた煤が屋内に飛散する。靴底に燃え滓が付くこともあるだろう。

だが結論を言うと、この仮説は間違っている。現場写真を見れば、これが机上の空論であることは明らかだ」

浦野は紙を捲って、別の写真を開いた。廊下から座敷を撮影した写真で、燃え崩れた箪笥が引き戸のすぐ右に写っている。

「座敷の箪笥にはかなり奥行があって、抽斗を開けたら部屋の出入りができそうにない。ところが犯人は、これまでの事件で、金品が保管されたチェストや机の中に灯油をかけて火をつけていた。この事件でも手口は変わらないはずだ。

箪笥を中から燃やすには、抽斗を開けて灯油を撒き、マッチを中に入れないといけない。そうすると入り口が塞がって、座敷への出入りができなくなる。ひとたび火をつけたら、座敷に引き返すことはできないんだ。

よってもう一つの仮説が正解ということになる。結論を言ってしまおう。犯人が太田さんの平屋に侵入したとき、すぐ近くで別の火災が発生していたんだ」

「別の火災、ですか」錫村は釈然としない顔をする。「出火元は座敷だと聞いていましたが」

「焼け跡から出火元を特定するのは意外と難しいんだ。消防調査では焼損の強弱や目撃者の証言から炎の動きを推測し、蓋然性の高い火源を推定しているに過ぎない。

たとえば、わたしの事務所で誰かが吸い殻を落とし、小火《ぼや》が出たとする。それだけなら出火元の特定は簡単だ。だが三十秒後にデスクの書類が石油ストーブの上に落ち、大規模な火災が起きたらどうだろうか。火源はストーブと判定され、吸い殻の火が床板を焼いたことには誰も気づかない。大きな焼損は小さな焼損を覆い隠してしまうんだ。

同じことが太田さんの家でも起きていた。犯人が太田さんの平屋を訪れたとき、すでに敷地内の別の場所――おそらく隣接した納屋で、小規模な火災が発生していた。犯人はそれを横目に母屋へ侵入し、座敷で貴重品を漁り、簞笥に火をつけて逃走したんだ」

錫村は子どもが言葉を探すように口をぱくつかせた。

「……火事場泥棒、ということですか？」

「そうだ。ただしこの犯人は、焼け跡ではなく、燃えている最中の家からものを盗んでいた」

「すでに小火が起きているのに、座敷にも火をつけたのはなぜでしょうか」

「理由は二つある。一つは窃盗の現場を燃やして証拠を消すこと。証拠というのは指紋や毛髪、足跡などだね。もう一つはアリバイを得ることだ」

「アリバイ？」

錫村がぎこちなく首を傾げる。亘も同じ気分だった。座敷に火をつけることがなぜアリバイ作りになるのか。

「もう一つ喩え話をしよう。今、あの山のふもとの小屋で火事が起きたとする」

浦野は窓の外に目を向けた。雨粒が煙って見づらいが、山並みと街が接するあたりに木造の小屋がぽつんと立っている。

「わたしはきみを置いて現場へ急行する。翌日、話好きの看護師から、きみに火事の詳細が伝えられる。消火活動もむなしく小屋は全焼。犯人は金品を盗んだあと、証拠を隠すために火をつけたという。さて犯人は誰だろうか？」

「さあ。誰でしょう」

錫村は分かるはずがないという顔をする。

「だろうね。だが確実に犯人ではない者なら見つけられる。この場所にいた三人だ。火の手が上がったとき、首を揃えてそれを見ていたんだからね。犯人が手に入れようとしたアリバイはこれだよ」

「なるほど。犯人は出火と窃盗の順序を入れ替えたんですね」

錫村はすぐに納得したらしい。どういうことだ。

一人で混乱する亘を横目に見て、浦野は薄く笑みを浮かべた。

「つまりこういうことだ。何かの理由で火災が発生し、それにいち早く気づいた人物がこっそり窃盗を働いたとする。このとき何の工作もしなければ、もちろん犯人はアリバイのない容疑者の一人ということになる。

だが犯人がものを盗んだあと、それが置かれていた場所に灯油を撒いて火をつけるとどうなるか。大きく燃え上がった炎は、たちまち小さな火事を呑み込んでしまう。ものを盗った場所を出火元と誤認させれば、実際は出火の後で窃盗が行われたのを、出火の前に窃盗が行われたように偽装できる。火のついた箪笥からものを盗むことはできないからね。さらに火の手が上がったときに自分の姿を人に見せておけば、犯人は窃盗のアリバイが得られるわけだ。

もっとも犯人が初めから計算ずくで行動していたとは思えない。初めに大森さん夫妻の家で火事場泥棒を働いたときは、窃盗の痕跡を消すためにやむをえず火をつけたんだろう。後でそれがアリバイ工作になっていたことに気づいて、二件目のビレッジ木慈谷、三件目の太田さん宅でも意図的に火をつけたんだ」

「山間の集落だから成功した工作とも言えますね」

「その通りだ」浦野が頷く。「木慈谷と一つの地名でくくられていても、実際は広い範囲に家屋が散らばっていて、それぞれの距離も大きく離れている。多くの人は煙で火事に気づくだろうが、土地の起伏に遮られて家屋そのものは見えない。母屋が燃えているのか納屋やガレージが燃えているのか、あるいはアパートのどの部屋が燃えているのかといったことは、現場へ到着してみるまで分からないんだ」

亘は煙に巻かれたような気分だった。一つの焼け跡で、実際は二つの火災が起きていたのだ。

「以上のことを踏まえて、火事場泥棒の犯人について考えてみよう。ここで気になるのは、犯人がどのように小火の出た家屋に忍び込んだのかということだ。初めの一件だけなら偶然近くで気づいた可能性もあるが、同じ手口の事件が三件、神咒寺を含めれば四件起きている。犯人は木慈谷で発生した小火をいち早く知ることができた人間だ。

木慈谷は防災行政無線の戸別受信機が配備されておらず、駐在員か郷土資料館の職員が無線を受信して、屋外スピーカーで警報を鳴らす段取りになっている。犯人はこの無線を聞いて、消防団よりも早く現場に駆けつけたんだ」

「駐在員の犬丸亨さん、資料館の六車孝館長、アルバイトの河東剛くん。容疑者はこの三人ですね」

　錫村は河東剛の名前を口にするときだけ、微かに声を詰まらせた。河東は青年団の仲間でもある。

「その通り。犬丸巡査なら駐在所の近くの住人に、資料館の二人なら来館者に姿を見せてから火災の現場へ向かえば、アリバイが確保できるわけだ。

　加えてこの犯行にはもう一つ難点がある。小火が起きている家屋に侵入したら、どうしても身体に痕跡が残ってしまうはずだ」

「服が燃えたり、火傷したりといったことですか？」

「それほど危険が迫っている状況なら犯人も侵入を諦めるさ。問題は煙の臭いだ。レインコートのように全身を覆う上着を羽織っておけば大丈夫かもしれないが、いつ火事が起きるか分からないのに処分できる上着を持ち歩くわけにもいかない」

「犯人は火災後に服から煙の臭いがしても怪しまれない人物――つまり消防団員の誰かということですね。消防団を辞めていた河東くんは容疑者から外れる」

「それだけじゃない。確かに消防団員ならリスクは減るだろうが、詰め所に集まった時点で服から煙の臭いがすれば他の団員に気づかれる恐れがある。一度ならまだしも、二度、三度と続けば不審に思う者が出てくるはずだ。

　そこで犯人は考えた。火事場泥棒を続ける限り、煙を浴びるのは避けられない。ならば臭いを隠すのではなく、よりきつい臭いでごまかしてしまおう、とね」

「きつい臭いですか」

　錫村の爛れた眉が持ち上がる。

「犬丸巡査に、最近急に煙草を吸い始めたり、香水を付け始めたりした人がいないか聞いてみたんだ。結果は大当たりだった。資料館の館長の六車孝は、先月から喫煙を始めたという。それも香料のきついガラムばかり吸っているらしい。これなら窃盗現場で煙を浴びても、逃走後に数本吸えば臭いをごまかせる」

六車が喫煙について問われて顔色を失ったのは、それが理由だったのか。

「ちなみに犬丸巡査とは事件の翌日に行動をともにしたが、彼は煙草を吸わず、服から臭いもしなかった。以上のことからわたしは、連続窃盗放火事件の犯人は六車孝だと結論した。ギャンブル好きで裏カジノにも出入りしていたという話だから、元手となる金が欲しかったんだろう」

浦野は青褪めた顔で錫村を見下ろした。病室に入ってきたときよりも、さらに血色が悪くなっている。

錫村は含み笑いをして、包帯を巻いた手で弱々しく拍手をした。

「こんな特等席で探偵の推理を聞けるなんて感無量です。でもまだ、分からないことがたくさんありますね」

「もちろんさ。本当に重要なのは、神咒寺での放火殺人事件の真相だ。だが本題に入るまえに、木慈谷で小火が相次いだ理由を確認しておこう。

結論を言えば、小火の原因はやはり放火だ。これだけ狭い範囲で火災が頻発しているのを、事故や自然発火によるものと見るのは無理がある。六車とは別に、もう一人、放火犯がいたんだ。万一、火事場泥棒がばれても、もう一人の放火犯に罪を被せられる――六車にはそんな打算もあったんだろう。

ではその放火犯は誰か。手がかりは六車の行動にある。犬丸巡査によると、六車は火災が起きた際、詰め所への集合が遅れがちだった。だが十二月二十二日の集会所の火災のときは、真っ先に詰め所へ駆けつけたそうだ。この日の火事は壁面プラグのトラッキング現象によるもので、放火とは関係がない。六車もそれが分かったから、寄り道をせずに詰め所へ急行したんだ。

　だが防災行政無線では、火災の発生時刻と場所が伝えられるだけで、詳細な規模や状況までは伝えられない。なぜ六車は、この日の火災が放火犯によるものでないと分かったのか。放火犯が自分のすぐ近くにいて、その日は事件を起こしていないのが確認できたからだ」

　錫村が呻《うめ》くように、なるほど、とつぶやいた。

「火災はいずれも平日の夕方以降――午後四時半から六時の間に起きている。郷土資料館の閉館は六時だから、館長の六車はいずれも資料館で防災行政無線を聞いていた。六車が所在を確認できたのは、アルバイトの河東剛だけだ。よってこの男が放火犯だったことになる」

「やはり彼でしたか。仕事のストレスが多いとは聞いていましたが、それでも放火は許されません。大変残念です」

　資料館で聞いた六車の罵声がこだまする。あんな男と働いていたら気が休まらないだろう。犬丸巡査も「身がもたないと思った」と洩らしていたくらいだ。

「動機は憂さ晴らしだろうね。彼は納屋やガレージなど、人命を奪うリスクのない場所を選んで火をつけていたんだと思う。どこかの時点で、報道される出火元が違っていることや、火事場泥棒が暗躍していることにも気づいたはずだ。でも彼にはどうすることもできなかった。放火犯が火事場泥棒を告発するわけにもいかないからね。

　これが連続窃盗放火事件の真相だ。神咒寺で起きた事件も、この事件の延長線上にある」

「ようやく本題ですね」

錫村は暗く淀んだ瞳を浦野に向けた。

「最後の事件の役者は二人いる。きみが主役で、六車は脇役だ。六車のやったことは、過去三件の事件と変わらない。郷土資料館での勤務中、無線で火災発生の報せを聞いた六車は、急いで神咒寺へ向かった。河東が休みで職場にいなかったから、放火の可能性が高いと踏んだんだ。煙の立ち上る本堂へ入った六車は、目を疑っただろう。戸口を開けると、仏像が燃え、七人の若者が意識を失って倒れていたんだからね」

錫村は表情を変えなかったが、かえって動揺を隠しているように見えた。

「六車がこのとき何を考えたのかは分からない。七人を助けたいという気持ちがあったとしても、消防団の招集を無視して神咒寺を訪れている以上、余計な手出しはできない。火事場泥棒を働いたことがばれたら、芋蔓式に過去の犯罪が暴かれる危険もある。

もちろん見て見ぬ振りをして立ち去ることもできたはずだ。だが目の前に倒れた若者の一人――河東剛は、六車にとって金を生む鶏であると同時に、目の上の瘤ともなりうる存在だった。河東がいずれ警察の縄にかかれば、彼の証言から六車にも疑惑が向きかねない。いずれは河東の口を封じなければという焦りがあったはずだ。

あとは単純に、せっかく山を登ったのにご褒美もなく下山するのが惜しかったというのもあるだろう。六車はそれまでの事件と同じ手口で、神咒寺でも火事場泥棒を働くことにした」

錫村の息がわずかに荒くなった。浦野はかまわず言葉を継ぐ。

「六車は七人が身に付けていた財布や貴重品を掠め取ると、ポリタンクの灯油を若者たちにまぶして火をつけ、天狗頭山へ逃走した。火をつけた理由はそれまでの事件と変わらない。金品を盗み、それらがあった場所に火をつければ、六車はアリバイが得られる。唯一違ったのは、金品がチェストや箪笥ではなく、人間が着ている服の中にあったということだ」

　錫村が淀んだ目を見開き、歯を擦り合わせた。その瞬間を思い浮かべたのだろう。

「大丈夫か？」

「ええ、続けてください」

　錫村は唇を噛んで笑みを浮かべた。瘡蓋が潰れて、黄土色の膿が滲んでいる。

「七人が本堂から逃げようとしなかったのは、六車が彼らに火をつけたとき、すでに一酸化炭素中毒で意識を失っていたからだ。彼らが神咒寺で行っていたことを理解するには、まずきみの正体をはっきりさせておく必要がある。

　さっきも言ったように、この事件の主役は錫村藍志くん、きみだ。犬丸さんに事件の説明を受けたときから、わたしはきみのことが気になっていた。きみは深夜に山へ入ろうとして、犬丸さんに職務質問を受けたそうだね。きのこの菌糸を取りに行くところだと言い訳をしたらしいが、そんなのは嘘に決まっている。わざわざ深夜に、懐中電灯を持ってきのこを取りに行くやつはいない。

　きみはこの集落で何かを探していた。人目を避けて山へ入ったり、犬丸巡査に嘘を吐いたりしたのは、知られてはまずいものを探していたからだ。木慈谷の禁忌といえば、いやでも七十七年前の津ヶ山事件が頭に浮かぶ。きみはこの事件に関する何かを探していたのではないか。わたしはそう推察した。

　すると案の定、山道の途中に向井鴇雄の墓があったことが分かった。だがこの墓石は九年前に台風の豪雨で失われてしまったという。きみはそれを知らなかった。きみに墓の存在を教えた人物は、九年以上前に木慈谷を離れたため、墓石がなくなったことを知らなかったんだ。

はらわたくんの聞き込みによると、三十年前にも鴇雄の墓に手を合わせ、木慈谷を追われた男がいたという。きみはその男から、鴇雄の墓の場所を、そして木慈谷の血塗られた過去を教えられていたんだ」

錫村はためらうように口を開いたが、浦野は言葉でそれを遮った。

「悪いが時間がないんだ。話を続けるよ。わたしは、これから言うことが間違いであってほしいと願っている。ＩＴベンチャーの技術責任者はきみの仮の姿だ。宗像忠司の無念を晴らすため、叶わなかった願いを叶えるために、きみはこの木慈谷へやってきたんだ。

きみはまず青年団の若者たちを仲間につけた。宗像忠司が人々に馴染もうとせず、集落を追われたことを反面教師にしたんだ。あるときは将来の見えない土地に暮らす若者たちの不安に寄り添い、あるときは落ち武者殺しの子孫であるという負い目に付け入り、きみは彼らの心を搦め捕っていった。

宗像忠司から教わったことは他にもある。牛頭のように一度も人間だったことのない鬼を人間の肉体に呼び込むのは難しい。また何百年も昔に現世を去った人鬼をよみがえらせるのも難しい。きみは初めから、この数十年のうちに死んだ若い人鬼に的を絞っていた。

十二月二十四日、きみは長年温めてきた計画を実行に移した。言うまでもなく、召儺の儀式だ。きみたちは酒で身体を清めてから、本堂へ移動する。さらに五鈷鈴を鳴らして鬼に居場所を知らせ、神咒寺の釈迦如来像に火をつけた。七人の肉体に鬼を呼び込むためにね」

浦野は血相を変え、一気呵成にまくしたてる。

「だがそこへ思ってもいない邪魔が入る。煙が上がっているのを見た近隣の住人が消防へ通報し、無線を聞いた火事場泥棒が本堂へ乗り込んできたんだ。

このとき七人は一酸化炭素中毒で意識を失っていた。すでに人鬼を迎える準備は整っていたんだ。だが六車がきみたちに火をつけたせいで、きみの計画は狂ってしまった」

浦野は妙な言い方をした。錫村の妄想にわざと話を合わせているかのように。

「その通りです」浦野とは対照的に、錫村はゆっくりと口を開いた。「わたしたちは半年の菜食と七度の水垢離で身体を清め、人鬼を迎える準備を整えていました。それなのにあの男のせいで、わたしたちの身体は穢《けが》れてしまったんです」

「人鬼はひと暴れするつもりでこの世界へ下りてきていたんだろう。大人しく地獄へ引き返すような連中なのか？」

「よくお分かりですね。ご想像の通りですよ。目指す肉体を失った人鬼たちがどこへ行ったのかは、誰にも分かりません。日本のどこかで相性の良い肉体を見つけて、転生を果たしているでしょう」

「きみはそれで良いのか？」

浦野の挑発に、錫村は自嘲とも失笑ともつかぬ笑みをこぼした。

「不満ですよ。願わくばこの身を人鬼に捧げたかった。この手で愚者たちを裁きたかった。それが父の願いでしたから」

「やはりきみは宗像忠司の息子だったんだね。お父さんから人鬼を地獄へ追い返す術を聞いていないか？」

浦野が左手をジャケットの内側に入れる。いつまで妄想に付き合うのだろうか。

「馬鹿なことを言いますね。わたしたちは愚かな生き物です。鬼からの責め苦を受け入れるほかに道はありません」

「これでも答えは同じか？」

浦野は万年筆を取り出し、錫村の喉に押し当てた。

「う、うらのさん？」

亘が駆け寄ろうとするのを、浦野が睨んで制する。錫村は何が起きたのか分からないらしく、不思議そうに浦野の顔を見ていた。

「いまきみの喉に触れているのはナイフだ。きみが返事をしなければ、わたしは動脈を切ってきみを殺す」

錫村が目を丸くする。本当に驚いたようだ。

「わたしが法に触れることをしましたか？」

「質問に答えろ」

「脅迫ですね。わたしたちは世界をより良いものにするために、地獄から鬼を呼び寄せたんです。感謝されこそすれ、こんなことをされる筋合いはありません」

「うぬぼれるな。きみはただのならず者だ」

浦野は鎖骨の数センチ上にペン先を刺した。赤い血が糸のように流れる。胸の包帯に染みが広がった。

「浦野さん、やりすぎですよ」思わず声が出ていた。「なぜそんなやつの妄想に付き合うんです」

「もう一度言う。これが最後だ。死ぬのが嫌なら、人鬼を地獄へ追い返す術を教えろ」

浦野は亘を無視して、ペン先をぐいと押し込んだ。錫村が歯を食いしばる。肌が盛り上がり、流血が勢いを増した。

「たとえ人に恨まれても、それが間違いだとは限らない。父に教えられたことです。わたしは父を信じます」

「そうか。残念だ」

浦野は万年筆をきつく握り締めた。

錫村が瞼を閉じる。

時間が停まったような沈黙。

「はらわたくん、医師を呼んでくれ」

浦野が頭を垂れる。左手から万年筆が落ちた。

「浦野さん、これはいったい――」

「妄想じゃないんだ」

浦野は喘ぐように言って、壁に背をつけた。テレビのリモコンを手に取り、電源ボタンを押す。

画面に映ったのは病院の廊下だった。モザイクがかかっているが、床が大量の血に覆われているのが分かる。助けてくれと叫ぶ男の声が、途中から悲鳴に変わった。何かが倒れる音。カメラが激しく揺れたところで画面がスタジオに切り替わった。

「こちらの映像は現場で発見されたスマートフォンに記録されていたものです。本日十時ごろ、大阪市中央区の宇賀神《うがじん》病院に入院していた女性が暴れ、看護師や入院患者を切りつけて逃走しました。警察の発表では、二十四名の死亡が確認され、五名が意識不明の重態です。犯人は現在も逃走しており、大阪市は外出を控えるよう警戒を呼び掛けています――」

チャンネルが切り替わる。

河川敷に警察車両が並び、制服警官が慌ただしく出入りしている。土手から先はブルーシートに遮られ様子が見えない。規制テープの手前でリポーターが七十代の男性にマイクを向けた。

「浅葱《あさぎ》川からひでえ臭いがして、鴉がいっぱい鳴いてたの。変だと思って河川敷に来たら、見たことのねえ布包みがびっしり浮かんでんのよ。一つ開けてみたら、人間の頭が入ってやがった。みんな人間の身体だとしたら、七、八人か、下手したら十人分くらいあるんじゃねえかな——」

ふたたびチャンネルが切り替わる。

ヘリコプターからの航空撮影で、オフィス街の一角が映っている。人通りはなく、アサルトスーツを着込んだ特殊部隊員がビルを取り囲んでいる。一列に並ぶ防弾楯が塀のようだ。回転翼の音に混ざって、パン、パン、と乾いた音が聞こえた。

「また発砲音が聞こえました。今日の午前十時半ごろ、大阪市北区の四葉銀行支店に猟銃を持った男が押し入り、その場にいた三十名前後を人質に取り立て籠もりました。男は行員を裸にして扉の周辺に整列させ、機動隊の狙撃を防いでいる模様です。建物内からは断続的に発砲音が聞こえており、複数の死傷者が出ていると見られます。くりかえします——」

浦野はテレビを消し、壁に背をつけたまま床に座り込んだ。

「ご覧の通りさ。この数十年に特異な悪事をなし、地獄で人鬼となった者たちが、現世によみがえった。召儺は成功したんだ」

「嘘だ」

亘は悲鳴を上げた。

浦野の足元に血だまりができていた。

「黙っていて悪かったね。病院で被害者の中学生に話を聞こうとしたら、突然刺された。彼女に鬼が憑いていたんだ」

浦野がコートを捲る。腹に巻いた包帯が血でびしょびしょになっていた。

「医者を呼んできます」

「ああ、頼む――」

ふいに浦野が咳き込んだ。胴体が痙攣し、腹に巻いた包帯から大量の血が滲み出る。亘は手洗い場のタオルを取って、浦野の腹を押さえた。痙攣が止まらない。これではどんどん傷が開いてしまう。

「浦野さん、動かないでください」

身体が大きく波打ち、手足が見たことのない方向に曲がった。生臭い匂いが鼻をつく。タオルを押さえていた指の先に、生温かいものが触れた。

「腸だ」錫村がつぶやいた。「名探偵の腸《はらわた》だ」

「黙れ！」

亘は叫んで、ぬるぬるした腸管を腹の奥に押し込んだ。

「浦野さん、堪えてください。すぐに医者を連れてきます」

「いや、いい。もう手遅れだ」

浦野が力なく首を振る。唇から涎《よだれ》のように血が流れた。

「浦野さんが死んだら、誰がこの事件を解決するんですか」

「解決？　もう探偵の出る幕じゃないさ」

浦野は左手を伸ばし、亘の頬に触れた。

「はらわたくん、三年間楽しかったよ。どうか生き延びてくれ――」

身体が壁を滑るように床へ倒れた。

「死んだんですか？」

錫村の声が落ちてくる。

亘は病室を飛び出し、医師の姿を探した。

浦野は津ヶ山病院の集中治療室へ運び込まれ、輸血と並行して損傷した腸管の縫合手術が行われた。術後は一時的に症状が安定したが、大腸から漏出した糞便が敗血症を引き起こし、血圧が低下。

二〇一五年十二月二十七日、午後四時十三分。浦野灸は死んだ。

10

「今日はこんなところかな」

みよ子が軍手を脱いで、浦野探偵事務所だった部屋を見回した。

手狭だと思っていた部屋が随分と広く見える。浦野の私物は遺族に送るために、捜査資料は警察庁へ寄贈するために、それぞれ段ボールに詰めてあった。デスク、オフィスチェア、ソファ、応接テーブルなどの家具は、粗大ゴミに出すために階段の前に運んである。残っているのは床の汚れくらいだ。窓を遮るものがないせいで夕陽が眩しかった。

「助かったよ」

みよ子には朝から事務所の片づけを手伝ってもらっていた。

「いいよ、卒論も終わったし。お腹空いちゃった。〈猪百戒〉いかない？」

みよ子がペットボトルの麦茶を飲み干して、唇を拭う。

「今日はやめとく」

気遣ってくれているのは嬉しかったが、木慈谷から戻って一週間、亘はろくに食事がとれていなかった。

年が明けて四日目。この国では異常事態が続いている。以前は大ニュースになっていたような凶悪犯罪が連日のように発生しているのだ。今朝は仙台市の産婦人科病院で複数の乳幼児の死体が見つかった。犯人は不明。世界は少しずつ、人ならぬ者に浸食されている。

驚いたのは、この明らかな異変に、政府や警察がまったく対応できていないことだった。首相は各都道府県の公安委員会に防犯活動の強化を指示したというが、そんなことで事態が収まるはずがない。野党は格差の拡大が治安悪化の原因だとして政府の経済政策を批判し、右派団体は外国人の犯罪集団が日本人を殺しているとして自衛隊の治安出動を命じない首相を弱腰と非難した。

亘は窓を開けて街並みを見下ろした。中野駅に列車が停まり、改札から乗客が流れてくる。腹の出たサラリーマン、ベビーカーを押す母親、はしゃぐカップル。以前とまったく変わらない景色だ。誰もが異常な事態には気づいていたが、不安をどこへ向ければよいのか分からず、結局は目の前の生活を続けることを選んでいた。

「分かった。じゃ、またね」

みよ子が小さく手を振って事務所を出ていく。階段を下りる足音が聞こえた。

召儺のことは誰にも話していなかった。警察に説明しても正気を疑われるだけだろう。「来世はない」と信じて努力してきたみよ子にも地獄や鬼のことを話すのは憚られた。

窓を閉めようとハンドルに手を伸ばしたところで、スマホが震えた。無視をしようか迷った挙句、受話器のアイコンをタップする。

「もしもし、原田さんですか。栃木県警の内田《うちだ》です。浦野先生に事件の相談をしたいんですが、事務所の電話がつながらなくて」

今日だけで同じような電話を十件は受けている。浦野の訃報は各都道府県警の本部へ伝えられているはずだが、現場の警察官までは届いていないようだ。

「ごめんなさい、浦野は死にました」

スピーカーの向こうで、息を呑む音が聞こえた。

浦野は死んだ。まぎれもない事実だ。與沢刑事部長によると、遺体は土浦に住む祖父に引き取られ、すでに荼毘《だび》に付されたという。

「まさか、今回の事件で？」

事件が多すぎて、どれのことか分からない。

亘は適当に相槌を打って、電話を切った。


雑居ビルを出ると、肌を刺すような風が全身に吹きつけた。ダッフルコートを着た中学生が掌に白い息を吐いている。年が明けてようやく冬らしい気候が訪れたようだ。

無性に温かいものが食べたくなって、〈猪百戒〉の暖簾をくぐった。みよ子の誘いを断ったのを後悔する。

カウンターに腰を下ろし、ビールと塩ラーメンを注文した。店内には油と葫《にんにく》の臭いが充満している。みよ子に秘密を打ち明けられたのが数年前のことのようだ。

運ばれてきた生ビールを口に運ぼうとして、ふいに息が苦しくなった。腹の奥から胃液がせり上がってくる。

亘の喉を締めつけているのは、罪悪感だった。

浦野は人鬼に刺されて死んだ。でも亘が浦野と初めて出会ったとき、浦野は猪首駅前交番の巡査に胸を刺されてもびくともしなかった。シャツの下に防刃ベストを着ていたからだ。

浦野が木慈谷から大阪へ向かった、十二月二十六日の朝。亘が軽い気持ちで防刃ベストを借りたりしなければ、浦野は今も生きていたのだ。

浦野は亘を救ってくれた。その恩人の命を、亘が奪ったのだ。

「おっちゃん、110番や！」

店内へ足音が飛び込んできた。

振り返ると、蝦蟇仙人が床に這《は》い蹲《つくば》って叫んでいた。顔が目玉だけになったような表情で路面を見つめている。掌には血がついていた。

「どうしたの？」

厨房から店長が飛び出し、不安そうに入り口の暖簾を捲った。亘も腰を上げて路上を見る。

車道の向かいにマンションのゴミ置き場があり、路面に溢れるほどゴミ袋が積み上がっている。コンクリートの塀で仕切られたスペースの端、大きなポリバケツとコンクリートの隙間から、くの字に折れた人間の脚が飛び出ていた。

「し、死んでんねん」

蝦蟇仙人が店長の肩を突いて、震えた声を出す。ゴミを漁っていて、ゴミ置き場の隅に押し込められた死体を見つけたのだろう。

店長はレジの受話器を取り、110番に通報した。

蝦蟇仙人は床に座り込んでいたが、ふいに怯えた目で店内を見回すと、物音を立てずに立ち上がった。そのまま忍び足で店を出て行こうとする。亘はフロアを横切って、蝦蟇仙人の腕を摑んだ。

「どこへ行くんですか」

蝦蟇仙人がびくんと肩を揺らす。

「兄ちゃん、かんにんしてや」

「あなたがやったんですか?」

蝦蟇仙人がかぶりを振る。口髭からひどい臭いがした。

「じゃあなぜ逃げるんです」

「お巡りに搾られんのはもう嫌なんや」

膝が震えていた。ゴミを漁るくらいだから生活が苦しいのだろう。過去に万引きでもしてお灸を据えられたのかもしれない。

「せや。兄ちゃん、探偵の仕事してんねやろ。わしは何もしてへんて、あんたが証明してくれんか」

蝦蟇仙人が縋《すが》るように亘の手を摑む。

浦野なら迷わず頷くところだが、亘にそんな度胸はなかった。浦野と一緒にいるときは気が大きくなっていたが、自分に探偵の才能はない。探偵小説が好きなだけのぼんくらだ。

「おれは探偵じゃないです」

亘が言うと、蝦蟇仙人は手を離し、乾いた下唇を突き出した。

「あっそ。拍子抜けや」

蝦蟇仙人は踵《きびす》を返し、〈猪百戒〉を出て行った。


自宅のアパートへ帰ったのは五日の午前六時過ぎだった。

向いの店にいただけで朝まで拘束されるとは思わなかったが、駆けつけた警察官の中に顔見知りの巡査がいたため、痛くない腹を探られることはなかった。

警察官に聞いたところでは、ゴミ置き場で見つかった死体は二十代の舞台俳優で、鈍器で頭を殴られたうえ局部を切り取られていたという。これが普通の事件なのか、人鬼の犯行なのかは分からない。

　コートを脱いで布団に倒れると、全身から力が抜けた。ビールは飲めずじまいだったのに、泥酔したみたいに天井がぐらついて見える。

　瞼を閉じるのと同時に、眠りの底へ落ちた。


　スマホが震えている。

　薄く瞼を開けると、陽が窓の上へのぼっていた。警察官の声はもう聴きたくない。しばらく振動音を無視したが、いくら待っても鳴りやまず、根負けしてスマホを手に取った。

「あ、はらわた？」

　みよ子の声だった。

「どうしたの」

「ちょっと確認したいことがあって。あのさ、自分でも変なのは分かってるんだけど」

　胸騒ぎがした。

「どうしたんだよ」

「さっき中野駅前で男の人に話しかけられて、浦野探偵事務所にはどう行けばいいのかって聞かれたの」

　依頼人だろうか。事務所の電話がつながらないから、直談判しようと足を運んだのかもしれない。

「事務所は閉じたみたいですよって答えたんだけど、道順をしつこく聞かれて。変だと思って、その人の顔をよく見たらね――」

みよ子が名前を口にする。

亘は言葉を失った。

馬鹿げている。そんなことはありえない。

「――はらわた、聞いてる?」

気づくとアパートを飛び出していた。憔悴《しょうすい》した身体に鞭を打って、商店街の人波を掻き分ける。歩いているだけで何度も転びそうになった。

十分ほどで雑居ビルにたどりついた。階段を上り、浦野探偵事務所の前に立つ。ポケットから鍵を取り出そうとして、ドアが薄く開いているのに気づいた。鍵を持っている人間は、亘のほかに一人しかいない。

ドアを押し、空っぽの部屋を覗く。

柔らかい日差しに照らされて、男が大の字になっていた。

「よお。来たな、はらわた」

男がバネ仕掛けみたいに上半身を起こし、不敵な笑みを浮かべる。

言葉が出てこなかった。

い、い、い、い、い、い、い、い、い。

死んだはずの浦野灸が、そこにいた。

「なんて顔してんだ。鬼が人間に乗り移って暴れてるんだぜ。これくらいで驚くなよ」

「……あなた、浦野さんじゃないですね」

「そうだ。よく分かったな」

男は吸いさしの煙草を放り捨てると、頭を掻いて立ち上がった。

「浦野灸は死んだ。おれはあいつの身体を間借りさせてもらってる。ほれ」

男がシャツの裾を捲ると、腹に大きなミミズ腫れができていた。

「あなた、誰ですか?」

「閻王様が選んだ日本史上最高の名探偵だ。人はおれをこう呼ぶ。半脳の天才とね」

男は鼻の穴を広げ、歯茎を剝き出して笑った。

「古城倫道だ。よろしくな」

浦野が一度も見せたことのない、下品でだらしない笑みだった。

八重定事件

1

原田家の人間はよく首が千切れる。

岡山県岡山市北区、松脂組事務所二階の大広間。絣《かすり》の入った甚平を着た男が、亘の頭上から日本刀を振り下ろした。

「死ね！」

ビュンと空気を切る音がして、亘の首は床に落っこちた。視界がぐるぐる回転する。がははは、と野太い笑い声が聞こえた。

「お父さん。刀を粗末にしないで」

みよ子が冷え切った口調で、剣道部の元主将らしいことを言う。視界の揺れがぴたりと止まった。

「すまんすまん。冗談じゃ」

男は日本刀を鞘《さや》に納め、照れ臭そうに唇をすぼめた。

浅黒い肌。短く刈った髪。熊のような図体。男の名は松脂念雀《ねんじゃく》。日本最凶と言われる指定暴力団松功会の直参にして、二次団体である松脂組の組長、そしてみよ子の父上である。

「いつまで伸びちょる。峰打ちじゃろうが」

松脂が呆れ顔で言って、横に正座をした若い男に刀を渡した。視界がぐるぐる揺れるのは目眩のせいらしい。亘は首の後ろを擦《さす》りながら上半身を起こし、肩を縮めて正座をした。

松脂が床の間を背にあぐらをかく。右手には男が二人、葬式帰りみたいな黒いスーツを着て座っていた。一人がパンチパーマ、もう一人がテカテカの七三分けだ。

亘は敷居の外でみよ子と首を並べていた。雨の中を歩いたみたいにびっしょりと汗をかいている。今日の目的は、組長にみよ子との交際を認めてもらうことだった。

「探偵の助手いうけえどんな青瓢箪かと思ったが、なかなかたくましいやつじゃ。みよ子の言う通り、頭はただの飾りみたいじゃがの」

松脂はニヤニヤ笑いながら、亘の全身を舐めるように見回す。日本刀で首を打たれたり能無し扱いされたりとひどいもてなしだ。亘は学校に通ったことがないが、浦野と三年働いたおかげでそれなりに知恵を付けたつもりだった。

「組長さん。峰打ちが安全というのは誤解です。本当はモハメド・アリのパンチの十二倍の威力があります」

亘が当意即妙の雑学を披露すると、

「わしに楯突くんか？　ええ度胸じゃ！　死ね！」

「お父さん。ふざけてるなら帰るよ」

「すまん」

えへへ、と松脂が笑う。

「まあええわ。おどれ、浦野灸の探偵事務所で働いとるんじゃろ。ここだけの話、わしはあの男に感謝しとるんじゃ」

松脂は一つ咳ばらいをして、ようやく真面目そうなことを言った。探偵がヤクザに憎まれることはあっても、感謝される謂《いわ》れはない。どういうことだろう。

「うちの事務所がおしぼりでも仕入れましたか」

「あほ。わしらは見ての通り、古臭いヤクザじゃ。任俠を重んじ、カタギには迷惑をかけんように生きとる。じゃけど今の時代、古いシノギじゃ首の回らん連中も多い。ヤクザの看板を掲げながら、闇金や売春なんかに手を出す輩もおる。中でも質《たち》が悪いんが荊木会《いばらきかい》じゃ」

荊木会。日本人なら誰でも知っている、日本最大規模の指定暴力団だ。

「松功会と荊木会は犬猿の仲じゃ。ひとたび抗争となりゃ大きな犠牲が出る。じゃからこそ互いに一線を越えんように気を遣うてきた。じゃが八年前、最悪の事件が起きた。荊木会系の二次団体、刑部《おさべ》組の馬鹿な若造が、うちの先代の家に強盗に入って、婆さんをボコボコにしたんじゃ」

松脂の双眸に暗い色が浮かぶ。

「刑部のやつらは、事件はよそのチンピラのしわざと言い張った。むろん姑息な言い逃れじゃ。刑部が詫びを入れなんだら、わしらはけじめを取らんといかん。すわ戦争かと腹を括ったとき、思いがけんことが起きた。荊木会の事務所がガサ入れされて、組長を含む幹部がまるごとパクられたんじゃ。容疑は覚醒剤取締法違反。浦野灸が警察に手を回したっちゅう噂じゃった。カタギに被害が出んように、浦野が抗争を防いだんじゃろう」

浦野が覚醒剤の密輸に関する文書を見つけ、暴力団の一斉摘発に貢献したことは知っていたが、そんな裏話があったとは知らなかった。

「シャブの売上を失った刑部組はすっかり力を失った。最近はまた旨いシノギを見つけて盛り返しとるみたいじゃが、あの頃ほどの勢いはねえ。そういうことじゃけ、みよ子が浦野探偵事務所の見習いと付き合うとると聞いて、わしゃ不思議な巡り合わせを感じたんじゃ」

「それじゃ、おれたちの交際を認めてくれるんですか？」

亘が興奮気味に声を上げると、

「端《はな》から否定する気もねえ」

松脂は腰を持ち上げ、上座から下りて亘の手を握った。またどこかを殴られるのではないかと、つい身体に力が入る。

「ほ、本当に良いんですか？」

「安心せえ。松脂の家の人間は絶対に嘘は言わん。みよ子もそうじゃ」

松脂が左手でみよ子の頭を撫でる。さっきのは何だと言いたくなったが、亘は黙って愛想笑いを浮かべた。

「ヤクザは危険と隣り合わせじゃけ、おどれと顔を合わせんのもこれが最後じゃ。亘くん、みよ子を大事にしてやってくれ」

亘は掌の汗をシャツで拭いてから、松脂の大きな手を握り返した。なんだかよく分からないが、浦野のおかげでみよ子との交際を続けられそうだ。尻尾があればぶんぶん振り回したい気分だった。

「ありがとうございます」

一つ残念なのは、事務所へ戻っても、浦野に感謝を伝えられないことだ。

浦野灸はもうこの世にいないのだから。

2

「古城倫道だ。よろしくな」

浦野灸そっくりだが、どう見ても浦野灸とは思えない男が、笑いながらそう言った。二〇一六年一月五日、火曜日の昼下がり。低い太陽に照らされて、事務所には生ぬるい空気が漂っている。

「はらわた、おれに手を貸してくれ」

男は浦野と同じ顔、同じ出で立ちで、浦野の事務所に居座っている。亘はとっさに部屋を見回した。荷物をまとめて廊下に運び出したせいで、武器になりそうなものは見当たらない。

「はらわた、聞いてるか?」

亘は腰を落とすと、右ストレートで男の頬を殴った。

「何すんだよ!」

男はすっかり油断していたようで、思い切り床に尻餅をついた。

「顔を殴りました」

「なんで殴んだよ。お前の大好きな古城倫道だぞ!」

男は身を捩ってゲホゲホと咳をした。

「騙されませんよ。あなたは人鬼ですね」

錫村藍志が行った召儺の儀式により、地獄で死者に責め苦を与えていた鬼たちが現世に甦った。錫村の父、宗像忠司は、牛頭や数百年前の落人を現世に呼び出そうとして失敗。父の試行錯誤に学んだ錫村は、数十年のうちに死んだ若い人鬼を甦らせることにした。

現世で悪事をなした者たちは、死後、地獄へと落ちる。だが特異な悪事をなし、人々を苦しめた者は、閻王に選ばれ、鬼として務めを果たすよう命じられることがある。これが人鬼だ。

もしも召儺により古城倫道が生き返ったとすれば、古城が死後、人鬼となっていたことになる。だが数々の凶悪犯罪の真相を明かし、人々の平穏な暮らしを守った名探偵が、地獄に落ちるはずがない。この男の正体は、古城倫道を騙る偽者だ。

「ちょっと待て。おれは死人だが鬼じゃない。他のやつらとはわけが違うんだ」

男は両手を突き出して亘と距離を取ると、ふたたびシャツを捲り上げた。腹のミミズ腫れが露わになる。

「おれは召儺で甦ったんじゃない。これが証拠だ」

亘は妙につるんとした傷跡を見つめた。

「どういうことですか」

「召儺ってのは、鬼の魂を現世に呼び出して、生きた人間に憑依させる儀式だ。死んだ肉体を生き返らせることはできない。でもほら、おれの身体はどう見ても浦野灸だし、刺し傷も塞がってるだろ。死んだ肉体を生き返らせられるのは、極楽の阿弥陀と地獄の閻王だけだ」

浦野が津ヶ山病院で死んだのは間違いない。遺体は家族に引き取られ、土浦市内の火葬場で荼毘に付されたはずだ。

「阿弥陀様があなたを生き返らせたんですか？」

「いや。おれの取り引き相手は閻王だ。おれは死んだあと地獄に送られた。あっちの連中にはおれの素晴らしい功徳の数々が理解できなかったらしい。

八十年後。今回の召儺は閻王も寝耳に水だった。地獄ってとこは昔から人手不足でね。鬼が減ったところに大量の死人が送られたら霊魂が収まらなくなっちまう。そこで閻王は鬼退治のためにおれを甦らせたんだ」

召儺の儀式で迷惑を被ったのは、こちらの世界の人間だけではなかったということか。

「どうしてあなたが選ばれたんですか」

「違う。選ばせたんだ。甦った人鬼の中に、八十年前におれを殺そうとした狼藉者がいてね。あいつだけ生き返ったんじゃ腹の虫が治まらねえ。おれが人鬼どもをまとめて地獄へ送り返してやるから、代わりに現世へ生き返らせろって閻王に持ち掛けたんだ。人鬼といっても生前はただの犯罪者に過ぎない。日本一の探偵の手にかかれば、見つけ出すのは朝飯前だ。閻王は人鬼の行方が分からず途方に暮れていたから、おれの提案に乗るしかなかった」

「地獄へ送り返すって、どうやるんです」

「簡単さ。ぶち殺すんだよ。魂は鬼でも身体は人間だ。息の根を止めれば死ぬ」

男は自分の首に手を回すと、白目を剝いて舌を出した。浦野は何度生まれ変わってもこんな仕草はしないはずだ。

「浦野灸の身体をいただいたのが気に入らないか？　おれも本当は昔と同じ身体が良かったんだが、あいにく八十年前に火葬されちまってる。死に立ての身体なら何でもよかったんだが、どうせなら探偵のをいただこうと思ってね。事務所もある、実績もある、おまけに手下もいる。これなら捜査もしやすいだろ」

「浦野さんの遺体は火葬されてなかったんですか」

「葬式が終わって、斎場の安置所でおねんねしてるところで生き返った。棺には別の死体を突っ込んでおいてやった」

「その服は？」

「これは遺品だ。爺さんが保管してたのを盗んできた」

男は悪びれもせずけらけら笑っている。事務所の鍵も遺品の一つだろう。冗談みたいな話だが、浦野灸と瓜二つであることが、ただのペテン師ではない証拠だった。

「いきなり殴ってすみませんでした」

亘が頭を下げて謝ると、

「許してやるから、おれの従者になれ。あの世から毎日眺めてたおかげで世の中のことは大抵知ってるつもりだが、とはいえ八十年ぶりじゃ分からねえこともある。おれに力を貸してくれ」

男は右手で亘の掌を握り、左腕を肩に回してくる。

「助手ってことですか？」

亘は男の手を払って尋ねた。肩書きは正確に。浦野の遺言だ。

「違う。従者だ」

「何が違うんですか」

「おれの仕事を手伝うのが助手。おれの命令に従うのが従者だ。おれは助手は雇わないと決めてる」

「左門我泥は助手でしたよね」

男は頰を引き攣《つ》らせた。

「あいつは助手でも何でもない。赤の他人のペテン師だ。死んだら文句を言ってやろうと思ったんだが、法螺吹きのくせになぜか極楽へ行きやがった。だいたい殺人破戒僧やビロードマントの連続殺人鬼なんてのが実在すると思うか？」

「しないんですか」

「しねえよ。とにかく、お前はおれの従者になれ。呼び名が気に入らないなら飯炊き奉公人でも良いぜ」

名称はさておき、亘に断る理由はない――はずだった。浦野が死んでからの一週間、人鬼の手で多くの命が奪われたにも関わらず、何もできない自分が不甲斐なくてならなかった。人鬼を見つけ出し、浦野の仇が討てるのなら本望だ。断る理由はないのだが、しかし。

「おれ、あなたが古城倫道ってのが、どうしても信じられないんです。子どものときから、古城倫道といえばスマートで品の良い探偵だと思ってましたから」

「喧嘩売ってんのか。殺すぞ」

やはり品がない。

「いや、すまん。お前が戸惑うのも無理はない。左門我泥がおれを品行方正で清廉潔白な探偵に描いたのが悪いんだ」

「じゃあ半脳の天才というのは？」

「それは新聞がつけた実際の渾名だ。シベリアで砲弾を食らって脳の三分の一が欠けたのも本当だが、元から天才だったから脳が減って賢くなったわけじゃない」

男は頭蓋骨の中身を確かめるように、自分の頭を撫でた。

「おれが好きな古城倫道は偽者だったんですね」

「なんでそうなる。脚色はあるが、おれが幾多の難事件を解決したのは事実だぜ」

「口ではなんとでも言えますから」

男は亘の爪先から頭までをゆっくり見上げると、眉をハの字にして、チンピラみたいに亘を睨んだ。

「呆れた野郎だな。勝手に誤解して勝手に失望してんじゃねえよ」

「すいません。でもやっぱり信じられないです」

男は怒りを鎮めるように深呼吸をすると、ふいに四つの指を立てた。

「四日だ」

「はい？」

「死んだ浦野灸が、連続放火事件の捜査を頼まれてから、犯人を突き止めるまでにかかった日数だ。今日から四日間だけおれの言うことを聞け。その間に人鬼を一人、地獄へ送り返してやる。そうしたらおれの力を認めろ」

「警察が尻尾すら摑めてない事件の犯人を見つけるんですか？　八十年ぶりに現世によみがえったばかりなのに？」

「ちょろいもんさ。おれは天才だぜ」

男が鼻息を荒げる。

「分かりました」

亘は頷いた。うまく乗せられた気がしなくもないが、この男が本当に稀代の名探偵なら協力を惜しむ理由はない。

亘は四日の期限付きで、古城倫道の従者になった。

3

一月七日、午前十時。一日振りに事務所へ足を運ぶと、半分開いた扉から生ゴミみたいな汚臭が洩れていた。事務所の景色は変わっていないのに、どこか悍《おぞ》ましい世界に迷い込んだような気分になる。

古城はソファにもたれて鼾をかいていた。無精髭が伸び、テカテカになった髪が首に張り付いている。テーブルには焼酎瓶、灰皿には吸い殻、床には女性向けのファッション雑誌が散らばっていた。浦野灸の自宅はすでに解約していたため、古城は一昨日から事務所に寝泊まりしている。

「うおおっ」

音を立ててソファから落ちると、オットセイみたいに首をもたげ、瞼を搔きながら手を挙げた。

「よお、はらわた。一日ぶりだな。休暇は楽しかったか？　女とやったのか？」

ヤクザの事務所を訪ねたことはこの男に伝えていない。シャーロック・ホームズよろしく行き先を言い当てられるかと思ったが、あいにくそんなことはなかった。

約束の期日まで、あと二日。地べたを這い回って情報を搔き集め、人鬼を追うのかと思いきや、古城は事務所の貯金で酒ばかり飲んでいた。

「人鬼は捕まりそうですか」

「ああ。肩慣らしに丁度良さそうなやつを見つけたぜ」

そう言って唇についた涎のあとを舐める。

亘はホワイトボードを見上げた。古城の下手くそな文字が並んでいる。

・昭和七年（一九三二年）　玉ノ池バラバラ殺人事件
・昭和十一年（一九三六年）　八重定事件
・昭和十三年（一九三八年）　津ヶ山事件
・昭和二十三年（一九四八年）　青銀堂事件
・昭和二十三年（一九四八年）　椿産院事件
・昭和五十四年（一九七九年）　四葉銀行人質事件
・昭和六十年（一九八五年）　農薬コーラ事件

古城は現世に甦る際、人鬼たちが生前に起こした悪事について閻王から教えられていた。それがこの七つの事件である。どれも有名な事件らしいのだが、亘が知っているのは津ヶ山事件だけだった。

「どれですか？」

古城は欠伸《あくび》をしながら部屋を見回すと、テーブルの下から新聞紙の束を引っ張り出した。

「読んでみろ。この一週間、都内で起きた三件の殺人事件の記事だ」

亘は言われるまま、三つの記事に目を通した。

一つ目の事件は十二月三十一日、大晦日の夜に起きた。会社員の男性が、東京都文京区新大塚のマンションの地下駐車場で殺されたのだ。死因は後頭部を殴打されたことによる脳挫傷。遺体はズボンを脱がされ、包丁で局部を切断されていた。

殺されたのは加賀《かが》大史《たいし》、三十五歳。不動産仲介業者の社員で、二十八日から正月休みに入っていた。近所に住む交際中の女性が、連絡がつかないことを不審に思いマンションを訪れ、駐車場の遺体を発見した。

二つ目の事件は、年が明けた一月二日に起きた。東京都北区の荒川の河川敷で男性が殺されたのだ。遺体は鈍器で後頭部を殴られたうえ、ズボンを膝まで下ろされ、局部を切断されていた。

被害者は槙野《まきの》辰徳《たつのり》、四十一歳。小規模な芸能プロダクションを経営していた。離婚した妻との間に子どもが二人いるが、現在は赤羽駅前のマンションで一人暮らし。三日の午後六時過ぎ、河川敷で犬の散歩をしていた男性が、叢《くさむら》に倒れている槙野さんの遺体を発見した。記事は新大塚の事件との類似性を指摘しながらも、被害者に接点が見当たらないことから、事件の関連性は低いと綴っている。

そして三つ目。一月四日の夜、中野区のマンションのゴミ置き場で男性の遺体が見つかった。遺体は鈍器で後頭部を殴打され、局部を切り取られていた。

「――ん？」

三つ目の事件には思い当たる節があった。〈猪百戒〉の前のマンションで蝦蟇仙人が発見した、あの死体だ。亘も警察官に取り調べを受けている。

殺されたのは松永佑《まつながゆう》、二十八歳。以前は俳優として舞台を中心に活躍していたが、この半年はYouTube に軸足を移し、殺人事件の現場を中継したり、ホームレスに花火を打ったり、敵対する暴走族のリーダーを同じ店に呼び出したりと、過激な動画をアップしていた。奇《く》しくも事件後、死体発見現場を映した撮影者不明の動画がアップされ、松永佑の動画をはるかに上回る再生回数を叩き出しているという。

「どれも男性が局部を切断されてますね」

「その通り。こりゃ八重定《やえさだ》事件の犯人のしわざだ」

古城はオフィスチェアに腰掛け、ノンノの特集ページを捲りながら言う。

亘はホワイトボードを見上げた。七つの事件の中では二番目に古い事件だ。

「どんな事件なんですか?」

「男があそこをちょん切られて死んだ事件だ。お前、今から図書館へ行って、事件の資料を借りてこい」

「おれがですか?」

亘が瞬きして言うと、

「当たり前だろ。お前は明日までおれの従者だからな」

古城はデスクを叩いて罵声を飛ばした。


亘は中野中央図書館に足を運んで、八重定事件の資料を集めた。それなりに有名な事件らしく、予審調書の解説書から、猟奇事件をまとめたムック本まで、さまざまな資料が見つかった。

八重定とは、事件を起こしたとされる仲居の女の名前だ。

昭和十一年(一九三六年)五月十八日、八重は恋仲だった懐石料理屋の亭主、石本吉蔵《いしもときちぞう》を絞殺し、性器を切断した。八重は石本の性器とともに姿を消したが、二日後、江戸川区の旅館に泊まっているところを見つかり逮捕された。

八重は明治四十三年(一九一〇年)生まれ。事件当時は二十五歳だった。

惨劇の舞台となったのは、荒川区の花街、尾原町《おばらちょう》の待合旅館〈美佐喜《みさき》〉だ。待合旅館とは芸者を呼ぶために座敷を貸す旅館だが、実際は連れ込み宿のように使われることも多かった。〈美佐喜〉は街の外れ、隅田川のほとりに建つ小さな待合旅館で、座敷は一階と二階に一つずつ。二階の座敷に客が入ることはまれだった。

〈美佐喜〉の女将は事件の一週間前――五月十一日の朝、文字通りの虫の知らせを受け取っていた。隅田川で発生した蜉蝣《かげろう》の大群が、川に面した障子窓の隙間から一階の座敷に入り込んだのだ。女将は樟脳《しょうのう》を撒いて蜉蝣を退治したが、おかげで座敷はひどく臭くなり、畳は死骸だらけになってしまった。

この日の午後、八重定と石本吉蔵の二人が〈美佐喜〉を訪れる。一階が使い物にならなかったため、女将は二人を二階の座敷へ泊まらせることにした。

二人は睦まじい様子で、一週間〈美佐喜〉に泊まり続けた。石本は何度か、日差しが強いので座敷を一階に変えてほしいと願い出たが、女将はそれを断った。いつ蜉蝣の大群が押し寄せるか分からない部屋に、客を寝泊まりさせるわけにはいかなかったのだろう。

そして迎えた五月十八日。事件は起きた。

午前五時三十分。二階の座敷から男の悲鳴が轟き、直後に慌ただしい足音が響いた。異変に気づいた女将は、寝室を飛び出し、階段を上って座敷の戸を開ける。部屋に女の姿はなく、男が全裸で寝床に仰臥していた。異様な量の血が、股間にかかった掛け布団を真っ赤に染めていた。

女将が立ち尽くしていると、階下から戸口の開く音が聞こえた。表へ飛び出す下駄の音がそれに続く。同宿していた女が逃げたことに気づくと、女将は帳場へ戻り、警察への通報を試みる。だがどういうわけか電話がつながらない。後の捜査によれば、何者かの手で電話線が切断されていたという。

女将は表へ出ると、まだ寝静まった早朝の花街を駆け、交番へ警察官を呼びに行った。このとき女将は通りの前後を確認したが、女の姿は見当たらなかった。

五時五十分。女将とともに〈美佐喜〉を訪れた警察官が、二階の座敷で石本を発見する。数分後には医師も駆けつけたが、石本はすでにこと切れていた。死因は首を絞められたことによる窒息。局部は鋭利な刃物で切り落とされていた。座敷にあったのは石本の荷物と一週間分の新聞、それに血の付いた包丁だけで、八重の手荷物はなかった。

警視庁は直ちに尾原署に捜査本部を設置し、八重の行方を追った。二・二六事件から三カ月、忍び寄る戦争の気配に緊張を強いられていた国民は、愛人女性による局部切断という衝撃的な事件に沸き立った。新聞やラジオは八重の逃亡をセンセーショナルに報じ、風貌の似た女性が現れるたび各地でパニックが起きた。

事件から二日が過ぎた五月二十日。八重は江戸川駅前の旅館〈江戸川館〉に偽名で宿泊しているところを発見され、逮捕された。警察の取り調べに、八重は性行為の最中に石本の首を絞めて意識を奪い、性器を切断して逃げたことを認めた。

八重の手荷物からは、雑誌の紙に包んだ陰茎と睾丸が見つかった。雑誌は女将が古紙回収のために麻紐で縛って裏庭に置いてあったもので、八重は旅館から逃走する際、とっさに紙を十枚ほど破って性器を包んだのだという。雑誌は長く屋外に置かれていたため、紙に土埃が付いており、包んだ陰茎も汚れてしまっていた。

その後の裁判では、二人の異様な関係が明らかになった。殺された石本吉蔵は、八重が働いていた懐石料理屋〈石本屋〉の亭主だった。八重は文字が読めなかったため、店を閉めたあと、よく石本に頼んで新聞や雑誌を読んでもらっていたという。やがて二人は恋仲になり、四月の終わりに駆け落ちを敢行する。待合旅館を転々とした後、たどり着いたのが〈美佐喜〉だった。

八重は性行為の最中、たびたび腰紐で石本の首を絞め、石本もそれを喜んでいた。八重が「オチンコを切って、吉蔵さんとずっと一緒にいたい」と言うと、石本は初め驚いた顔をしたが、すぐに「きみの一番になれるなら悪くない」と答えたという。

石本は懐石料理屋〈石本屋〉の七代目で、情に厚い親分肌の男だった。懐具合は良いように見えたが、実際は恐慌のあおりを受け客足が遠のいていたようで、石本の死後、ヤクザから金を借りていたことが判明した。店の切り盛りと金の工面に追われ、神経が衰弱していたようだ。死体の腕に複数の注射痕があったことからメタンフェタミン中毒も疑われたが、遺体の血液から薬物は検出されなかった。

八重は予審尋問で殺害の動機を問われ、「あの人が好きでたまらず、独占したいと思ったから」と答えた。局部を切り落とした理由を問われると「オチンコがあれば石本と一緒の気がして寂しくないと思ったから」と答えた。

「素晴らしく健康的な犯行動機だな。世の悪党どもはこれくらい人間味あふれる理由で罪を犯してほしいもんだ」

古城は予審調書の解説書を読み終えると、本をテーブルに放り投げ、本音か皮肉か分からないことを言った。

「でも当時から、本当の動機は別にあるんじゃないかって噂があったみたいですよ」亘は『実録猟奇事件簿　妖婦・八重定の真実』なるコンビニ本を手に取った。「有名なものでは、探偵雑誌説というのと、化学公害説というのがあります」

「なんだそりゃ」

「探偵雑誌説というのは、文字通り探偵雑誌が八重定を犯行に駆り立てたという説です。なんでも八重が局部を包むのに使った雑誌というのが、探偵文藝という淫靡で低俗な探偵小説雑誌だったそうで。八重は以前から石本に雑誌を読んでもらっていたそうですから、二人が探偵文藝を読んだ可能性は十分あります。それで小説に感化された八重が、石本を殺して局部を切断したんじゃないかというんです。関西大学の苧阪寅之助《おさかとらのすけ》教授らがこの説を唱え、探偵文藝の松野編集長が釈明する事態になりました」

「八重定は局部を新聞紙に包んでたんじゃなかったか？」

「いや、雑誌の紙ですね。予審調書にもそう書いてありますよ」

亘は本を捲って答える。

「どっちでもいいか。読むとオチンコをちょん切りたくなる小説があるなら読んでみてえよ」

古城が大盛りの欠伸をする。蜚蠊《ごきぶり》も裸足で逃げ出すような臭いがした。

「もう一つの化学公害説はもっとひどいですよ。当時の隅田川は工場排水の汚染が進んでいたようでして。事件の前日、食品工場から多量の化学物質を含んだ廃水が放出されたことが分かっています。それで八重は、川で採った魚や海草から多量の化学物質を摂取したため、一時的に躁状態になり、石本を殺してしまったというんです」

「そんな化学物質があったら日本軍が喜びそうだな」

古城が鼻を鳴らす。

「根も葉もない与太話というわけではありません。八重が石本を殺したのとほぼ同じ時刻に、尾原町で他にも凶暴な事件が起きていたんです。十八日の午後四時ごろ、隅田川の河原に男性の死体が打ち上げられました。死因は水を呑んだことによる窒息死。ただし頭に殴打痕があったことから、何者かに頭を殴られ、川へ落とされたものと見られます。

実は〈美佐喜〉の女将さんが五時三十分に交番へ向かったとき、橋の上でこの男とすれ違っていました。でも五十分に警察官を連れて戻ったとき、男の姿はありませんでした。女将さんが〈美佐喜〉と交番を往復した二十分の間に、男は何者かに橋から突き落とされたようなんです」

「その事件の犯人も化学物質で頭がおかしくなったって言いたいのか?」

「はい。当時の全国労働組合会議がこの説を主張しました」

「こじつけだな。真面目腐った連中は八重定の純朴な動機が許せねえんだよ。好きで好きでしかたない。オチンコがほしい。それで十分じゃねえか」

古城は八重の動機がよほどお気に入りらしい。

「この犯人が死後、地獄へ落ちて人鬼になり、今回の召儺で現世によみがえったってことですよね」

「そうだ。不憫だろ?」

望んでもないのに現世に甦り、好きでもない男の局部を切り続けているとしたら、確かに同情したくなる。

「一度死んで人鬼になったら、人間の心はなくなっちゃうんですか?」

「そんなことはない。記憶や性格、癖、習慣といった脳に由来する性質は、肉体が変わっても受け継がれる。だがあの世でのお務めは、あくまで地獄へ落ちた死者をいたぶることだ。何の意味もなく死者を苛め続けるんじゃ、すぐに心が壊れちまう。だから人鬼たちの魂は、生前の悪行をくりかえすことで快楽を感じるように作り変えられる」

八重定の魂は、人を殺《あや》め、局部を切り落とすことで快楽を感じるようになっているということか。

「生前の悪行と言っても、今の時代には難しいこともありませんか。矢で射殺すとか、刀で斬り殺すとか」

「そりゃ完全に同じ手口なんてのはそもそも不可能だ。やり方を近づけるほど快楽は増すようだが、まったく同じである必要はない」

八重定の場合、手口を完全になぞるなら、被害者と同じ寝床に入って、首を絞めて殺さなければならないことになる。だが八十年前と違って、今回殺すのは恋人ではなく赤の他人だ。河川敷や地下駐車場の暗がりで、ふいをついて襲い掛かるのが現実的な手段だったのだろう。

「例えばですけど、人鬼が相手に反撃されて、致命傷を負ったらどうなりますか。その場合も普通に死ぬんですか」

「死ぬ。そもそも召儺ってのは、死者の魂を生者の肉体に突っ込む滅茶苦茶な儀式だ。召儺で生き返った魂は、依代《よりしろ》となる人間の肉体に大きな負荷をかける。放っておいても数日から数週間で使い物にならなくなって、勝手に死ぬ」

古城が白目を剝いてテーブルに倒れる。そんな話は初耳だ。

「じゃあ古城さんが退治しなくても、何週間かすれば鬼はいなくなるんですか?」

「そうはいかない。召儺で生き返った人鬼は、別の肉体に乗り移れるようになる。身体がボロボロになったら、次の身体に乗り移ればいい」

「それじゃ人鬼を地獄へ送り返すのは不可能ですよ。人鬼は殺されそうになったら、別の肉体に乗り移ればいいんですから」

「そこまで自由自在に乗り移れるわけじゃない。魂を移すには、ＤＮＡを含有する体液の接触が必要だ。一番簡単なのは、相手に噛みついて唾液と血を接触させること。だからその隙を与えずに脳天をかち割ってやればいい」

ふいに古城がこちらを向いて、亘の頭のてっぺんを叩いた。灰皿が引っくり返り、吸い殻が宙を舞う。

「魂が移動するとなると、魂が抜けたほうの身体はどうなるんですか」

「意識のない廃人になって、数分から数十分で死ぬ」

「古城さんもあと何日かしたら、ボロボロになって、別の人に乗り移るんですか?」

「おれは召儺で生き返ったんじゃない。閻王様が直々に魂を死骸にぶち込んだんだ。人鬼みたいに肉体を変えなくても、よぼよぼのジジイになるまで死なねえよ」

古城は収納棚を開けて、便所用のブラシを差し出した。吸い殻を片づけろということらしい。

「お前、心配性だな。安心しろ。約束通り、明日には人鬼をぶち殺すところを見せてやる」

「ここからどうするんです?」

「もう手は打ってある。まずは情報屋に会いにいこう」

古城が伸びをすると、捲れたシャツから下腹部の毛が見えた。

4

午後七時五十分。亘と古城は、新宿区百人町の純喫茶〈ライミ〉の最奥、背の高い観葉植物に遮られたテーブル席で、待ち合わせの相手を待っていた。

「爺さんと婆さんばっかりだな。狸の行列を見てる気分だ」

古城が横断歩道を行き交う人波を眺めてぼやく。古城が生きていた頃の平均寿命は四十半ばだったというから、街が老人ばかりに見えるのも無理はない。

「今の平均寿命は八十を超えてますからね。日本人の最高齢記録は百十七歳ですよ」

「本当に人間か？　化け狸じゃねえのか」

「失礼なことを言わないでください」つい子どもを叱るような口調になる。「古城さんは何歳で死んだんですか？」

「三十六歳。やり盛りだぜ」

「なんで死んだんです？　やっぱり悪党に嵌められたんですか」

「まあそんなもんだ」

「警察が治安悪化を防ぐために訃報を揉み消したというのは本当ですか」

「ああ。あのときの警察の狼狽っぷりには、おれもあの世でため息が出たよ」

古城が苦笑する。あの世からは案外、こっちの様子がよく見えるらしい。

「おっと、約束の爺さんが来たぜ」

古城が立ち上がって、観葉植物の向こうに顔を出した。

入ってきたのは犬を連れた精悍な男だった。年齢は五十過ぎ、まだ爺さんという年齢ではない。オールバックに固めた頭髪に、形の良い鼻が映える。ストライプの入ったスーツは六本木あたりの外資系証券マンのようだ。

握ったハーネスにはラブラドール・レトリバーがつながれていた。顎を引き締め、落ち着いた顔で店内を見回している。盲導犬だろう。

臙脂《えんじ》のチョッキを着た店員が男に声をかけ、慣れた様子で亘たちの席へ案内した。

「どうも。おれは古城孫作《まごさく》。こいつは従者のはらわただ」

古城は腰を屈めて犬の鼻を撫でた。

「本当にあの古城倫道先生のお孫さんなんですか?」

男が探るように言う。

「名探偵の孫はいつも突然出てくるんだ。信じられないならおたくの先代の秘密でも教えてやろうか?」

「いえ。お祖父様とは持ちつ持たれつ、助け合う仲だったと聞いております。今のわたしたちがあるのはお祖父様のおかげでもあると」

男は深く頭を下げると、椅子の横に犬を座らせ、自身も椅子に腰を下ろした。古城が生き返った経緯を真面目に説明するとオカルト話になってしまうので、名探偵の孫という設定でいくことにしたようだ。亘は落ち着かない気分で店員を呼び、三人分のブレンドコーヒーを注文した。

「それで、情報は見つかったか?」

古城が声を落として、男に顔を寄せる。

「ええ。話を聞いてすぐにピンときたことがありまして」

男は店員が立ち去るのを待って口を開いた。

「五日の夜、尾原の老舗ソープランド〈ベルサイユ〉が、警察に任意の取り調べを受けました。それだけなら珍しいことでもないんですが、店主は殺人や傷害の前科のある女を雇っていないか、くりかえし確認されたらしいんです」

「何かネタを摑んでるわけか」

「ええ。それで知り合いの刑事に探りを入れてみたら、どんぴしゃでした。孫作さんが調べている三つの殺人事件の被害者の遺留品から、事件の数日前に尾原町を訪れていたことを示す証拠が見つかったんです。加賀大史さんと松永佑さんは交通系ＩＣカードの利用履歴が。槙野辰徳さんは尾原町のコンビニのレシートが財布に残っていました。十中八九、風俗店を利用するために尾原町を訪れたんだと思います」

古城は思春期の男子みたいな含み笑いを浮かべた。

「三人は尾原を訪れ、犯人と知り合った。その後、自宅の近くでふたたび犯人と会い、あそこをちょん切られて殺されたわけか」

「はい。ただ加賀と槙野は身持ちが固く、風俗に通い詰めるようなタイプではなかったそうです。話を聞いた刑事は、まるで尾原に吸い寄せられたみたいだと洩らしていました」

現代に甦った妖婦、八重定が、三人の男を尾原へ誘《おび》き寄せたというのか。

「おれが探してんのはそいつに違いねえ」古城はぶしつけに男の手を摑んだ。「なあ、ついでにもう一つ頼みを聞いてくれねえか」

「もちろん、わたしにできることなら。困ったときはお互い様です」

「おれ、明日中に犯人を捕まえねえとまずいんだ。だいたいの居場所は分かった。だが人手が足りない。明日の夜、あんたの仲間を貸してくれねえか」

「分かりました。うちの若いやつを行かせましょう」

男は即座に頷いた。古城と先代との間には随分と深い信頼があったらしい。この男、いったい何者なのだろうか。

若い店員がコーヒーを運んでくる。男がハーネスを引いて犬を動かしている隙に、亘は古城の耳に囁いた。

「あの、この人、どなたですか？」

声量を落としたつもりだったが、男はぴんと背筋を伸ばしてこちらを向いた。

「失礼しました。わたしは荊木会直参、刑部組組長の刑部九条《くじょう》と申します」

刑部組？

つい昨日、みよ子のお父さんから同じ言葉を聞いたばかりだ。

「刑部組って、浦野灸が覚醒剤の密輸の証拠を見つけたせいで壊滅的な打撃を受けた、あの刑部組ですか？」

「ああ。あの正義漢気取りのせいで、わたしも三年、お勤めをさせられましたよ」

刑部は白い歯を見せて笑う。目の前に座った男が、その正義漢気取りと瓜二つなことには気づいていないようだ。

「あの、岡山の松脂組とは、やはり仲が悪いんですか？」

おそるおそる尋ねると、

「田舎の荒っぽいヤクザとは水が合わないものですから」

刑部は頬を緩めて、ますます笑みを広げた。

「よく知っていますね。この世界と付き合いが？」

唾を呑もうとしてうまくいかず、喉からキュッと妙な音が鳴った。松脂組の組長の娘と付き合っていると知られたら、痛くもない腹を探られそうだ。ここは白を切っておくのが得策だろう。

「昔、新聞で読んだのを思い出しただけです」

「そうそう。こいつはヤクザとつるむようなタマじゃねえよ」

古城が得意げに亘の頭を叩く。探偵のくせにヤクザと持ちつ持たれつとは、とんでもない野郎だ。

「勉強熱心なんですね。探偵さんの助手も大変そうだ」

「助手じゃない。こいつは従者だ」

古城が真剣な顔で言った。

5

一月八日、午後六時。古城が人鬼を見つけると約束した期限まで、あと六時間。

「よお、爺さん。良い帽子だな。おれに売ってくれよ」

古城は梅干しおにぎりを詰め込みすぎて閉じなくなった口で、隣の席のおっさんに声をかけた。

尾原一丁目、ソープ街とドヤ街の間の狭い路地に提灯を下げた、おにぎり屋〈豊丸《とよまる》〉。狭い板場には背筋の曲がった老婆が一人きりで、客席は五人も入ればぎゅうぎゅう詰めだ。

「馬鹿言うな。売らねえよ」

おっさんはパナマ帽の下から迷惑そうに古城を睨んだが、古城が財布から取り出した一万円札を見て、牙の抜けた猫みたいな顔になった。

「今の物価がよく分からねえんだ。これくらいか?」

古城が成金みたいなことを言い、

「ああ。妥当な値段だ」

おっさんが顎髭を撫でて頷く。

「ちょっと、何してんですか」

亘は塩サバおにぎりを呑み込んで、古城の腕を叩いた。これ以上、浦野探偵事務所の金を私的に使いこまれては困る。

「黙ってろ。これも捜査の一環だ」

古城が手をひらひらと振って、見え透いた嘘を吐く。

おっさんはボロボロのパナマ帽を古城の頭にのせると、指から一万円札を引っこ抜いて、そそくさと〈豊丸〉を出て行った。

「従者のくせに生意気だな。まだおれが名探偵の古城倫道だと信じられないのか？」

古城がやけにはっきりとした滑舌で言う。

「いちおう信じてますよ。名探偵かどうかは自信がありませんが」

「では今からよく分からせてやろう。婆さん、ごちそうさま」

古城はふいに立ち上がると、老婆に百円玉を二つ手渡した。老婆は硬貨を握り、軋むような声で「どうも」と応える。

「よし。一仕事いくか」

古城はパナマ帽の庇《ひさし》を摘まんで、気障《きざ》な仕草で暖簾をくぐった。


かつて芸者や遊女たちが、生き別れた家族の平穏を祈ったという、尾原神社。その鳥居の下に、見るからにカタギではない男が三人集まっていた。坊主頭に浅黒い肌、酒樽みたいな体型にぴったりのスーツ。刺青が出ているわけでもないのに、佇まいだけでヤクザと分かるから不思議だ。

「やあ刑部組の諸君。今日は一つよろしく」

古城の掛け声に、男たちは背筋を伸ばして「よろしくお願いします」と野太い声。どこかで週刊誌の記者に撮られていないか不安になる。

「今日の仕事は敵討ちだ。さいわい虱潰《しらみつぶ》しに店を回る必要はなくなった。従者のはらわたがこの帽子をかぶって街を徘徊する。標的は必ずおとりに接触してくるから、きみらはそいつを捕まえて路地裏に連れ込んでほしい。素性を確認して、命《たま》を取れば一丁上がりだ」

古城がパナマ帽を亘にかぶせる。「分かりました」と頷くヤクザは相変わらず礼儀正しい。

亘はちんぷんかんぷんだった。作戦の意図がさっぱり分からない。殺された三人もパナマ帽をかぶっていたというのなら分かるが、そんな話は聞いていない。

「さあ作戦開始だ。はらわた、行ってこい」

有無を言わさぬ口調で押し出され、亘は通りを歩き始めた。

かつて猟奇事件の舞台となった花街は、八十年の歳月を経て、関東有数のソープ街に変貌していた。隅田川沿いに並んだ三つの通りに、ソープランドとホテルと無料案内所が犇《ひし》めき合っている。ざっと見渡すだけでも、西洋風のモルタル壁やポーチをあしらった〈ベルサイユ〉、蛍光ブルーのネオンがまぶしい〈マーメイド〉、天守閣を模した〈江戸城〉、無骨なコンクリートが剝き出しの〈プリズン〉など、工夫を凝らした店構えが並んでいる。

五分ほど通りをうろついてみたが、声をかけてくるのは黒服の兄ちゃんばかりで、人鬼らしい者が接触してくる様子はなかった。さりげなく後ろを見ると、三十メートルほど空けてヤクザが後をつけてくる。こんなことをして意味があるのだろうか。

「――」

ふいに右手のラブホテル〈江戸城〉から、少女が駆け出してきた。金髪のショートカット、セーラー服にダッフルコートという出で立ちで、ホテルの中を気にしながら必死にスマホを操作している。援助交際だろうか。右目の下には黝《あおぐろ》い痣《あざ》ができていた。

「おい、逃げんじゃねえぞ！」

罵声に続いて〈江戸城〉の扉が開き、毛むくじゃらの狒々《ひひ》みたいな男が飛び出してきた。突き飛ばされた少女が尻餅をつく。男は少女からスマホを奪うと、右腕を摑んで〈江戸城〉へ引きずり込んだ。

「ちょっとちょっと」

亘はとっさに少女の左腕を摑んだ。他人のトラブルに首を突っ込んでいる場合でないのは百も承知だが、浦野灸なら同じことをするはずだ。

「なんだ、こら」

鼻息を荒げた狒々が亘に詰め寄る。息からアルコールの臭いがした。こちとら団地育ち、酔っ払いに喧嘩で負けるほどやわではない。亘が鼻頭を殴ると、狒々は「おひょっ」と呻いて蹲った。すかさず腹に踵を押し込む。狒々は酒臭いゲボを吐いて引っくりかえった。

路地を振り返ると、二十メートル先からヤクザが不審そうにこちらを見ている。亘は両手でばってんを作った。これは関係ないやつ！

狒々から逃れた少女は我に返った様子でスマホをひったくると、

「お兄さん、こっち！」

亘の腕を引いて走り始めた。ロビーから通路を抜け、半開きの103号室に駆け込む。少女は素早く鍵を閉め、扉にチェーンをかけた。

「ここにいれば安心です。あいつは入れませんし、時間になればお店の人が迎えに来てくれますから」

少女は口早に言うと、ソファにもたれて安堵の息を吐いた。狒々が追ってくる気配はなさそうだ。

マガジンラックには風俗情報誌デリバリーパラダイスの1月号が差してあった。テーブルにはタイマーとローション、それにピンク色の名刺が並んでいる。激安デリヘル〈デススター〉のかなえさんというらしい。援助交際ではなくプロのお姉さんだったようだ。近くで見ると少女という年齢ではない。金髪はひどく傷んでいて、肌はくすみ、歯も黄ばんでいた。

「お兄さん、助けてくれてありがとうございます」

女はおもむろに立ち上がり、バッグから果物ナイフを取り出した。

なんてことだ。彼女が八重定だったのか。

亘は慌てて踵を返し、ドアノブを捻った。扉がチェーンに引っかかる。汗ばんだ指が滑って金具が外れない。

「実はもう一つお願いがあるんです」

女が人差し指でナイフを撫でる。指先に血の玉が浮かんだ。いやだ。玉無しにはなりたくない。

「一緒に死んでくれませんか？」

ナイフの先端がこちらを向く。とっさに腰を落とし、腕を伸ばして女の横っ面を殴った。指の間からナイフが落ちる。女は後頭部をベッドに打ちつけ、目を開いたまま動かなくなった。

死んだのだろうか。おそるおそる腰を屈め、セーラー服の袖を捲る。手首にミルフィーユみたいな切り傷が並んでいた。

八重定は恋人の局部を切り取っただけで、自分を傷つけることはしていない。ナイフを見て早とちりしてしまったが、やはり人鬼ではなさそうだ。手首に脈があるのを確認して、思わず胸を撫で下ろした。

顔を殴ったのは申し訳ないが、初対面のお姉さんと心中するほどお人よしではない。亘は女をベッドに寝かせて、パナマ帽をかぶりなおした。

「――――」

部屋を出ようとドアノブに手をかけたそのとき。ふいに違和感を覚えた。

何か重要なことに気づきかけているのに、その意味がはっきりと分からない。亘は気を落ち着かせて、部屋を見回した。

違和感が像を結ぶ。亘の頭に引っかかったのは、雑誌だった。デリバリーパラダイスではない。八重定が局部を包むのに使った探偵文藝のほうだ。

八重は警察官に捕まったとき、石本の局部を探偵文藝の紙に包んでいた。この雑誌は〈美佐喜〉の裏庭に置いてあったものだ。なぜ八重は、座敷にあった新聞紙ではなく、裏庭の雑誌の紙を使ったのだろうか。

現実的な仮説はこんなものだろう。石本の局部を切り落とした八重は、局部を新聞紙に包んだ。だが紙の枚数が十分でなかったため、〈美佐喜〉を出たあと、包みから血が滲み出てしまったのだ。〈美佐喜〉へ戻ろうにも、悲鳴で目を覚ました女将さんが座敷に向かっている。八重はひとまず身を隠すべく裏庭に逃げ込んだ。そして積まれた雑誌を見つけて、紙を破って局部を包み直したのだ。

これだけなら妙なことではない。問題は、古城の言葉だ。

――八重定は局部を新聞紙に包んでたんじゃなかったか？

亘が関西大学教授の珍説を紹介したとき、古城はこう口にしていた。古城はおそらく、資料を読む前から八重定事件の概要を知っていたのだろう。

だが探偵文藝の編集長が釈明に追われたほどだから、八重が雑誌の紙に局部を包んでいたことは事件当時から報じられていたはずだ。なぜ古城は、八重が局部を新聞紙に包んでいたと思い込んだのだろう。

さきほどの仮説が正しければ、八重は〈美佐喜〉の戸口から出てきた時点ではまだ局部を新聞紙に包んでいたことになる。古城は〈美佐喜〉から出てくる八重を見ていたのではないだろうか。

八重定事件が起きた昭和十一年（一九三六年）五月十八日、石本が殺されたのとほぼ同じ時刻に、尾原町の橋から隅田川に落とされて死んだ男がいた。左門我泥の記述が正しければ、古城倫道が失踪したのも昭和十一年の春だ。橋から落ちた男が古城だったとすれば辻褄が合う。

古城は何かの理由で尾原町を訪れていた。そこで〈美佐喜〉から出てくる八重と鉢合わせ、彼女に襲われたのではないか？

古城が鬼退治に名乗りを上げたのは、甦った人鬼の中に自分を殺そうとした者がいたからだという。八重定こそ、かつて古城を殺した犯人だったのではないだろうか。

亘はチェーンを外して１０３号室を飛び出した。こんなところで油を売っている場合ではない。通路とロビーを駆け抜け、エントランスから通りに出る。

その瞬間、首の後ろに強い衝撃を受けた。胃袋が跳ね上がり、どろどろになった塩サバおにぎりが口から噴き出す。亘は舗道に引っくり返った。

「おい、靴にゲボがついたぞ。きたねえな！」

狒々が思い切り股間を蹴飛ばす。亘は腹を下にして丸くなった。目にゲボが入って周りが見えない。刑部組の三人は何をしているのだろう。

「舐めやがって！　おらっ！　おらっ！」

亘が思わず目を閉じたそのとき、「おひょっ」と聞き覚えのある音が鳴った。おそるおそる目を開くと、狒々が蹲って呻いている。その向こうにひょろりとした男が立っていた。蟷螂《かまきり》みたいに目が大きく、両手を左右にかまえている。また知らないやつが出てきた。

蟷螂は亘に駆け寄ると、肩に手を回して身体を起こし、〈江戸城〉と〈マーメイド〉の間の路地に亘を連れ込んだ。室外機と貯水槽の隙間を抜け、人気《ひとけ》のない叢に出る。隅田川のせせらぎが近くに聞こえた。

「あんた、古城先生だね？」

蟷螂の視線はパナマ帽に向いていた。小説の古城倫道に帽子をかぶっている描写はなかったが、本物はパナマ帽をかぶっていたのだろうか。

「すまない。わたしのしたことを許してくれ」

蟷螂が声を震わせ、亘の胸元に縋りつく。

ふいに路地から三人組のヤクザが飛び出し、蟷螂を羽交い絞めにした。蟷螂は両手を振り回して抵抗したが、三人がかりで押さえ込まれては歯が立たなかった。

「腕を嚙まれないように気を付けろ」

本物の古城が路地から顔を出す。先ほどまでとは別人のように表情がない。

「先生、やっぱり怒ってるんですね」

蟷螂が嘔吐《えず》きながら言う。顔から鼻汁だか涎だか分からないものが流れた。

「こいつが標的で間違いない。やれ」

古城は蟷螂を無視して、ヤクザに合図を出した。三人組は黙って頷くと、脱いだジャケットを蟷螂の頭にかぶせた。二人がかりで左右の肩を押さえて、蟷螂を河岸へ連れて行く。

「先生。お願いだ。許してくれ。先生。先生――」

一人が太腿を蹴って蟷螂を跪《ひざまず》かせると、頭を摑んで川に突っ込んだ。蟷螂が呻きながら全身を震わせる。激しく水の跳ねる音が続いたが、二分ほどで静かなせせらぎに戻った。

古城が蟷螂を河原に転がし、頭に張りついたジャケットを剝ぐ。蟷螂の目は焦点が合っておらず、鼻から溢れた赤いねちょねちょが頰にこびりついていた。

「死体の処分も頼んで良いのかな」

ヤクザが頷き、じゃあよろしくと古城が肩を叩く。

「はらわた、ご苦労さん。おにぎりを食いに行こうぜ」

茫然と立ち尽くす亘に、古城がいつも通りの口調で言った。


午後十時。風俗街はますます賑わいを増している。

二人は〈豊丸〉の暖簾をくぐると、二時間前と同じおにぎりを注文した。老婆が飯を握るのを見ながら、古城はゆっくりと煙草をふかしている。

「古城さん。八重定事件の日、隅田川に落ちて死んだ男って、古城さんですよね」

亘が声を低くして尋ねると、

「ああ、よく分かったな」

古城は灰皿に灰を落として言った。

「五月十八日の早朝、古城さんが尾原町を訪れたのはなぜですか」

「石本に呼ばれたんだよ」

「知り合いだったんですか？」

「初めにやつと会ったのは、神田の料理屋で起きた連続強盗事件を調べていたときだ。やつはすっかりおれに心酔しちまって、勝手におれの助手だと吹聴し始めた。たまにそういう馬鹿がいるんだよ。おれは助手は雇わねえ主義だ。初めは目障りだと思ったんだが、会ってみると頭は悪くないし、料理の腕も確かだ。なにより愛嬌のある良い男だった。客とよくしゃべるから、街の噂にも耳が早い。おれはずっと一人で探偵業をやってきたが、初めて石本を助手と認めてやることにした。八重のことは何度か見かけたくらいだが、器量の良い女だとは聞いていた」

老婆が皿に梅干しおにぎりを置く。古城はおにぎりにかぶりつくと、玄米茶で米を喉に流し込んで、ゆっくりと息を吐いた。

「なあ婆さん、さっきから聞いてんだろ？」

老婆の重く垂れた瞼が微かに持ち上がった。値踏みするように古城を一瞥し、小さく首を振る。

「冷やかしならやめておくれ」

「冷やかしじゃない。あんた、おれが誰か分かるだろ？」

「知らないよ」

「嘘を吐け。おれは古城倫道だ。あんたの愛人はあの世に帰ったぜ」

老婆の瞼が開き、喉の皮が引っ込んだ。口は薄く開いているが、ひゅうひゅうと空気が出入りするだけで言葉が出てこない。

「婆さん、八重定だろ？」

古城が言葉を重ねる。

老婆は塩水に手を浸したまま黙り込んでいた。この婆さんが八重定？　ついさっき頭を沈めて殺した男は八重定ではなかったのか？

「ええと、このお婆さんが人鬼なんですか」

「違う。こいつは一度も死んでない、ただの人間だ」

ふいに老婆が包丁を手に取り、古城めがけて振りかぶった。

「うおっ」

古城は右手で湯飲みを持ち上げ、老婆の顔に熱々の玄米茶をぶっかけた。

「あっちゃぁ」

老婆が呻く。亘はカウンターに身を乗り出して、老婆の腕から包丁をもぎ取った。

「あなたが本物の八重定さんなんですか？」

亘はひどく調子はずれな声で尋ねた。

老婆は顔にかかった玄米茶を黄ばんだ布巾で拭うと、調理台に手をついて腰を支え、ゆっくりと頷いた。

八重は明治四十三年（一九一〇年）生まれ、昭和十一年（一九三六年）五月の事件当時に二十五歳だったから、二〇一六年一月まで生きていれば百五歳ということになる。きわめて高齢だが、ありえない年齢ではない。化け狸でなくても、百歳を超える人は大勢いる。

八重定は人鬼ではなかった。彼女は生きていたのだ。

「それじゃ生き返ったのは誰なんですか。石本吉蔵を殺したのはあなたですよね」

「違うよ」

老婆は乾いた声で言って、節くれだった指を古城に向けた。

「八十年前、この男が吉蔵さんを殺したんだ」

老婆の声はいっそう低く嗄《か》れていた。

6

「ひでえな、婆さん。おれはあんたに刺されるようなことをした覚えはないぜ」

古城はポットから注いだ玄米茶に口をつけると、カウンターに右の肘をついた。

「なぜわたしだと分かったんです?」

老婆はうなだれたまま言った。

「偶然さ。おれの従者が表を歩いていると、昆虫みたいな顔の男が声をかけてきた。どうやらこの帽子を見て古城倫道だと勘違いしたらしい。だがあいにく本物の古城倫道は帽子が嫌いでね。じゃあなぜ男は帽子と古城倫道を結び付けたのか。おにぎり屋の婆さんから、古城倫道と名乗る男がパナマ帽をかぶっていると聞いたとしか思えない。そこであんたが八重定じゃないかと閃いたんだ」

古城は涼しい顔で言葉を並べる。もちろん偶然ではありえない。〈豊丸〉の店内でおっさんから帽子を買ったのも、その直後に「名探偵の古城倫道だ」と口にしたのも、この老婆を罠に嵌めるためだ。古城は八十年前にも八重と出会っているから、老婆の仕草や表情で彼女の正体に気づいたのだろう。

「本当に古城さんが石本吉蔵を殺したんですか?」

亘は慎重に口を挟む。

「ああ。婆さんの言った通りだ」

「じゃあさっき川で殺した男は誰ですか」

「石本吉蔵だよ。あいつが八重定事件の犯人だ。殺したんじゃなくて、地獄へ送り返したんだけどな」

　何がなんだか分からない。

「予審調書では、八重定が石本の首を絞めて殺したと認めていたはずですけど」

「残された記録が真実とは限らない。お前の好きな古城倫道も実物とは違っただろ？　もっと物事を疑え」

　古城は珍しく真剣な顔をした。

「順に説明してやる。あんたも間違いがあれば指摘してくれ」

　語気を緩めて老婆を見下ろす。老婆は肩を落とし、ゆっくりと頷いた。

「八十年前、おれが死んだ日のこと。おれはとある理由で尾原町を訪れていた。午前五時半、〈美佐喜〉の戸が開いて、この婆さん――二十五の八重定が出てきた。お前も見抜いた通り、八重はこのとき、丸めた新聞紙を大事そうに持っていた。

　八重は戸を閉めると、慌てた様子で〈美佐喜〉の裏庭に身を潜めた。すると数十秒の間を空けて、女将が戸口から飛び出し、街路を駆け出した。その数分後、おれは頭を殴られて川に突き落とされるわけだが、それはさておき」

　古城は舌を噛んだような顔で老婆を見る。

「事件の二日後、江戸川駅前の旅館で発見された八重は、局部を雑誌の紙に包んでいた。この雑誌は〈美佐喜〉の裏庭に麻紐で縛って積んであったもんらしい。だが犯行の直後に〈美佐喜〉から出てきたとき、八重は確かに丸めた新聞紙を持っていた。座敷には一週間分の新聞紙があったから、局部を新聞紙に包むのは自然なことだ。なぜ八重は、一度新聞に包んだ局部を、雑誌の紙で包み直したんだろうか？」

「新聞紙が足りなくて、血が溢れちゃったんじゃないですか」

「違うね。体液が洩れるのを塞ぎたかったんなら、新聞紙の上から雑誌の紙を重ねればいい。一度包んだ新聞紙を剝がして、雑誌の紙で包み直す必要はない」

亘は声を詰まらせた。確かに古城の言う通りだ。

「大切なものが新聞紙のインクで汚れるのが嫌だったとか？」

「探偵文藝は裏庭に長く置かれていたせいで土埃にまみれていた。局部を清潔に保つのに向かないのは、むしろこちらのほうだ」

古城は即座に切って捨てる。

「分かりません。八重さんは本当に局部を包み直したんですか？」

「同感だ。現場から一刻も早く逃げようと焦っている犯人が、わざわざ新聞紙を剝がして、汚い紙で包み直す理由なんてない。八重が局部を包んだのは、後にも先にも雑誌の紙だけだ。八重は一度も新聞紙に局部を包んでいなかった。〈美佐喜〉から飛び出したとき、八重が持っていた新聞紙に局部は入っていなかったんだ」

「それじゃ何のために新聞紙を持っていたんでしょう」

「もちろん切断された局部を包むためさ。八重は〈美佐喜〉を出たとき、これから局部を包むための新聞紙を準備していた。だがとある事情により、局部を包むことができなかったんだ」

古城は玄米茶を啜り、唇を湿らせた。

「女将さんが交番へ向かったあと、八重さんが二階の座敷に戻って、石本の局部を切断したってことですか？　それはおかしいですよね。八重さんが〈美佐喜〉から出ていくのと前後して、女将さんが局部を切り取られた石本の姿を目撃していますから」

「本当にそうか？　女将の証言はこうだ。座敷では男が全裸で寝床に仰臥していて、股間にかかった掛け布団が異様な量の血で真っ赤に染まっていた。このとき石本の股間にはまだ立派なイチモツがぶら下がっていたんだ。石本は局部を切断された振りをしていたのさ」

「なぜ布団に血が付いていたんです？」

「石本が偽装したからだよ。石本の腕には複数の注射痕が残っていた。肩から抜いた血を布団にまぶし、その布団を下半身にかけておくことで、局部が切り取られたように見せかけたんだ。もし女将が布団を捲ろうとしたら、罵声の一つでも浴びせて、医者や警察官を呼びに行かせるつもりだったんだろう。血を抜くのに使った注射器は、八重が逃走後に処分したんだ」

　なんだそれは。八重と石本が共謀し、八重が局部を切ったように見せかけたのか。

「そんなことをして何の意味があるんですか」

「アリバイ工作さ。河原に打ち上げられた男――つまりこのおれを殺すためのね」

　古城は自嘲的な笑みを浮かべ、小さくしょぼくれた老婆を見下ろした。

「二人の計画はこうだ。事前に『大事な相談がある』と持ち掛けて、おれを尾原町の橋の上に呼び出しておく。午前五時半、血まみれの布団をかぶった石本が、座敷で悲鳴を上げる。女将が二階へ上った隙に八重が戸口を飛び出し、八重が逃走したと思わせる。このときおれに姿を見られる可能性があるが、端から殺すつもりだから問題はない。

　女将は警察を呼ぼうとするが、電話線が切れていて通話ができない。女将はやむをえず、走って交番へ向かう。その途中、女将は橋の上でおれの姿を見かける。

石本は女将が出て行ったのを確認すると、素早く起き上がり、浴衣を羽織って〈美佐喜〉を出る。そしてあらかじめ呼び出しておいたおれの頭を思い切りぶん殴って殺す。すぐさま〈美佐喜〉へ引き返して、自ら局部を切り落とし、裏庭に隠れた八重にそれを手渡す。

二十分後、交番から戻ってきた女将と警察官が、重傷を負った石本を発見する。後の取り調べで、女将は五時半の時点で石本が重傷を負っていたこと、同じ時刻におれがまだ生きていたことを証言する。石本はこの上ない完璧なアリバイを得ることができるってわけだ」

気づくと全身に汗をかいていた。真夏の夜みたいに股間がむずむずする。

「そんなことのために、よりによって自分の局部を切り落としたんですか?」

「局部でなきゃ駄目なんだよ。骨がないからナイフ一つで簡単に切り落とせる。生殖器官だから切り落としても死なない。傷口が小さいから止血もしやすい。なにより、大事な局部を自分で切り落とすなんて考えるやつはどこにもいない」

そう言われてみると、下腹部からちょこんと飛び出たイチモツはちょん切ってくれと言わんばかりだ。

「アリバイを作るだけならもっと簡単な方法もありそうですけど」

「かもな。順序としては、いかれた性嗜好が先にあったんだろう。予審調書にもある通り、八重は事件前から局部切断を夢想していて、石本もそれに興味を持っていた。一方で石本には、どうしてもおれを殺さなきゃならねえ事情があった。ならいっそのこと、イチモツの切断をアリバイ工作に使っちまおうと考えたわけだ」

古城はとびきり下品な笑みを浮かべて、カウンター越しに老婆を見下ろした。老婆は唇をきつく結んだまま、じっと指の先を見つめている。

「結局、八重さんが雑誌の紙で局部を包んだのはなぜなんですか」

「それは蜉蝣《かげろう》のせいなんだ」

老婆の目元が険しくなった。古城の推理が的を射ているのだろう。

「〈美佐喜〉は尾原町の外れにあって、客の入りは多くない。人が来れば一階の座敷に案内するのが常で、二階が使われるのはまれだった。だが十一日に蜉蝣の大群が一階の座敷に入り込んで、女将が樟脳を撒いたせいで、八重と石本は二階の座敷に案内されることになった。

宿泊先が一階の座敷なら、石本は局部を切り落としたあと、障子窓を開けるだけで裏庭の八重にそれを手渡すことができた。だが二階の座敷からでは、局部を投げ落とすことになっちまう」

窓から落ちてくるイチモツを思い浮かべて、なんとも言えない気持ちになる。

「二人が怖れていたのは土だった。一度でも地面に落としたら、局部に土が付いちまう。新聞紙に包んで大事に持ち歩いていたイチモツに土がつくはずがない。疑問を持った警察が〈美佐喜〉の裏庭を調べれば、血痕が見つかる危険もある。石本から八重に局部を渡したことがばれれば、芋蔓式にアリバイトリックが見抜かれる恐れが大きくなる。

石本は何度か部屋を替えてほしいと願い出たが、女将はそれを断った。そして五月十八日がやってくる。不安は現実のものになった。石本が落とした局部を、八重が受け取り損ねたんだ」

それはそうだろう。睾丸でキャッチボールなんて誰もしたことがない。

「このとき八重の取った行動が、事前に計画したものだったのか、とっさの機転だったのかは分からない。八重は準備しておいた新聞紙ではなく、裏庭に縛ってあった探偵文藝から紙を破って、その紙で陰茎を包んだんだ。この雑誌は長く屋外に置かれていたから、もとより土埃にまみれている。その紙で局部を包んでおけば、土が付いていても怪しまれる心配はない。八重はそう考えたんだ。

　だがもう一つ、石本も想定外の事態が待ち受けていた。障子窓から局部を落とした石本は、痛みを堪えながら、女将が医者や警察官を連れて戻ってくるのを待っていた。そこへ半死半生の男が乗り込んできたんだ」

　古城は頰を持ち上げ、ぎこちない笑みを浮かべた。老婆の顔はすっかり青褪めている。

「古城倫道ですね」

「その通り。石本はおれを殺したと思い込んでいた。砂を詰めた袋でおれの頭をぶん殴って、頭蓋骨を砕き割ったんだからな。だが運の悪いことに、やつが殴ったのはおれの頭の右側、空っぽの部分だった。軽い脳震盪を起こしていたが、それでもおれは生きていた。

　天下の名探偵がやられっぱなしでくたばるわけにはいかねえ。おれはあいつの後をつけて〈美佐喜〉に乗り込み、二階の座敷に転がり込んだ。するとどういうわけか、玉無しになった石本が転がってやがる。おれは石本の首を絞め、息の根を止めた」

　老婆が小さな首をもたげ、縋るように古城を見上げる。

「そうこうしていると一階の戸が開いて、警察官が乗り込んできた。おれは最後のけじめに、障子窓から川に身を投げた。

　あんたが石本の死を知ったのは逃亡後のことだろう。あんたは初めから局部切断の罪を背負うつもりでいたが、それに加えて、愛人殺しの汚名を被ることになった。石本の殺人計画を隠し抜くには、他に方法はなかった。

　一方、首を絞められて死んだ石本は、地獄へ落ち、閻王に見初められて人鬼になった。大量に人を殺したわけじゃないが、奇抜な手で大勢を欺いたのが気に入られたんだ。

そして八十年の歳月が過ぎる。召儺により、石本は新たな身体で生き返ることになった」

「人鬼は生前と同じ手口で悪行をくりかえすことに快楽を覚えるんですよね。でも石本は生前、人の局部を切断したわけじゃない。どうして三人を殴り殺したり、局部を切り取ったりしたんです？」

「前提が違う。加賀、槙野、松永の三人は、石本の依代にされたんだ。石本は初め加賀に転生して、八重に会うため、因縁の地である尾原へ向かった。この〈豊丸〉で八重と再会すると、依代が古くなるたび、別の身体に乗り移って尾原へ通い続けた。三人が尾原に吸い寄せられたように見えたのはそのせいだ」

「三人が局部を切られて死んでいたのはなぜですか」

「そりゃ人鬼に魂を作り変えられてる以上、何もやらないわけにはいかねえからな。石本の場合、自らの局部を切り落とすのと、人を殴り殺すのが本来の手口だ。とはいえ罪のない人間を痛めつけるのは嫌だったんだろう。石本は自分の局部を切り落としてから、次の肉体へ乗り移って、抜け殻になったほうの頭を殴って殺したんだ」

古城は湯飲みに残った玄米茶を飲み干すと、腰を曲げて老婆の顔を覗き込んだ。

「婆さん、教えてくれ。八十年前、あんたたちはなんでおれを殺したんだ？」

老婆は耳が聞こえないみたいに黙り込んでいたが、やがて懐かしむように街路に目をやると、

「あれは昔気質《むかしかたぎ》の、見栄っ張りな人だったんです」

ゆっくりだがはっきりとした口調で語り始めた。

「吉蔵さんは元禄から二百年続いた懐石料理屋の亭主でした。板前としての腕は確かでしたけれど、あの頃の流行りは手ごろな即席割烹というやつでしたから、懐石料理屋はすっかり閑古鳥でした。吉蔵さんはあちこちから借金をして、なんとか店を立て直そうとしましたが、懐は苦しく

なるばかり。そのくせ見栄っ張りで、金を借りた知人には、そのことを家族や従業員には言わないようにと固く口止めをしていました。

そこへきてアメリカ発の大恐慌です。いよいよ首が回らなくなって、店を畳もうかというとき、とある筋の輩が金貸しを通して吉蔵さんに取り引きを持ちかけました。古城倫道を殺せば、膨大な借金を肩代わりしてやるというんです」

その瞬間の光景が見えているみたいに、老婆の声が震える。

「本当はそんな誘いに乗る人じゃありません。でもあのときの吉蔵さんは、老舗の店を駄目にしてしまった悔しさと、毎日を金の工面に費やすむなしさで、別人のようになっていました。そして四月のある夜、絶対にばれない方法を思いついたと言って、わたしを犯行に誘ったんです」

「随分とあいつの肩を持つんだな」

老婆がはにかんだ笑みを浮かべる。

「吉蔵さんが怖いと思ったこともあります。でもあの人は、わたしの普通じゃないところも含めて、全部を受け入れてくれました。だからわたしも、吉蔵さんのためならどんな罪も背負うと決めたんです」

古城は鼻白んだ顔で老婆から視線を逸らし、〈豊丸〉の暖簾を見上げた。

「尾原町におにぎり屋を出すとは大胆なことをしたな」

「あの人と約束したんです。すべて終わってほとぼりが冷めたら、また尾原で落ち合おうって」

「石本が死んだのは百も承知だろうが」

「もちろんです。でもわたしは、あの人が死んだとはどうしても信じられませんでした」

それで八十年もの間、来るはずのない石本を待ち続けたというのか。老婆の皺の一つひとつに情念が刻み込まれているようで、薄ら寒い気分になる。

そんな思いとは裏腹に、老婆は鼻を潰して、少女のようなあどけない笑みを浮かべた。

「それにあの人は、やっぱりわたしに会いに来てくれましたから」

「人を殺そうとしたくせに気楽なもんだ」

古城が苦笑する。

「一つだけ間違っていることがあります」

嗄れた声が少し高くなった。

「吉蔵さんが三人を殺したのは、魂を作り変えられていたからじゃありません。あの人は八十年前、あなたを殺そうとしたことを心の底から後悔していました。せっかく現世に戻ったのだから、あなたに会って直接謝りたい。あの人はそうくりかえしていました。

でも誰も古城倫道の消息を知りません。あの日、〈美佐喜〉の近くで人が亡くなったことは新聞やラジオでも報じられましたけど、それが探偵の古城倫道だという報道はありませんでした。おそらく警察が情報を隠したのでしょう。現世に姿は見当たらず、かといって広大な地獄で巡り合うこともなく、古城倫道の消息は分からず終いでした。

あなたが生きている可能性は低いでしょう。それでも吉蔵さんはわずかな可能性を信じたんです。八十年前とよく似た事件を起こせば、あなたの耳に報せが届くかもしれない。それが吉蔵さんが三人を殺した理由でした。ひょっとするとあの人は、あなたに殺されて幸せだったのかもしれません」

老婆が清々《すがすが》しい眼差しで、古城の顔を見つめる。

「ふざけるな。おれはあんたたちの身勝手な罪滅ぼしに付き合う気はない」

古城は両手をポケットに入れて、空になった湯飲みに唾を飛ばした。

「おれはただ、人鬼を全員見つけてぶち殺すだけだ」

7

尾原町での捕物劇から一週間が過ぎた、一月十六日の土曜日。

亘はふたたびラブホテル〈江戸城〉を訪れていた。

「あの、かなえさんを指名したいんですけど」

亘は備え付けの電話機を握り締めた。テーブルにはデリバリーパラダイス1月号の尾原町エリアのページが開いてある。彼女に惚れたわけではないのだが、もう一度会って、顔を殴ったことを謝っておきたかった。

「お客様、申し訳ございません。かなえさんは辞めてしまいまして」

窓口の男はひどく平坦な口調で言った。

なんてことだ。やはりあの日の出来事がショックだったのだろう。手首に並んだ傷跡がくっきりと脳裏に浮かぶ。

「ただいまのお時間でしたら、新人のえれなさんはいかがでしょうか」

男が淡々と続ける。亘は短く礼を言って電話を切った。

やりきれない気分で休憩料金を支払い、〈江戸城〉を出る。

昼過ぎの風俗街は人通りが少ない。ときおりすれ違うスモークガラスのミニバンはデリヘルの送迎車だろうか。

柳の生えた道の角を曲がると、尾原神社の鳥居が現れる。ビルの一階に暖簾を出していたおにぎり屋〈豊丸〉はなくなっていた。引き戸が閉まっていて、摺りガラスの向こうは薄い暗がりがあるだけ。貼り紙の一つもない。

八重定は尾原町を去った。石本が地獄へ戻り、この街にいる理由がなくなったのだろう。

「よお。誘ってんのか?」

ふいに調子っ外れな声が聞こえた。

背後を振り返ると、見覚えのある男がパチンコ屋の前に立っていた。店先に置かれた等身大のディスプレイに向かって、何やら声を荒げている。

「おい、誘ってんだろ。どこ行くんだよ」

見た目は浦野灸。だがもちろん古城倫道である。ディスプレイには水着のグラビアアイドルの後ろ姿が映っていた。

「古城さん、それは映像ですよ」

古城は数センチ跳ね上がると、ディスプレイの表面を指で突いて、悔しそうに舌打ちをした。

「なんだ、はらわた。真っ昼間から尾原とは種馬並みだな」

「違いますよ。おれはちょっと、人と会いに来ただけです」

「従者が主人に隠し事をしちゃいけないぜ。お前がすけべなのは一目見たときから分かっていたことだ」

古城が楽しそうに、亘の背中をぶっ叩く。

これが憧れていた名探偵の真の姿だとはいまだに信じられないが、四日で人鬼を見つけ出したのは事実だ。

実際のところ、この男は八重定事件の真犯人を知っていたわけで、うまく口車に乗せられたような気がしなくもない。だが約束は約束だ。亘は古城の下で働くことを決めた。

「古城さんこそ、こんなところで何してたんですか」

亘が話題を変えようとすると、

「何だお前は。家来の分際で主人の私事に首を突っ込むのか。生意気だな」

古城は場違いな大音声を張りあげた。何やら知られたくない理由があるらしい。

「恥ずかしいことでもしてたんですか？」

「黙れ。しごいてやるから覚えておけよ」

古城は安っぽい捨て台詞を吐いて、そそくさと路地へ姿を消した。

パチンコ屋から道路を渡った先には、尾原神社の鳥居がある。あの男がわざわざ弁財天を拝みに来たとは思えない。何か用事があったのだろうか。

亘は鳥居をくぐり、杉の並木に挟まれた参道を進んだ。三十秒ほどでこぢんまりとした拝殿が現れる。境内にいるのは鳩だけ。葉の擦れる音が鼓膜を撫でる。

石段を上ろうとして、拝殿の裏が小さな墓地になっているのに気づいた。神社に墓地とは珍しい。古城も墓参りにきたのだろうか。

蜘蛛の巣を払い、灌木を跨いで墓地に入る。

その墓はすぐに見つかった。石は苔むし、雑草に呑まれかけているが、左面の墓誌に「昭和十一年五月十八日　石本吉蔵」と刻まれている。

花筒には、小さな菊が一つ供えてあった。

農薬コーラ事件

1

「あれ、きみ、ゆりちゃん？　――」

疣猪《いぼいのしし》みたいな男が縋るように言う。眼球がぴくぴく震え、唇の端から泡が零れるのを見て、加上有里子は最悪な気分になった。

疣猪男の名前は赤木隆太。商社勤務の三十二歳。ＡＢ型。ＢＭＩ25・5。既往歴なし。肝機能と血糖値に所見あり。いぼ痔。なぜこんな男の健康状態を詳しく知っているのかというと、有里子が赤木の担当看護師だったからだ。

赤木が湘南大学付属東京病院の感染症内科に入院したのは一月二十日の夜のこと。三十九度の熱と腹痛を訴え救急車で病院へ運ばれた。便に血が混じっていたこと、十九日までカンボジアへ出張していたことから、当直医は細菌性赤痢の恐れがあると見て、緊急入院の措置を取った。

ところが翌日、意識障害や尿毒症よりも厄介なことが起きた。赤木の熱が下がってしまったのだ。子どもとおっさんは回復するほど手がかかる。中でも赤木は質の悪い部類だった。この男は病院をホテルと勘違いしたらしく、ナースコールを鳴らしては猪みたいな鼻声で「暑い」「眩しい」「なんか臭い」と文句を言った。夜の消灯時間を過ぎても携帯電話に向かって「赤痢だよ。赤痢。やばくね？　ぎゃはは」と大声を出しているので、有里子が幼稚園児を叱るように優しく注意すると、赤木は有里子のネームホルダーを見て「ゆりちゃん、おれのせいにしないでくれる？」とわけの分からないことを言った。

入院三日目。培養検査の結果が陰性と分かったときには、赤木はすっかり元気になっていた。午後の大腸内視鏡検査でも異常は見つからず、血便はいぼ痔と診断された。

夕方には主治医に退院が認められたのだが、赤木は入院費用明細を見るなりまた文句を言い始めた。「入院しなくて良かったってことでしょ」「これって医療ミスだよね」「誰の責任？」「アメリカなら訴えられてるよ」うんぬん。ようするに入院費を払いたくないのだ。埒が明かないので看護部長に相談しても、「患者さん目線できちんと説明しなさい」と小言を言われる始末。有里子は結局、赤木に主治医の判断を謝罪する羽目になった。

夜勤への引き継ぎを終えて病院を出たときには十一時を過ぎていた。

もううんざりだ。看護学科を首席で卒業した自分が、なぜ犬猫以下の脳味噌しかない男に罵倒されなければならないのか。きつい酒でも飲まないと気がおかしくなりそうだ。さいわい明日は非番だが、こんな時間から飲みに誘える友人はいなかった。

今から遊べる場所は一つしかない。クラブだ。浴びるように飲んで、朝まで踊り明かしてやる。そう決めると気持ちが少し軽くなった。学生時代は毎週のようにクラブで踊っていたが、この一年はすっかりご無沙汰だ。

有里子は自宅に帰ると、大急ぎで一日分の汗を流した。ドライヤーもそこそこにメイクを整え、アイラインとリップを強めに引く。春物のカットソーにチェスターコートを羽織って部屋を出た。

深夜零時。渋谷駅前のスクランブル交差点には、終電に乗ろうと焦る人たちと、夜をもっと楽しもうとする人たちが混ざり合っていた。飲食店やカラオケ店の看板照明で街はまだ明るい。同じ街に自分の職場があるというのが悪い冗談のように思えてくる。

無数の声と足音に紛れて、サイレン音が聞こえた。救急車が交差点を通れずに立ち往生をしている。サイレンを聞いても歩行者が足を止めることはない。この街ではよく見かける光景だ。有里子も人の流れに乗って横断歩道を渡った。

道玄坂は澄まし顔の若者たちで溢れていた。一見するとばらばらの個性が入り混じっているようだが、よく見ると彼らのファッションは数パターンしかない。最近は内巻きショートボブに真っ赤なスカーフを首に巻いた女子がやたらと目立つ。昨年九月に封切られ、日本でもヒットした映画「アリス・イン・スラッシャーランド」の影響だ。犯罪史に残る殺人鬼たちが美少女になって大暴れするという荒唐無稽な話で、日本からは女優の宿刈横恵《やどかりよこえ》が出演している。彼女が演じたトキオこと向井鴇雄のキッチュでポップなファッションは大きな話題になった。昨年のハロウィンの渋谷は、かぼちゃを投げればトキオに当たるほどショートボブの赤スカーフで溢れていた。

道玄坂を五分ほど上り、左に曲がって三十秒ほどのところに、渋谷リザードビルがある。八階建ての全フロアがクラブというパリピ御用達のビルだ。目当ての〈D-MOUSE〉は一階と二階に入っている。

有里子はエントランスを抜け、窓口で料金を支払った。スタッフに言われて免許証を出す。二十歳未満はクラブイベントに参加できないので、若い客は年齢確認をさせられるのだ。

ドリンクチケットを受け取り、厚いドアを開ける。その瞬間、ＥＤＭの重低音が身体の芯を揺らした。香水と煙草とアルコール、それに小便が混じったような独特の匂い。

クラブに足を踏み入れると、自分を押さえ込んでいる枷《かせ》が外れ、心が自由になるのが分かる。アリスが迷い込んだ不思議の国《ワンダーランド》のように、ここは他とは違う常識《ルール》に支配されているのだ。

ドアを開けて左手がトイレとクローク、正面に進んだ先がフロアになっている。フロアは最奥がステージで、右手にバーカウンター、左手の後ろにＰＡブースという配置だ。クローク前とステージの右手には、二階のＶＩＰルームへ上る階段があった。

フロアを見ると、バスケ選手みたいなタンクトップのＤＪがターンテーブルを擦っていた。極彩色のライトが縦横無尽にフロアを駆け巡る。客は八十人ほど。男女比は六対四くらいだろうか。

クロークのロッカーにコートを預け、バーカウンターに並ぶ。ステージの右手、ＶＩＰルームへ続く階段の下で、女が座り込んでいるのに気づいた。ショートボブに赤スカーフのトキオ風コーデだ。頭を膝に埋めたまま動かない。

「あの、大丈夫ですか」

気になって二の腕を軽く叩くと、女は俯《うつむ》いたまま肩を揺らし、嘔吐《えず》きと言葉の中間くらいの音を出した。ジャスミンの香水に、アルコールと汗の混じった不快な臭い。うなじが赤く火照っている。急性アルコール中毒かもしれない。

介抱すべきか迷った挙句、何もせずにバーカウンターの列に戻った。これ以上仕事をしたら自分が駄目になってしまう。今の自分は職場の自分とは別人なのだ。

カウンターでコロナを受け取ると、ラウンジテーブルに瓶を置いて、自撮りを Instagram にアップした。

今年のクラブ初め！　#shibuya #club #D-MOUSE

あらためて写真を見て、顔がひどくむくんでいるのに気づいた。髪も少し湿っているし、カットソーもしわしわだ。写真を撮り直そうかと考えたが、やめにした。どうせ踊れば髪も服もくしゃくしゃになる。

Instagramに投稿するのも半年ぶりだった。画面をスクロールすると、懐かしい画像が次々と表示される。

待ちに待ったクラブデビュー！最高！　#D-MOUSE #shibuya #partytime #dance #djdodo

下手な化粧をした三年前の自分が、気取った仕草で頰を膨らませていた。

それから一時間、頭を空っぽにして踊った。スピーカーから溢れるビートの洪水が身体を揺らす。知らない誰かと肌が触れ合う。外の世界が消え、普段は隠れた本当の自分が現れる。

午前一時十五分。トイレに行くついでに化粧を直し、フロアの後方で一息つこうとしたときだった。

「楽しんでる？」

男がスミノフを片手に話しかけてきた。ナンパだ。

どうせろくな男じゃない。適当にあしらおうと振り返った瞬間、冷や水をぶっかけられた気分になった。瞬時にアルコールが抜け、身体が動かなくなる。

饅頭のような丸鼻。鼾みたいな呼吸音。疣猪の赤木隆太が、唇の端を吊り上げて笑っていた。

「おれ、リュウ。きみ、なんていうの？」

赤木がゆっくりと瞬きをする。瞼が重そうだ。酒に酔っているのと、有里子の化粧が仕事中と違うせいで、目の前にいるのが担当看護師だと気づいていないらしい。さんざん罵倒しておいて厚かましいやつだ。赤痢で死ねばよかったのに。

「すいません」

本当はスミノフの瓶で脳天をぶん殴ってやりたい気分だったが、口からはそんな言葉しか出てこなかった。

Club D-MOUSE 平面図
（渋谷リザードビル１階）

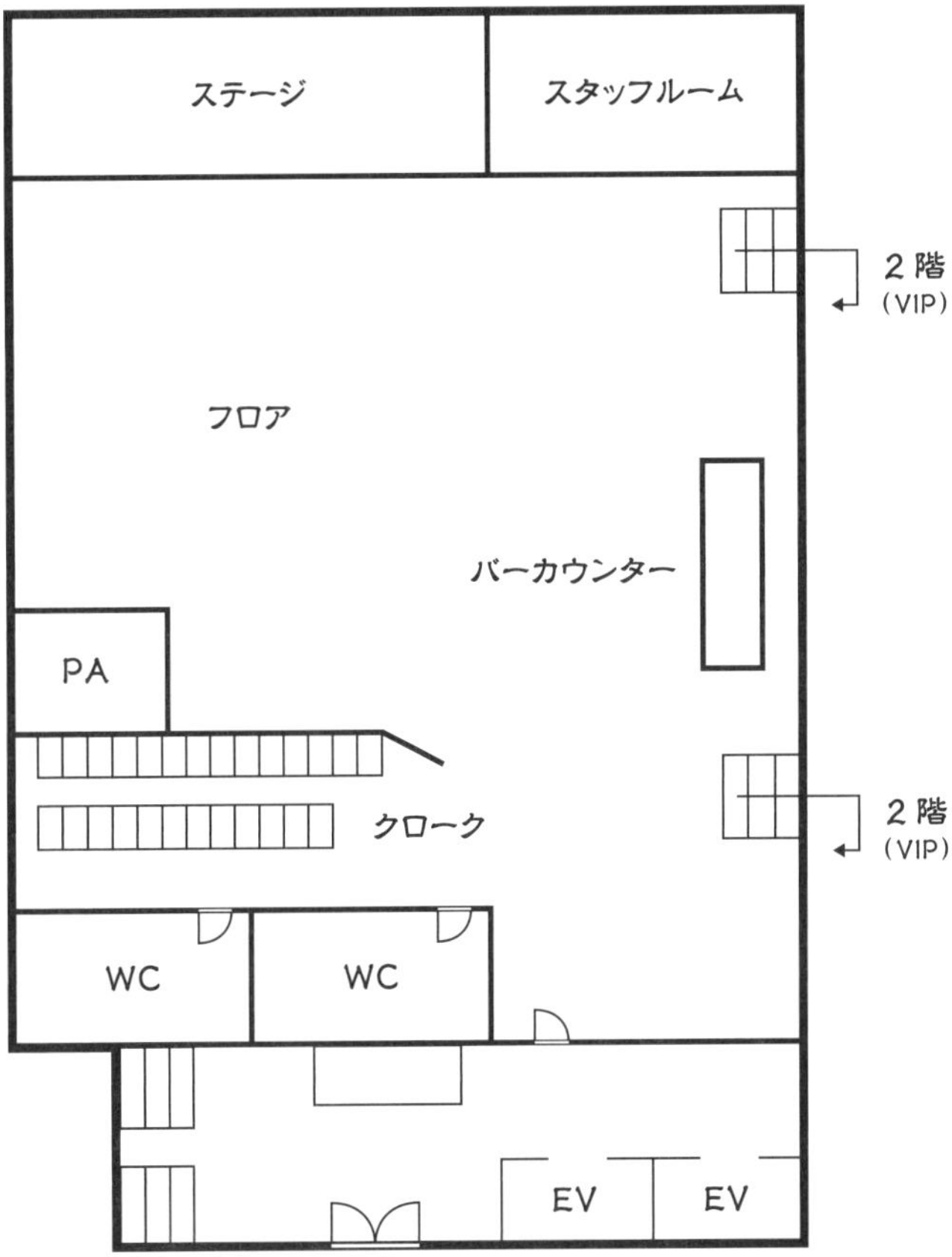

踵を返してフロアを出る。別の階のクラブに入り直すつもりだった。赤木が有里子の正体に気づいたら面倒なことになりそうだし、こちらも疣猪の顔を見ながら踊るなんて願い下げだ。

「あれ。なんで行っちゃうの」

太い指が腕を摑んだ。強く引いても手を離さない。

赤木は有里子をクロークに連れ込むと、有里子を壁に押しつけ、股間を擦りつけてきた。硬いものが腹に触れる。荒い息が首にかかり、全身が総毛立った。

有里子は悲鳴を上げたが、轟音に掻き消され自分の耳にも届かなかった。フロアから出てきた男がこちらを見て、顔色一つ変えずに通り過ぎる。

そのときだった。

「さっちゃん、何してんの？　こっちだよ」

知らない女が有里子に声をかけた。赤木がきょとんとした顔で振り返る。女は有里子の手を摑み、階段を駆け上がった。

女につれられてＶＩＰルームに入る。淡い蛍光色のライトが視界を包んだ。ジャスティン・ビーバーがすかした声で歌っている。

おそるおそる階段の下を覗いてみたが、赤木が上ってくる様子はなかった。丸太のような首に赤ネクタイを下げた、ドンキーコングみたいなセキュリティが睨みを利かせている。赤木もＶＩＰルームには手を出せないのだろう。

「あの、ありがとうございました」

「いいのいいの。困ったらお互い様じゃん」

女はレザーのソファに座って、グラスに注いだシャンパンを差し出した。猛烈な喉の渇きを覚え、グラスに口を付ける。

「あたし、チェシャ。あなたは？」

「えっと、有里子です」

いいねと微笑んで、となりのシートを叩く。勧められるまま腰を下ろした。チェシャは目鼻立ちのはっきりした褐色のギャルで、案の定、トキオ風コーデだ。シャツは第五ボタンあたりまで外れていて、キャミソールの胸元からドリアンみたいな乳房が覗いている。出番待ちのダンサーだろうか。

「どう、楽しんでる？」

「いえ、あんまり」

「もったいない！　じゃあさ、楽しいことやろうよ」

チェシャがナッツをつまんで言う。葉っぱでも売る気だろうか。

「あのね、秘密を交換するの。家族とか友だちには絶対言えない秘密ってあるでしょ。名前も連絡先も知らない、赤の他人にしか言えないこと。それを今、教えっこするの」

有里子は拍子抜けした。なにかと思えば子どもの遊びじゃないか。まるで不思議の国の狂ったお茶会みたいだ。

「あたし、何にしよっかな」

チェシャはナッツを頬張りながら、天井の配管を見上げる。有里子も同意したことになっているらしい。

考えてみると、吐き出したい秘密はたくさんあった。記憶を掘り返していると、みるみるグラスのシャンパンが減っていく。ナッツを取ろうとしたチェシャと手がぶつかって、カットソーにシャンパンがこぼれた。

「おっとごめん。どう？　決まった？」

有里子が頷くよりも早く、じゃんけんが始まっていた。有里子がぐー、チェシャがぱーを出す。負けたほうが先行らしい。有里子は騙された気分で、チェシャに耳打ちした。

「回診に来る教授のセクハラがひどくて、論文のデータをネットに流してやりました」

「あはは、やるじゃん」

チェシャは大袈裟に手を叩いてから、「次、あたしね」と背筋を伸ばし、有里子の耳に口を寄せた。

「あたし、今から人を殺すの」

ジャスティン・ビーバーが聞こえなくなった。

ああ、これはドッキリだ。愛想笑いを浮かべて、チェシャの肩を突く。

「やめてくださいよ」

「有里子、携帯出して」

チェシャの顔から表情が消えていた。悪寒が背筋を這い上がる。

「携帯で今からフロアで起きることを撮影して。で、明日、YouTubeにアップするの」

彼女は何を言っているのだろう。助けてもらったとはいえ、急に命令される筋合いはない。だいいちフロアは撮影禁止だ。やはり葉っぱを吸っているのだろうか。

「命令を無視したら、あなたの犯罪を職場にばらすから」

チェシャは有里子の頬に触れると、顎から喉へ指を下ろした。尖った爪が肌に刺さる。思わず手を振り払った。

「ふざけないでください。あたしの職場なんか知らないくせに」

「湘南大学付属東京病院でしょ。あなたは看護師の加上有里子」

血の気が引いた。

「あたしのこと知ってたんですか？」

「あはは、引っかかった」

チェシャはナッツを口に放り込むと、立ち上がって手をひらひらと振った。

「じゃ、よろしく」

ショートボブの後ろ姿が、ステージ側の階段から一階へ下りていく。

魂が抜けたように腰が上がらなかった。あの女は今から人を殺すという。もちろん出まかせに決まっているが、有里子の職場やフルネームを知っていた理由が分からない。

ふと視線を感じる。ドンキーコングが有里子を見ながらインカムマイクに何やら囁いていた。追加料金を払わずにＶＩＰルームに居座ると出禁《できん》になると聞いたことがある。有里子は立ち上がり、上ってきたのと同じクローク側の階段を下りた。

フロアの客は何事もないかのようにアヴィーチーで身体を揺らしている。チェシャの姿を探していると、ふいにチェシャとよく似た女が二人組で近づいてきた。

一瞬、幻覚でも見ているのかと思ったが、すぐにチェシャとは別人だと気づいた。トキオ風コーデの女はうんざりするほどいる。素面のトキオが酔い潰れたトキオに肩を貸して、引きずるようにフロアを出て行った。ジャスミンの香水を泥水で煮たような異臭が鼻に残る。階段の下で泥酔していた、あの女の臭いだ。

しばらくフロアの様子を眺めたが、異変は起きなかった。チェシャの姿も見つからない。やはり揶揄《からか》われたのだろうか。

「あれ、戻ってきたの？」

トイレのドアが閉まる音に続いて、赤木の粘っこい声が聞こえた。次から次へとろくでもないやつが現れる。

出口へ引き返そうとして、半歩で足を止めた。

赤木は様子がおかしかった。入院直後と同じくらい血色が悪く、唇の両端から泡が零れている。眼球がぴくぴく震えていた。

「あれ、きみ、ゆりちゃん？　――」

赤木が有里子を指して言う。ごぼぅと下水が逆流するような音がして、喉が盛り上がった。とっさに背後へ飛び退く。赤木はよろよろとフロアに駆け込むと、振り返った男の胸元にゲボをぶっかけた。

ほとんど同時に、バーカウンターからガラスの割れる音が聞こえた。光るサングラスを付けたトキオ頭の女が、ラウンジテーブルに寄りかかって、苦しそうに肩で息をしている。赤木と様子が同じだ。女は首を持ち上げると、顔と腕を痙攣させ、勢いよくゲボを撒き散らした。

――あたし、今から人を殺すの。

チェシャの声がこだまする。

今から殺す、というのは正確ではなかった。あの後でフロアのドリンクに毒を混ぜたのなら効き目が速すぎる。あのときにはもう毒を混ぜていたのだ。

とっさにフロアを見回したが、やはりチェシャの姿はなかった。チェシャがフロア側の階段を下りてから、有里子がクローク側の階段を下りるまで、三十秒もなかったはずだ。鮨詰めのフロアを抜けて〈D-MOUSE〉を出て行くには時間が足りない。彼女はどこへ消えたのだろう。

自分がすべきことは分かっていた。倒れた人たちの意識と呼吸を確認し、吐物《とぶつ》が詰まらないように気道を確保。救急車を呼ぶよう周囲の人に声をかけ、必要に応じて心臓マッサージを行う。頭では分かっているのに足が竦んで動けなかった。

十分前、有里子もチェシャに手渡されたシャンパンを飲んでいる。その気になれば毒を盛ることもできただろう。あのときすでに有里子の命はチェシャの手の中にあったのだ。

フロアには喧騒が広がっていた。スーツ姿のスタッフも茫然と立ち尽くしている。アヴィーチーはあいかわらずポンポンやかましい。

有里子は現実ではない世界に迷い込んだような気分で、ポケットからスマホを取り出し、ビデオの録画ボタンを押した。

2

「やっぱり今夜もワンダーランドに行こうかな」

二〇一六年一月二十五日、午前十一時。普段は事務所のデスクで新聞やネットニュースに目を通している時間だが、今日は古城と二人で、有料老人ホーム〈キャンベル飯田橋〉を訪れていた。目的は古城の古い友人に捜査協力を取り付けること。今はその息子を駐車場で待っているところだ。

名探偵が童話の主人公みたいな台詞を口にしたのには理由がある。古城は先週から、秋葉原の〈ワンダーランド〉というバーに足繁く通っていた。本人は落ち着いたバーだと言い張っているが、話を聞いていると可愛い子がちやほやしてくれるタイプのお店なのは明らかで、おまけに古城はありすちゃんという店員さんにすっかり惚れ込んでいるようだった。

このまま古城に事務所のカードを預けると貯金がなくなってしまうので、お小遣いは月五万円までとルールを決めたのが先週のこと。ところが古城は懲りずに三夜連続で〈ワンダーランド〉に通い詰めた挙句、総武線の車両故障で帰宅できなくなり、駅前の植え込みに頭を突っ込んで泥酔。罰が当たったのか、財布から紙幣を抜き取られてしまったのだ。

「喉が渇いた」

名探偵は苦しそうに咳き込むと、すかすかの財布を片手に自販機を見上げた。残金は百八十円。缶コーヒーは百二十円だから、ここで買うと残り六十円で今月を乗り切ることになってしまう。

「ガールズバーに行かないって約束するなら、お小遣いを前借りしてもいいですよ」

亘がコーラを飲んで言うと、古城はヤクザみたいに目を吊り上げて亘を睨んだ。

そもそも飯田橋から中野へ帰るには、東西線で二百円、中央線で二百二十円かかる。缶コーヒーを我慢したところで事務所には帰れないのだ。

「子ども扱いするな。おれは明治生まれだ。お前のじいちゃんより年上ってことを忘れるなよ」

古城は屁理屈を言うと、不貞腐《ふてくさ》れた顔で駐車場を出て行った。〈キャンベル飯田橋〉の向かいには小さなホームセンターがある。古城は柄にもなく園芸コーナーを眺め始めた。ありすちゃんに贈る花でも選んでいるのだろう。

数分後。亘がコーラを飲み干し、古城が花に飽きてスマホを弄り出したところで、駐車場に赤のクーペが停まり、運転席から矍鑠《かくしゃく》とした老人が降りてきた。

グレーの短髪に黒ぶちの眼鏡。國中篤志《くになかあつし》だ。八年前まで警察庁長官を務めたトップクラスの警察官僚で、現在は七十一歳。入居者でもおかしくない年齢だが、今日の目当ては彼の父親である。

「古城孫作さんですね。ええと、そちらは——」

「雑用係のはらわただ」

「はらわたさん。珍しい苗字ですね」

篤志につれられて〈キャンベル飯田橋〉の玄関ロビーに入る。窓口の職員に会釈をして、エレベーターに乗り込んだ。

「警察関係者以外のお客さんは珍しいんですよ」

扉が閉まると、篤志が探りを入れるように言った。事前に「お父さんに世話になったことがある」としか伝えていないので、二人の素性を訝しんでいるようだ。

「八十年前に一緒に遊んだことがあるんだ。覚えてくれてると嬉しいな」

古城がスマホを弄りながら言う。明治生まれの男が最新機種を使いこなしているのは、スピーディな情報収集と機動的な捜査に役立つから——ではなく、女の子を口説くのにアプリが必要だからである。

そんな探偵の言葉に、篤志は口をへの字にして眉を顰めた。生意気な態度が癇に障ったか、奇天烈な発言に不審を抱いたか。おそらく両方だろう。古城の身体は四十歳だから、八十年前に生きているはずがない。

チンと音が鳴って扉が開く。篤志は表情を強張らせたまま、廊下を進んで三つ目のドアを開けた。

六畳ほどの部屋に介護用ベッドが置かれ、皺くちゃの老人が横たわっている。篤志の父、國中功也《こうや》。御年九十三歳だ。お昼寝の時間らしく、老人は豪快に鼾をかいていた。

「お父さん、お客さんですよ」

篤志が肩を擦って名前を呼ぶ。功也は目を開くと、眼鏡を手に取り、篤志に支えられて上半身を起こした。

「やあ功ちゃん、ごきげんよう」古城が右手を挙げる。「今日は頼みがあってきたんだ。あんたの息子に、おれたちの捜査に協力するよう頼んでくれないか」

「きみ、何を言ってるんだ――」

篤志が慌てた様子で口を開いたが、父親を見て声を詰まらせた。

國中功也は尻子玉が抜けたような顔をしていた。額がなくなるまで眉を持ち上げ、おちょぼ口を縦に開いている。

「まさかあんた、古城先生かね」

大当たりだ。

功ちゃんこと國中功也は、成城警察署の初代署長、國中親晴の息子に当たる。國中親晴は左門我泥の小説にも登場する東京警視庁の切れ者刑事だ。その親晴の息子が、現在九十三歳の功也。孫が七十一歳の篤志というわけだ。

「古城先生は確か、助手は要らないと言っていたはずですが」

「さすが功ちゃん、よく覚えてるな。こいつは助手じゃなくてお使い係だ」

古城が嬉しそうに亘の頭を叩く。

「先生はいつか帰ってくる。父がよく言っていました。わたしを落ち込ませないための嘘だと思っていましたが、あれは本当だったんですね」

國中功也は目の下のたるんだ皮を震わせ、噛み締めるように言った。古城の記憶は脳に刻み込まれていたようだ。

「話が速くて助かるよ。おれが生き返ったのには込み入った事情があってね」

古城は籐椅子に腰を下ろすと、召儺によって七人の犯罪者がよみがえったこと、彼らを地獄へ追い返すために閻王が古城をよみがえらせたことを説明した。功也と篤志は顔中の穴を広げ、よく似た顔で古城の話を聞いていた。

「――そういうわけで鬼退治を始めたんだが、どうにも情報が足らなくてね。ひとつ親晴の子孫に力を貸してもらおうと思ったんだ」

「異常な事件が続いているのは鬼のしわざでしたか」

硬い口調とは裏腹に、功也の頬は綻《ほころ》んでいた。

「篤志、先生に協力してさしあげなさい」

「本当にいいんですか?」

篤志はさすがに信じられないようだ。

「わたしが保証する。この先生は本物だよ」

嗄《か》れているが芯の通った声だった。功也の顔色はどんどん良くなっている。

篤志は深く息を吐くと、腕まくりをして古城に向き直った。

「お父さんを信じます。どんな協力をすればいいんです?」

「一つ、人鬼たちが過去に起こした事件の資料を提供してもらいたい。二つ、それと類似した事件が起きたら、捜査状況を逐一教えてほしい。三つ、おれたちが人鬼を狩るために行った犯罪を見逃してほしい」

篤志は最後の項目だけ眉を顰めたが、どちらかというと拍子抜けしたようだった。機動隊を派遣するとか、もっと大規模な協力を想像していたのだろう。さいわい刑部組のおかげで戦力は足りている。

「分かりました。元部下と連絡を取ってみましょう」

篤志の言葉に、古城がぺこりと頭を下げる。

「落ち着いたら、父の話を詳しく聞かせてください」

功也は目を輝かせ、少年のような笑みを浮かべた。


歩いて飯田橋駅に戻ると、東西線の改札口は大量の人でごった返していた。

「ああ、喉が渇いた」

古城がゴミ箱に手を突っ込んでペットボトルを漁り始める。ガールズバーに行かないと約束すれば小遣いを貸すと言っているのに、強情な男だ。そこへ構内アナウンスが流れた。

「お急ぎのところ申し訳ございません。東京メトロ東西線に犯罪を予告する連絡があり、安全確認のため運行を見合わせております」

サラリーマンが口々にため息を吐いた。凶悪犯罪が多発しているせいで忘れそうになるが、しょぼくれた犯罪も日々変わらず起きているのだ。

中央線のホームに移動しようとしたところで、スマホが震えた。古城に断って電話に出る。

「やあ、先日はどうも」

聞き覚えのある声だった。胃袋がきゅっと締まる。古城がふらふらとどこかへ向かうのが見えた。

一分後。亘が電話を切ると、古城が素知らぬ顔で通路に戻ってきた。

「どうした。うちの事務所にも犯罪予告のメールが来たか？」

「いえ。刑部組長が今すぐ古城さんに会いたいそうです。なんでも頼みごとがあるそうで」

亘が告げると、古城は面倒そうに首の後ろを揉んだ。

3

午後一時。老人ホームを出たわずか一時間後。亘と古城はタクシーで国道二十号線をかっ飛ばし、新宿区百人町の刑部組事務所を訪れていた。

「孫作さんたちに解決してほしい事件があるんです」

刑部九条は浮かない顔で言って、ラブラドール・レトリバーの首を撫でた。今日も高級そうなスリーピースを着こなしている。となりでは煮卵みたいな顔の若頭が不服そうにこちらを睨んでいた。

なんでも刑部組のフロント企業が経営している渋谷のクラブで、立て続けに毒物混入事件が起きているらしい。昨日はとうとう死者が出た。昨年までなら大きく世間を賑わせたであろう事件だが、何十人と殺される事件が頻発しているせいで話題にならず、警察の捜査も追い付いていない。

このまま犯人を野放しにしたら刑部組の面目が丸潰れだ。なんとしても首を捕まえて腸を引き摺りだしてやらなければならぬということで、貸しのある古城に白羽の矢が立ったのである。

「お安い御用だ。あんたの頼みを断ったらあの世で祖父さんに合わせる顔がないからね。ただこっちも商売だ。探偵料百万、手付金三十万でどうだ」

刑部の目が見えないのを良いことに、古城はソファにふんぞりかえっている。こいつ、また〈ワンダーランド〉に通うつもりだ。

刑部は頷いて、指を三つ立てた。

「三日で柄《がら》を押さえてほしい。できますか?」

「二日で十分だね」

古城がかっこつける。

「わたしたちはヤクザです。古城先生のお孫さんと言えど、あとから泣き言は聞けませんよ」

「心配すんな。おれには古城倫道の血が流れてんだぜ」

刑部はキーボックスから鍵束を取り出すと、デスクの下の金庫を開け、札束をテーブルに並べた。締めて三十万円。古城は今にも涎を垂らしそうだ。

それから日が暮れるまで、若頭から連続毒物混入事件の詳しい説明を受けた。

事件は現在までに三件、いずれも渋谷区円山《まるやま》町二丁目、渋谷リザードビル内のクラブで起きている。ビルは八階建てで、下から〈Club D-MOUSE〉〈Club MAD HAT〉〈Club DUCHESS〉〈Club Queen Queen〉の四つのクラブが入っている。すべて刑部組の傘下にあり、セキュリティスタッフとして組員が常駐している。犯人は周囲の目を盗んで、バーカウンターやラウンジテーブルに置かれたボトルやグラスに、有機リン系殺虫剤のチェシアホスを混入させたと見られている。

一月三日、下から二番目の〈MAD HAT〉で第一の事件が起きた。被害者の女性はコロナを二本飲んだ後、急な目眩と吐き気を覚えて帰宅。症状が収まらず翌朝に119番通報し、救急車で病院に運ばれた。吐物からチェシアホスが検出されたため、直ちに胃腸の洗浄と、PAMと呼ばれる解毒剤の投与が行われた。さいわい摂取量が少なく症状も軽かったため、四日後に退院した。

この時点では被害届が提出されなかったため、警察も刑部組も事件を把握していなかった。

翌週の一月十四日、一番下の〈D-MOUSE〉で第二の事件が起きた。深夜三時過ぎ、フロアで女性二人が嘔吐し、相次いで失神。スタッフの通報で病院に搬送された。二人の吐物からはチェシアホスが検出されたが、やはり摂取量は少なく、一週間以内に退院した。

警察はここでようやく事件を把握。病院からの情報提供で前週に起きた〈MAD HAT〉の事件を確認し、連続毒物混入事件とみて捜査を開始する。刑部組事務所にも捜査員が訪れ、取り調べが行われた。

とはいえこの程度のトラブルは日常茶飯事でもある。重症者が出なかったこともあり、四つのクラブは営業を継続。客足が遠のくこともなかった。

そして一月二十三日、〈D-MOUSE〉で第三の事件が起きた。フロアで男女六人が相次いで倒れ、病院へ搬送されたのだ。全員の吐物からチェシアホスが検出され、男性一人が死亡。三人が現在も意識不明の重態だ。症状が重篤であることから、犯人はこの事件からチェシアホスの混入量を増やしたと見られる。

第三の事件が起きた際、〈D-MOUSE〉には八十人前後の客がいた。次々と人が倒れたことで現場はパニックになり、六人の他にも数名の怪我人が出た。ただし警察官が駆け付けたときにはほとんどの客が逃げ出していたため、事件の全貌は明らかになっていない。

「ドリンクにチェシアホスか。悪くないな」

若頭の説明が終わると、古城は三十万の札束を捲りながら意味深につぶやいた。

明くる一月二十六日、午前十時。事務所のパソコンを開くと、警察庁ＯＢの國中篤志から大量の資料が届いていた。人鬼たちがかつて起こした、七つの事件の捜査資料だ。

「仕事が速いじゃねえか。持つべきものは暇な年寄りだな」

亘は古城の指示で「チェシアホス連続毒殺事件（昭和六十年）報告書」を二部ずつ印刷し、一部を古城に手渡した。

いくら古城が女に飢えているとはいえ、人鬼と無関係な事件の調査を引き受けるほど暇ではない。毒物混入事件が人鬼の犯行らしいことには亘も感づいていた。

「俗に農薬コーラ事件か。辛気臭い名前だな」

古城は文句を言いながらも紙を捲り始める。亘も資料に目を通した。

第一の事件は昭和六十年（一九八五年）四月八日、雨の降る夜に起きた。練馬区在住の大学生が、アルバイトの帰りに自販機で栄養ドリンクを購入した際、自販機の上にコーラが置かれているのを見つけ、それを飲んだ。青年は腹痛と吐き気を覚え、十五分後に意識を失う。病院で胃腸の洗浄および解毒剤の投与を受け一時的に意識を回復したが、二日後の四月十日に多臓器不全で死亡した。飲み残したコーラと吐物から、有機リン系殺虫剤のチェシアホスが検出された。

被害者がコーラを手に取る四時間前、グレーのブルゾンを着た不審な人物が目撃されていた。目撃者は小学生の男児で、雨合羽を着て自転車を漕いでいたところ、道の左側に設置された自販機の前に人が立っているのを見つけた。不審者の身長は百五十センチ程度で、男性であればかなり小柄である。ちょうど手を伸ばして自販機の上にコーラを置くところだったため、腕が邪魔になり、不審者の顔は見えなかったという。

この時点で報道は少なく、捜査も進展しないまま五カ月が過ぎる。またも雨の降る九月十一日の夜、第二の事件が起きた。武蔵野市在住のサラリーマンが、自宅近くの自販機の上に載っていたコーラを飲み、死亡したのだ。こちらも飲み残したコーラと吐物からチェシアホスが検出された。手口が似ていることから、練馬区の事件の犯人による五カ月ぶりの再犯と見られた。

ところがこの事件以降、状況は一変する。同じ手口の犯行が東京、千葉、埼玉の三都県で続発したのだ。九月中に五件、十月に四件、十一月に二件の事件が確認されており、すべての事件で被害者が死亡。死者は十二人に上った。いずれも雨の日にチェシアホスを入れた瓶を自販機に載せておく手口だが、どこまでが同一犯の犯行で、どこからが模倣犯の犯行かは分かっていない。マスコミは日に日に増えていく被害を大きく報じたが、物証が乏しく捜査は難航した。

事件が途絶えた十二月、捜査はようやく新局面を迎える。九月二十八日に四件目の事件が起きた江戸川区の現場で、複数の手掛かりが見つかったのだ。手掛かりは目撃証言、防犯カメラの映像、瓶の付着物の三つ。捜査の突破口となることを期待して、警視庁は重点的な捜査を行った。

もっとも期待されたのが目撃証言だった。午後四時ごろ——被害者の高校生が自販機に載ったコーラを手に取る二時間前に、グレーのブルゾンを着た小柄な人物が、自販機の前で瓶に何かを入れているのが目撃されていたのだ。一件目の事件の証言と特徴が一致したこともあり、この証言には高い信憑性が認められた。現場周辺では徹底的な聞き込みが行われたが、ブルゾンが流通量の多い廉価品だったこともあり、期待されたほど容疑者を絞り込むことはできなかった。

次に防犯カメラの映像である。十二件のうち唯一、この事件では自販機に防犯カメラが取り付けられていた。自販機のオーナーが家電屋を営んでおり、自費で購入した防犯カメラを自販機の右上に設置していたのだ。だが事件当日に強い雨が降ったせいで、記録装置が故障。録画した映像はほとんど再生できなかった。

　最後の希望となったのが猫の毛だった。チェシアホスが混入していたコーラの瓶の外側に、猫の毛が付着していたのだ。被害者の高校生は動物が苦手で、猫と触れ合う習慣がなかったことから、毛は犯人の手から瓶についたものと見られた。だが現場周辺は野良猫が多く、日常的に猫と触れ合う住人も多かったため、これも容疑者の絞り込みにはつながらなかった。

　年が明けると報道は徐々に減っていった。警察では前科者を中心に二十人ほどの容疑者を徹底的に絞り上げたが、逮捕の決め手は得られなかった。

　新たな物証が見つかることもなく時間が過ぎ、平成十二年（二〇〇〇年）に時効が成立。事件は迷宮入りした。

「せっかく逃げ切ったのに現世に連れ戻されるとは思わなかっただろうな」

　古城は資料を読み終えると、胡坐《あぐら》をかいたまま大きく欠伸をした。

「犯人はどんな人だと思います？」

「そりゃブルゾンを着ていて、小柄で猫好きの東京都民さ。つまりどこにでもいるつまらない凡人だ」

「じゃ、石本吉蔵みたいな頭脳犯ではないってことですね」

　尾原町での捕物劇を思い出して言うと、古城はわざとらしくため息を吐いた。

「分かってねえな。凡人の犯罪ってのは一番難しいんだよ」

「どうしてですか」

「天才が練りに練った大犯罪には手がかりがたくさんある。動機を探るもよし。トリックを暴くもよし。証言の矛盾を突くもよろしい。でも凡人が思い付きでやった犯罪には何も残らない。知恵も才能もない犯人を見つけるのは大変なんだよ」

なるほど。言われてみるとそんな気もしてくる。

「ただ凡人にも弱点はある。自己顕示欲だ。凡人は自分が天才だと勘違いしやすい。調子に乗って勝手に馬脚を現すんだ。その点、この事件の犯人は身の丈がよく分かってたんだろうな」

古城は二度目の欠伸を噛み殺すと、億劫そうに腰を上げた。

「資料だけじゃつまらん。現場でも見に行くか」

今回はまともな捜査が始まるようだ。亘も一緒に立ち上がった。

「行きましょう。事務所にいても犯人とは出会えませんからね」

実際のところ、亘はすでにコーラに農薬を入れた人物と出くわしていたのだが、それを知るのは事件が解決した後のことだった。

4

「好きって言ったらどうする？」

スキーウェアを着た宿刈横恵が俯きがちに言う。

「おれもだ。今すぐやろう」

古城はにやけ面で柱に声をかけた。渋谷駅の地下通路。二メートル以上ある巨大なディスプレイに、縦長の映像が流れている。

「それ、広告ですよ」

亘が横っ腹を小突くと、古城は一歩下がって柱を見上げ、不思議の国に迷い込んだような顔をした。

「畜生、騙しやがって」

明治生まれの探偵が現代に適応するにはまだ時間がかかりそうだ。

渋谷リザードビルは渋谷駅ハチ公改札から五分ほど、人波を掻き分けて進んだ場所に建っていた。

ビルの前には若者が二十人ほど集まっていて、スマホで動画を撮ったり、摺りガラスの中を覗いたりしていた。一階の〈D-MOUSE〉はドアが閉まっていて、「1/24,25,26 全店臨時休業」とだけ貼り紙があった。

古城に続いてビルを一周する。裏には二台分の小さな駐車場と物置小屋があった。小屋には竹箒やゴミ袋などが無造作に置かれている。

ビルの正面に戻り、エレベーターで三階の〈MAD HAT〉、五階の〈DUCHESS〉、七階の〈Queen Queen〉へも上ってみたが、いずれもドアが閉まっていて中の様子は分からなかった。刑部組に連絡すれば中を見せてもらえるだろうが、捜査がまるで進んでいないと知られるのはまずい。

「お兄さんたち、関係者すか?」

エレベーターを下りると、スマホをかまえたコーンロウの馬面《うまづら》が近づいてきた。

「何してんだ」

「殺人現場の中継っすよ」

なぜか誇らしげに答える。ニュースを観るタイプの人間には見えないが、事件の話題は耳に入っているようだ。

「事件のこと、なんで知ってるの」

「動画っすね。すげえバズってて、おれも乗っかっちゃおうかなみたいな」

「なんだそれは。亘は馬面を追い払うと、YouTubeアプリで「渋谷 クラブ 事件」と検索をかけた。

それらしい動画はいくつかアップされていた。大半は数十回しか再生されていないが、一つだけ十万回以上再生されたものがある。投稿者はalice、タイトルはshibuya club d-mouse panicだ。再生時間は七分四十二秒。aliceはこの一本しか動画を投稿していない。

二人でビルの陰に入り、動画を再生した。初めは定点カメラの映像かと思ったが、ときおり指が大写しになるので誰かが撮影しているようだ。フロアを後ろから映した映像で、見える範囲でも五十人以上の若者が鮨詰めになっている。画面の端に女が倒れているのが見えた。

客はしばらく落ち着いていたが、四十秒過ぎ、どこかで悲鳴が上がったのをきっかけに、全員が後方へ逃げ始めた。そこからは悲惨で、フロアの真ん中で若い女が嘔吐したと思えば、出口付近で十人くらいが将棋倒しになり、太った男が吐物に滑ってラウンジテーブルを引っくり返したと思えば、女がパニックを起こしてコロナの瓶をぶんぶん振り回した。

「地獄ですね」

亘が感想を述べると、

「本物はもっとひどいぜ」

古城があまり知りたくないことを言った。

パニックは五分を過ぎたあたりでようやく落ち着き、残りの客がゆっくりと出口へ流れ始めた。

七分三十秒あたりで最後の客がいなくなる。困惑した様子のスタッフと被害者らしい男女、それに苦しげな呻き声だけが残った。

「この中に犯人が映ってる可能性は高いんじゃないですか」

「どうだか。凡人は馬鹿とは違うからな」

古城はしばらく黙り込んでから、唐突にでかい声を出した。

「やあ、ありすちゃん！　久しぶり！」

〈ワンダーランド〉に通い過ぎて気が変になったのかと思ったそのとき。ビル前の人だかりの中で一人の女がこちらを向いた。

「ひゅー。大当たりだぜ」

女は暗闇でものを踏んだような怪訝な顔をしていた。古城が女に歩み寄り、素早く手首をつかむ。

「あんた、犯人に脅されたんだろ？　詳しく話を聞かせてくれよ」


十五分後。古城と亘は道玄坂沿いの喫茶店〈アッシュ〉で、加上有里子《かがみありす》と向かい合っていた。見たところ二十代前半だろうか。すっぴんだがショートヘアは整っている。糞がつくほど生真面目な雰囲気で、クラブで遊んでいるタイプには見えない。もちろん〈ワンダーランド〉のありすちゃんとは無関係だ。

「おれは古城孫作。こいつは下男のはらわた。事情があって事件を調べてる」

古城がコーヒーに角砂糖を放り込みながら言う。聞き込み中の飲食はお小遣いとは別会計だ。

「あのとき、ＶＩＰにいたんですか？」

有里子が不審そうに聞く。顔に血の気がなく、唇も青褪《あおざ》めているのに、目だけが赤く腫れていた。

「知らねえよ。これを観ただけだ」

古城はスマホをテーブルに置いて、事件の動画を再生した。

「この場所にいる連中は、自分たちに何が起きてるのか分からなかったはずだ。閉じた空間で次々と人が倒れていく。次は自分かもしれない。そう思ったら恐慌をきたすのも無理はない。でも一人だけまったく焦ってないやつがいる。この動画の撮影者だ。みるみるパニックが広まっていく中、こいつだけは身動《みじろ》ぎもせずに動画を撮り続けている。まるで自分が安全なのを知ってるみたいだ」

確かに動画は定点カメラかと思うほどブレが少なかった。

「犯人がこの動画を撮ったってことですか?」

亘が口を挟むと、

「そうじゃない。動画を観ているおれたちには撮影者が見えないが、現場にいた客は当然、撮影者の姿を見ていたはずだ。今回の犯人は目撃証言の重大さをよく弁《わきま》えてる。そんなやつが堂々と姿を晒していたとは思えない。撮影者は何が起きているのかを知りながら、現場の動画を撮らされていた。撮影者は犯人に脅迫されていたんだ。

となるとこの動画をYouTubeにアップしたのも撮影者の意思じゃなく、犯人の指示だろう。だが現場を撮影した動画は他にもアップされてる。偽名のアカウントで動画を公開しても、それが自分だと犯人に信じてもらえない恐れがある。aliceはいかにも偽名じみてるが、撮影者の本名である可能性が高い。

考えたのはそこまでだ。ひょっとすると現場を見に来るかもしれないと思って、試しに名前を呼んでみたら、見事にあんたが振り向いた。運も才能のうちだな」

古城はわっはっはと声を出して笑った。

三十一年前の事件とは異なり、今回の毒物混入事件はほとんど話題にならなかった。犯人はそれが許せず、動画で話題が広がるように仕向けたのだろう。かつては沈黙を貫いた犯人も、今回は策を講じずにいられなかった。凡人の弱点は自己顕示欲という古城の分析が的中したわけだ。

「さああんたの番だ。あんたを脅迫したやつについて教えてくれ」

古城が声を弾ませる。有里子は前髪を掻き上げると、テーブルに身を乗り出し、はっきりとした声で話し始めた。

「変態に襲われたとき、あの女が現れたんです」

有里子は二十三日の夜の一部始終――仕事の疲れを発散するためにクラブへ出かけたこと、いぼ痔の男に痴漢をされたこと、チェシャにＶＩＰルームへ連れて行かれ秘密を交換したこと、動画を撮るよう命令されたことを打ち明けた。

「この動画にチェシャは映ってねえんだな?」

「はい。百回くらい観ましたが、チェシャはいませんでした」

ここでも古城の予想は当たっていた。犯人は凡人だが馬鹿ではないのだ。

「人殺しに名前や職場を知られたと思ったら怖くて怖くて。なんであたしがこんな目に遭わなきゃいけないんでしょうか」

口では怯えていると言うが、実際は理不尽な仕打ちに怒っているようだった。古城は苦笑して肩を竦める。

「そりゃクラブにいた人間の中で、あんたが一番言うことを聞きそうな面をしてたんだろうな」

有里子は癇に障った様子で鼻の穴を広げる。

「チェシャはあたしの名前も職場も仕事も知ってたんですよ。事前に目を付けてたってことじゃないですか」

「違う。もっとよく考えろ。事件の夜、あんたは仕事にうんざりして、一年ぶりにクラブに出かけた。ようするに気まぐれだろ。常連でもない女がいつクラブにくるかを予測して、事前に身元を調べておくのは不可能だ。チェシャは〈D-MOUSE〉であんたを見かけるまで、あんたのことなんて知らなかったはずだ」

「じゃあなんであたしの素性が分かったんですか?」

「考えたんだよ。お前、シャーロック・ホームズ読んだことねえの?」

有里子が両手を広げ、あるわけないという顔をする。

「言葉の訛りや服の汚れから素性を見抜く、おなじみの推理のことですか」

亘が助け舟を出すと、有里子は眉を持ち上げて、カットソーの臍《へそ》のあたりに目を落とした。グレーの生地がそこだけ黄ばんでいる。チェシャとの会話中にこぼしたというシャンパンだろう。

「でも助手さん。それ、小説の中の話ですよね」

「助手じゃない。下僕だ」古城がいちいち訂正する。「確かにシャーロック・ホームズの冒険譚はフィクションだ。だが物語が書かれたのは十九世紀末から二十世紀の頭、おれたちがいるのは二十一世紀だ。今なら相手の個人情報を割り出すのなんて簡単さ。おれはこう見えて現代の若者文化をよく勉強してるんだ」

動機はガールズバーの店員さんを口説くためだが、ものは言いようである。古城はスマホの画面をタップして YouTube を閉じ、Instagram を開いた。

「あんたも〈D-MOUSE〉に着いてすぐ、自撮りをInstagramに上げたんじゃないか?」

「そりゃ上げましたけど」

「チェシャはそれを見てたんだ。クラブの名前で検索をかければすぐにアカウントが見つかる。ほら、これだ」

古城は#D-MOUSEで検索をかけ、表示された画像の一つをタップした。目の前に座っているのと同じ女が、すまし顔でコロナの瓶に頬ずりをしている。アカウントは@alicekagami0127。ばればれだ。

「あたしだって馬鹿じゃないです。職場を特定されるような画像は上げてません」

「ならチェシャはお前より賢いってことさ」

古城は写真をじっと見つめ、すぐに不敵な笑みを浮かべた。

「よく見ろ。あんたの髪、毛先が湿ってるだろ。二十二日の深夜から二十三日にかけて、東京で雨は降ってない。髪が濡れてんのは、仕事終わりにシャワーを浴びて、急いで〈D-MOUSE〉に来たせいだ。あんたの家はその短髪が乾かないままで〈D-MOUSE〉に来れる距離にあるってことだ。せいぜい渋谷区内だろう。はらわた、お前の知り合いで渋谷に住んでるやつはいるか?」

「いません。家賃高いですから」

「なるほど。わざわざ高い金を払って住むってことは、職場も渋谷にある可能性が高い。回診に来た教授にセクハラされたってことは、あんたの職場は大学病院だ。はらわた、渋谷に大学病院はいくつある?」

亘はスマホで病院検索サイトにアクセスし、渋谷区の病院一覧を開いた。

「湘南大学付属東京病院だけですね」

古城はぱちんと右手の指を鳴らした。

「あとは職業だ。病院勤めの仕事はたくさんあるが、教授の回診に付き合うのは医師か看護師、それに臨床実習中の医学生くらいだろう。ただし『回診に来る教授のセクハラがひどくて』と言うくらいだから、あんたは普段から病院にいるはずだ。つまり医学生ではない。ところであんたのインスタを遡ると、初めてクラブに来たのは三年前だと分かる」

古城は写真の一つを有里子に向ける。少しあどけない有里子が頬を膨らませ、スマホを鏡に向けていた。「待ちに待ったクラブデビュー！最高！」表情は憂鬱なのにコメントはご機嫌だ。

「未成年はクラブイベントに参加できない。待ちに待ったデビューってくらいだから、あんたは二十歳になった年に初めてクラブに来たんだろう。つまり今のあんたは二十二か二十三だ。はらわた、今の日本で医師になれんのは何歳からだ？」

「ちょっと待ってください」亘はスマホで「医師　なるには」と検索をかけた。「六年制の医学部を出て国家試験を受けなきゃいけないので、最年少は研修医でも二十四歳ですね」

「看護師は？」

「えっと、五年制の看護高等学校を出て国家試験を受けるのが最短なので、最年少は二十歳です。准看護師ならもっと若い人もいるみたいですけど」

「どっちにしろ、あんたの年齢でなれんのは看護師だけだ。チェシャがどこまで論理的に考えたかは分からないが、その気になればこれくらい簡単に見抜けるってことさ」

有里子はすっかり毒気を抜かれて茫然としている。

「あたしの素性を見抜く方法は分かりました。でもどうして、そんな面倒なことをする必要があるんですか」

「あんたを怯えさせて、現場の様子をYouTubeにアップさせるためだ。今の人間はSNSに腹の中身を垂れ流すくせに、知らねえやつに素性を知られんのを恐れてるからな。それより気になるのは、女がチェシャ猫みたいに消えちまった理由だ」

古城はふたたびYouTubeで動画を開くと、フロアの様子をじっと見つめた。

有里子によれば、チェシャがステージ側の階段を下りてから、有里子がクローク側の階段を下りるまで、三十秒もなかったという。動画を観ると、フロアには五十人以上の客が密集していたのが分かる。ステージ前から客を搔き分けて出口へ行くには、どれだけ急いでも一分はかかるだろう。すると有里子が一階へ下りたとき、チェシャはまだフロアにいたことになる。だが有里子はチェシャを目撃しておらず、動画にも姿が映っていない。人間が一人、消えてしまったことになる。

もちろんそんなことはありえない。有里子の証言のどこかに、見間違いや勘違いがあるはずだ。

「〈D-MOUSE〉には映画のキャラクターを真似た、チェシャと同じ格好の女がたくさんいたんですよね。チェシャはそれを利用したんじゃないでしょうか」

一月前、木慈谷の郷土資料館で聞いた津ヶ山事件の話を思い出す。館長の六車が迷惑そうな顔で「最近もアメリカの映画になった」と言っていたが、あれはこの「アリス・イン・スラッシャーランド」のことを言っていたのだろう。

亘はスマホで「向井鴇雄」と検索をかけた。ショートボブに赤スカーフをつけ、鉄の釘を咥えたトキオと、津ヶ山事件を起こした向井鴇雄の写真が半々で並んでいる。トキオの赤いスカーフは鴇雄の鉢巻をモチーフにしているのだろう。言われてみると、さきほど道玄坂を歩いたときも似たような女の子とすれ違った気がする。

「チェシャの他に、トキオ風ファッションで記憶に残っている人はいませんか?」

亘の問いに、有里子は眉間を押さえて考え込んだ。

「何人かいますよ。まず二人組の女。素面の女が、酔い潰れた女に肩を貸して、クラブから運び出そうとしてました。あと、赤木の次に倒れたサングラスの女も。みんなチェシャと同じコーデでした」

古城は数秒考えて首を振った。

「三人ともチェシャじゃないな」

「なんでですか」

「まず一人目。酔っ払いに肩を貸していたから肩子《かたこ》としよう。こいつは問題外だ。素面だと思ったのは、顔がはっきり見えたからだろ?」

「そうですね」有里子が頷く。「チェシャとは別人でした」

「二人目。泥酔していたから泥子《どろこ》だ。こいつもチェシャとは思えない。あんたは〈D-MOUSE〉に着いた直後、階段の下で泥酔した女を見てる。こいつが狸寝入りで、本当は素面だった可能性はあるか?」

「ないです。ひどく汗をかいていて、肌が赤く火照ってましたから」

「じゃあその女と泥子は別人か?」

「いえ」有里子が首を振る。「顔は見えませんでしたが、どちらもジャスミンの香水の匂いがしました。同じ人だと思います」

「なら泥子は本当に泥酔していたことになる。つまりチェシャではありえない。こいつもシロだ」

亘も不承ながら頷く。服装も香水も同じとなれば、二人は同一人物と見て間違いないだろう。

「三人目はどうですか。サングラスをしていたので黒子《くろこ》でしょうか」

「ゲボを吐いたからゲボ子だ」

「顔を隠していたとなると、ゲボ子はチェシャの変装だった可能性があります」

「どうだか。病院に運ばれた六人は皆、吐物からチェシアホスが検出されてる。演技じゃなく、本当に毒物中毒でぶっ倒れたんだ。ゲボ子がチェシャなら、チェシャも毒を飲んだことになるぜ」

「それで嫌疑を逃れようとしたのかもしれません」

「無茶苦茶だな。じゃあ確認してみよう」

古城はスマホを何度かタップして、画面を有里子に向けた。「渋谷クラブD-MOUSEパリピ虐殺事件 被害者の実名とプロフィール」なるブログ記事だ。SNSから集めた被害者の写真が並んでいる。

「この中にチェシャはいるか？」

有里子は左手の人差し指でテンポよくページをスクロールしていく。疣猪男こと赤木隆太の項目で一瞬指を止めたが、すぐに最下部までスクロールし、首を横に振った。

「いません」

「ほらな。三人目もシロだ」

被害者の中にチェシャはいない。

「じゃあチェシャは本当に消えてしまったんですか？」

「もちろんからくりがあるはずだ」

それから十分ほど、有里子にあれこれ質問してみたが、めぼしい情報は得られなかった。

「まだ一日ある、気楽に考えようぜ」

古城はコーヒーを飲み干し、控えめなげっぷをした。亘は有里子に電話番号を教え、何か思い出したことがあれば連絡するように頼んだ。

「長々と話したのに、チェシャの行方は分からずじまいでしたね」

有里子がコートを羽織りながら嫌味を言うと、

「おれに不満をぶつけるなよ」古城は間髪入れずに言葉を返した。「あんたが不安から逃れる方法は一つしかない。街に出て、チェシャを探せ。獲物が見つかったら一緒に捕まえてやる」

「はあ？　それはあなたの仕事でしょう」

有里子が鼻の穴をひくひくさせる。亘も同意見だった。

「あんたのためを思って言ったんだよ。無理にとは言わない」

古城は有里子と目を合わせずに、つまんだ角砂糖を口に放り込む。有里子は鼻息を荒くして
〈アッシュ〉を出て行った。

「なんで怒らせちゃうんですか。せっかく見つけた証人なのに」

「なに。発破をかけただけさ」

古城はナプキンで唇を拭った。

5

一月二十七日。朝が過ぎ、正午が過ぎ、太陽が沈んでも、古城は事務所に現れなかった。

今回は八重定事件とはわけが違う。今日中に犯人を捕まえられなければ、古城は刑部組組長との約束を破ったことになるのだ。閻王が生き返らせた名探偵をヤクザが地獄へ送り返すなんて笑い話にもならない。

古城と連絡がつかないので二日分の新聞に目を通してみたが、珍しく人鬼の関与が疑われる事件は見当たらなかった。消費者庁長官が還付金詐欺で二億円を盗られたとか、消防署が放火され制服が盗まれたとか、大道芸人が剣を呑み過ぎて死んだとか、人を食ったような事件ばかり起きている。東京メトロ東西線に犯罪予告のメールを送った犯人もまだ捕まっていないらしい。

午後九時。ようやく事務所に現れた古城は、別人のようにしょぼくれた顔をしていた。髪はボサボサで酒臭く、無精髭が伸び、顎と頰がむくんでいる。

「〈ワンダーランド〉ですか」

古城は返事をせずにソファに倒れ、苦しそうに水を飲んだ。最悪の可能性が頭をよぎる。

「まさか組長にもらった三十万、使っちゃったんですか？」

「仕方ないだろ。ありすちゃんがマッカランのヴィンテージが飲んでみたいって言うんだから」

図星だった。いくら伝説の名探偵でも、あと三時間で犯人を捕まえられるとは思えない。

「古城さん、組長に謝りに行きましょう」

「渋谷リザードビルのクラブが営業再開するか調べてくれ。貼り紙には休業は昨日までと書いてあった」

スマホで検索してみると、〈D-MOUSE〉以外のクラブは今夜から営業を再開する予定だった。

「それなら大丈夫だ。チェシャは今夜、あのビルに戻ってくる。そこを押さえれば一丁上がりだ」

古城は首を浅く持ち上げて言うと、クッションの隙間に顔を埋めて鼾をかき始めた。

午後十時半。古城と亘はふたたび渋谷を訪れていた。

街は昼間以上に騒がしかった。真面目そうなサラリーマンから、制服の高校生、観光中の外国人、柄の悪いチンピラ、水商売系の兄ちゃん姉ちゃん、パリコレから歩いてきたような奇天烈《きてれつ》人間まで、いろいろな種類の人間とすれ違う。

「これまでの事件は十日前後の間が空いてますが、今日は四日しか経ってません。チェシャは本当に来るんですか?」

「従者なら主人を信じろ。おれは〈MAD HAT〉に潜入するから、お前は〈DUCHESS〉か〈Queen Queen〉、好きなほうに行け。怪しいやつを見つけたら連絡しろ」

古城は乱暴な指示を出すと、エレベーターに乗り、亘を残して三階で降りた。ポケットから浦野の運転免許証を取り出し、〈MAD HAT〉のエントランスへ向かう。

亘は一人で五階の〈DUCHESS〉へ向かった。ガレージ風のエントランスで料金を払い、スタッフに健康保険証を見せて、ようやく中へ通される。

厚いドアを開けた瞬間、爆竹のような轟音に意識が吹っ飛びそうになった。客は少ないと踏んでいたのだが、どうして三十人ほどの男女がシャブでもキメたように踊り狂っている。音が大きすぎてどんな音楽なのか見当がつかない。

通路では図体のでかいセキュリティが目を光らせている。刑部組の組員だろうか。

フロアを観察していると、ポケットのスマホが震えた。古城からかと思ったが、表示された番号は登録されていないものだった。

階段の下の暗がりに駆け込み、耳を押さえて通話ボタンを押す。スピーカーから溢れた轟音が鼓膜を貫いた。

「あ、あの、下僕のお兄さんですか」

騒音に紛れて微かに声が聞こえる。数秒考えて、加上有里子だと気づいた。彼女もクラブにいるらしい。

「どうしましたか」

亘も声を張りあげた。

「今、〈DUCHESS〉にいるんですけど、フロアにあの女がいて。しかもグラスに何か入れてるんです」

心臓が胸を叩いた。スマホを握る手に力が入る。

「チェシャですね?」

「いえ。肩子です」

肩子?

酔っ払いに肩を貸してフロアを出て行った女なら、チェシャではないと結論が出ていたはずだ。

「実はおれも〈DUCHESS〉にいるんです。どこにいますか?」

「フロアの後ろ、バーカウンターの角です」

その場で待つように言って電話を切ると、通路を引き返し、セキュリティの男に声をかけた。

「刑部組長の依頼で毒殺事件を調べている者です。今、フロアに重要人物がいます。人が出てきても絶対に通さないでください」

男は訝しげに亘を睨むと、インカムマイクで二言、三言話したあと、「確認します」と言って電話をかけ始めた。

亘も古城の番号を鳴らしたが、古城は電話に出なかった。セキュリティの男は何やら話し込んでいる。亘はフロアに戻った。

有里子はすぐに見つかった。空のボトルやグラスが並んだカウンターに肘をついて、きょろきょろとフロアを見回している。亘を見つけると、命拾いしたように顔を明るくした。

「どうして来たんですか」

「だって、おたくの探偵がチェシャを探せって言うから」

有里子の声が尖る。

「肩子はどこですか」

「あのへんにいたんですけど……」

有里子はフロアの前方を指した。十人ほどが束になっており、レーザーのようなライトが不規則に客を照らしている。

亘が肩子を探していると、ふいに有里子が腕を引いた。

「どうしました――」

振り返って、ぎょっとした。

有里子が目を見開き、口をぱくつかせながら、胸を引っ掻き回していた。目尻に涙を浮かべ、いやいやをするように首を振る。カウンターから空のグラスが落ちた。

「まさか、飲んだんですか」

びくんと腹が引っ込み、喉が持ち上がる。直後、亘の顔に温かいものが降り注いだ。辺りが何も見えなくなる。シャツの袖で顔を拭い、口と鼻に入ったそれを吐き出した。

目を開けると、フロアの客たちが茫然とこちらを見ていた。何人かが通路へ出ようとするのを、セキュリティの巨漢が手を広げて押し留める。足元では有里子がうつ伏せに倒れ、肩や首を痙攣させていた。

早く救急車を呼んで、解毒剤を飲ませなければ。亘がポケットからスマホを取り出したそのとき、背後でふたたび悲鳴が上がった。フロアの出口に集まっていた一群が散り散りになっていく。人だかりの真ん中で見知らぬ男が嘔吐して倒れていた。ステージ側へ逃げようとした女が転倒したのを皮切りに、十人ほどが将棋倒しになる。YouTubeで観た光景とそっくりだ。

そのとき、セキュリティの脇をすり抜けて古城がフロアに飛び込んできた。

「やあ、はらわた。当たりを引きやがったな。もう通報したか？」

古城が亘の肩を叩いて、楽しそうに有里子を見下ろす。亘が首を振ると、古城はスマホで119番に電話をかけた。

「どうもこんばんは。クラブで人間がぶっ倒れてる。渋谷区円山町二丁目の渋谷リザードビルだ。すぐに来てくれ。よろしく」

古城は通話を切ると、一段落ついたような顔で肩を回した。

「こ、古城さん、有里子さんが……」

「だから通報したじゃねえか。どうせ致死量じゃない。死なねえよ」

有里子の手足は踏まれたミミズみたいに蠕動《ぜんどう》している。

「早くチェシャを捕まえないと」

「落ち着け。もう手は打ってある。あとは待つだけだ」

古城はフロアに留められた客たちを眺めて言うと、スタッフがいないのを良いことにカウンターの奥からシャンパンボトルを取り出した。セキュリティの巨漢に声をかけると、巨漢が身体を傾けて古城を通す。刑部から古城に従うよう指示があったのだろう。亘もおずおずと後に続く。フロアからは戸惑いの声が上がった。

古城はエレベーターの前に立ち、ドアの上の階数表示を見上げた。ライトは一階に灯っている。

「救急車が来るまで時間がある。暇潰しに、チェシャが二十三日、どうやって〈D-MOUSE〉を脱出したのか教えてやろう」

古城はボトルから直《じか》にシャンパンを飲んだ。

「結論から言うと、肩子と泥子。この二人がチェシャの正体だ」

「チェシャは二人いたんですか?」

「違う。チェシャは入れ替わったんだ。二十三日の夜、チェシャは事前に自分とよく似た女を探し、酒を大量に呑ませて泥酔させ、バーカウンターの隅に倒しておいた。有里子が見たのはこいつだ。

午前一時過ぎ。チェシャは有里子をVIPルームに連れ込むと、動画を撮るよう脅迫する。ステージ側の階段から一階のフロアに下りると、昏睡状態の女に近づき、介抱する振りをして指を嚙んだ。チェシャはこの女に乗り移ったんだ。

数時間寝ていたおかげで女の酔いはだいぶ引いている。新しい身体を手に入れたチェシャは、抜け殻になった身体の鼻と口を塞ぎ、息の根を止める。そして死体と肩を組んで、酔い潰れた女を連れ出す振りをしてフロアを出たんだ。有里子に見られても顔が変わっているからばれる心配はない。これがチェシャが消えたからくりだ」

古城は得意そうに言って、シャンパンを喉に流し込んだ。建物の外から救急車のサイレン音が聞こえる。

亘は感心した半面、どこか騙されたような気分になった。

「どうしてチェシャはそんな面倒な真似をしたんです？　クローク側の階段からさっさと逃げればよかったのに」

「それじゃ現場から逃げたのが有里子にばれちまうだろ。殺人犯がまだ近くにいるかもしれないと思ったから、有里子は怯えてビデオを回したんだ。有里子には近くにいると思わせたいが、ビデオに姿が映ったら困る。だからこんなトリックを使ったんだ」

ふいに古城がエレベーターの階数表示を見上げた。ライトが一階から二階へ移る。救急隊が到着したのだろう。古城は慌てた様子でボトルの蓋を閉めた。

エレベーターは真っすぐに五階へ上ってきた。チンと鈴の音が鳴ってドアが開き、ヘルメットに制服姿の男が降りてきた。赤いリュックを背負い、脇には担架を抱えている。客たちに安堵の声が広がった。

「救急隊です。具合の悪い方、怪我をされた方はいらっしゃいますか？」

男が声を張りあげる。四度目ということもあり事情は分かっているようだ。

そのとき信じられないことが起きた。セキュリティの巨漢が男の背後へ回り込み、脇に手を入れて羽交い絞めにしたのだ。

「何をするんだ！　やめなさい！」

男が太い声で叫ぶ。

古城は右手でシャンパンボトルをかまえると、正面から男を見据えた。

「かかったな。ばーか」

古城はラケットを振るみたいに反動をつけて男の側頭部をぶん殴った。骨が砕ける音。耳と鼻から血が噴き出す。フロアからは悲鳴が迸《ほとばし》った。

「残念だったな。昔のお前は運が良かっただけだ」

男が首をもたげると、浮き上がった眼球が斜めに垂れ下がった。古城は釘を打つみたいに何度も顔を殴る。男はぶつぶつ唸りながら手足を揺すっていたが、額と鼻が陥没して脳漿が滲み出たあたりでようやく静かになった。

「組長に伝えておいてくれ。こいつが連続毒物混入事件の犯人だ」

古城が手に付いたべたべたを男の制服で拭う。巨漢が脇から手を抜くと、男は頭から床に崩れ落ちた。

「かしこまりました。ただ、これはちょっとやりすぎです」

巨漢がフロアを見回して言った。三十人ほどの客がこちらを見ている。スマホのカメラをかまえている者もいた。

「事故ってことにできない？」

古城がスニーカーの爪先で死体をつつく。

「これだけ目撃者がいると無理でしょう」

そりゃそうだ。

「仕方ねえな」古城は頰を搔いて亘を見た。「ヤクザが駄目なら警察だ。はらわた、國中篤志に電話をかけろ」

6

騒動から二日が過ぎた、一月二十九日。

亘が事務所を訪ねると、古城は死体のように青褪めた顔でソファに横たわっていた。

「おれが迷い込んだのは不思議の国だったのか?」

弱り切った口調で言う。

聞けば昨夜、刑部組からふんだくった札束で〈ワンダーランド〉のありすちゃんを口説き落とし、ついにホテルへ連れ込むことに成功したらしい。だが部屋の明かりを消し、ありすちゃんを素っ裸にしてイチモツを突っ込もうとすると、ありすちゃんの股間にはあるはずのないものがぶら下がっていた。

「おれの知らないうちに世界の常識が変わっちまったのか?」

古城はソファから転がり落ち、大の字になって天井を見上げた。男の娘バーをガールズバーと思い込んでいたらしい。

「で、やったんですか?」

「やってねえよ。おれが腰を抜かしてたら、ありすまで急に泣き出して『だから嫌だったのに』って言うんだ」

古城も泣き出しそうだ。

「古城さん、この時代の勉強がまだ足りませんね」

亘が皮肉を言うと、古城は不貞腐れた顔で寝返りを打った。

その日の午後。古城と亘は刑部組長に呼び出され、新宿区百人町の事務所に足を運んだ。

「何のために事件を解決したのか分からねえよ」

通りを歩く古城の足取りはひどく重い。口を開けば愚痴とため息がこぼれる。

「これに懲りてもう水商売に大金を突っ込まないことですね」

「黙れ。地獄で鬼の尻《ケツ》ばかり拝んできたおれの気持ちが分かってたまるか」

ぐずる子どもをあやしている気分だった。

事務所のはす向かいのコンビニでは、尻のでかいおっさんが事務所の入り口にカメラを向けていた。ヤクザ雑誌の記者だろう。スクープでも狙っているのだろうか。

ヤクザに怯える人もいれば、喜んでヤクザ雑誌を買う人もいる。人の好みはそれぞれだ。

事務所のインターホンを鳴らすと、すぐに煮卵に似た若頭が現れ、二人を応接室へ通した。刑部組長とラブラドール・レトリバーがソファに並んでいる。古城は気のない会釈をして、刑部の正面に腰を下ろした。

「まずは礼を言います。きみたちのおかげで事件は終息しました」

組長が頭を直角に下げる。若頭もそれに倣った。

新聞などで報じられた騒動の顚末はこうだった。二十七日の夜、救急隊員の制服を着た身元不明の男が〈Club DUCHESS〉に現れた。男が不審な荷物を所持していたため、スタッフが声をかけると、男は暴れ始めた。その場にいた別のスタッフが男の顔を殴打すると、男は失神。病院に搬送されたが、心不全により死亡した。

渋谷リザードビルのクラブでは毒物混入の被害が相次いでいたが、この日以降は新しい事件は起きていない。なお事件後の現場検証で、ビル裏の物置小屋で若い女性が首を絞められて死んでいるのが見つかったが、事件との関係は明らかになっていない。

というのが報じられた事件の全貌である。警察庁ＯＢの介入により、古城のやったことが曖昧にされているのは言うまでもない。もっとも新聞の扱いは社会面どまりで、ワイドショーで事件が取り上げられることもなかった。事件後、YouTubeに複数の動画がアップされたが、光量が足りず、古城が執拗に男をぶん殴る様子は確認できなかった。

「犯人と直接会えなかったのは残念ですが、まあいいでしょう。クラブ客に毒を盛ったり、救急隊員の振りをしたり。犯人はいったい何を目論んでいたんですか？」

「知っても良いことないよ」

「では報酬は返していただきます」

「ええ、それはちょっと」

組長の一言で古城の目の色が変わった。現金なやつだ。

「分かった。順を追って説明する。一つ確認なんだが、あんたはおれが一度死んでるって聞いたら信じるか？」

刑部はさすがに眉を顰めた。

「何を言ってるんですか」

「失礼。でも信じてもらうしかない。実は古城倫道に孫はいねえんだ」

古城は召儺で七人の犯罪者がよみがえったこと、彼らを追い返すために閻王が古城倫道をよみがえらせたことを説明した。

「それじゃまさか、今回の事件も人鬼のしわざだと？」

刑部が驚きと疑いの交じった顔で言う。

「おれはあんたの話を聞いたときからそう確信していた。よみがえった犯罪者たちが生前に起こした事件の中に、今回の事件とよく似たものがあったからだ」

古城は昭和六十年の農薬コーラ事件について掻い摘んで説明した。

「なるほど。確かに手口は似てますね」

「とはいえ確信があったわけじゃない。偶然よく似た事件が起きただけって可能性もある。だが現場に居合わせた女の話を聞いて、おれの想像は確信に変わった。犯人が人鬼でない限り現場から逃げる方法がなかったからだ」

古城は加上有里子の証言と、泥酔させた女に乗り移ることでフロアから脱出するトリックを説明した。ここまでの推理は亘が聞いたものと同じだ。

「ここでおれは妙なことに気づいた。農薬コーラ事件の犯人像がチェシャと一致しないんだ。農薬コーラ事件が迷宮入りしたのは、手口が巧妙だったからじゃない。犯人は凡人だが、身の丈を弁えていた。周囲に自分の悪行を吹聴したり、派手な犯罪に手を出したりしなかった。だから捜査が難航したんだ。

だがチェシャはどうだ？　有里子の素性を言い当てたり、トリッキーな仕掛けで姿を消したり。チェシャは自分に才能があると思い込んでる。おれはチェシャが農薬コーラ事件の犯人とは思えなくなった」

刑部はラブラドールの毛に指を埋め、硬い声を出した。

「言いたいことは分かりますが、すべて根拠のない推測ですね」

「もちろんだ。でも有里子のカットソーにできたシャンパンの染みを見て、推測は確信に変わった」

　どういうことだ。刑部と若頭が揃って怪訝な顔をする。

「農薬コーラ事件の資料を読んですぐに分かったことがある。一件目の事件の現場で、被害者がコーラを見つける四時間前、ブルゾンを着た不審な人物が目撃されていた。目撃者は自転車で通りかかった小学生だ。ちょうど不審者が手を上げて自販機の上にコーラを置くところで、腕が邪魔になって不審者の顔が見えなかったらしい。

　小学生から見て、自販機は道の左側に置かれていた。不審者の顔が腕で隠れたってことは、左手で自販機の上に瓶を置いたことになる。不審者は左利きである可能性が高い」

　古城は得意そうに左手をぐーぱーさせた。

「左から来た小学生に気づいて、とっさに腕で顔を隠しただけじゃないですか」

「違う。コーラを買ってるところを見られるだけなら問題はないんだ。ガキの目が気になったのなら、通り過ぎるのを待ってから、自販機の上に瓶を置けばいい」

「ああ。そうか」

「とはいえ人間は機械じゃない。右利きの人間が、気まぐれに左手を使った可能性もゼロとは言えない。

　おれはもう少し資料を読み込んでみた。四件目の事件は、犯人が一件目で目撃されたのと同じグレーのブルゾンを着ていたことから、模倣犯ではなく真犯人のしわざと分かっている。この事件では、被害者が口にした瓶の外側に猫の毛がついていた。被害者に猫と触れ合う習慣はなく、この毛は犯人の指から瓶についたものと見られている。

　だが事件が起きた日は強い雨が降っていた。証言通り、瓶が二時間も自販機の上に置かれていたとしたら、猫の毛は雨水に洗い流されちまうはずだ。つまりこの事件では犯人は自販機に瓶を載せていないことになる」

亘は首を傾げた。それは報告書の記録と異なっている。

「自販機に瓶を載せておく手口は、すべての事件に共通していたはずですが」

「分かってる。犯人は自販機の上ではない場所、おそらく受け取り口に瓶を置いていった。だが被害者が自販機にやってくる少し前に、誰かが瓶を自販機の上に移したんだ。これは犯人とは関係のない第三者のしわざだ。自販機でコーラを買って、置きっ放しにされていた不審な瓶を自販機の上にどかしたんだろう」

「なんで犯人は、このときだけ瓶を自販機の上に置かなかったんですか」

「素晴らしい質問だ。警察の捜査が難航した理由の一つは、どこまでが同一人物の犯行で、どこまでが模倣犯のしわざか分からなかったことだ。同じ手口をくりかえすだけで自分を模倣犯に溶け込ますことができるんだから、こんな虫の良い話はない。犯人も手口を変えたくはなかったはずだ。

答えは報告書を読めば分かる。この自販機のオーナーは家電屋の主人で、自販機の右上に防犯カメラを設置していた。犯人は瓶に毒を入れてからこのビデオに気づいたんだ。犯人の身長は約百五十センチ。自販機に瓶を置くために背伸びをすると、ビデオに顔が映っちまう危険がある。それでやむをえず、毒入りの瓶を受け取り口に置いて行ったんだ」

「待ってください」

刑部は納得のいかない顔で立ち上がると、壁のキーボックスを自販機に見立て、天板の上に右手でペットボトルを置いた。

「手口を変えたくないのなら、こうやって顔を隠しながら瓶を置けばいいんじゃないですか？」

「まさにその通り」古城が指を弾く。「カメラは自販機の右上から正面側を映していたはずだから、右手で瓶を置けば自然に腕でカメラを遮ることができる。でも犯人はそうしなかった。なぜか？　犯人は利き手ではない右手で、背伸びをしながら頭上に瓶を置く自信がなかったんだ。

もちろんやってみればうまくいったのかもしれない。でも万に一つでも失敗してカメラに顔を晒す危険があるなら、無茶をする必要はない。犯人はそう考えたんだ」

「ははあ、なるほど」

刑部は化け狐につままれたような顔で、ペットボトルを左手に持ち替えた。

「話を戻すよ。二十三日の夜、ＶＩＰルームで有里子がどんな秘密を打ち明けるか迷っていたとき、ナッツを摘まもうとしたチェシャと腕がぶつかって、手に持っていたシャンパンがこぼれた。有里子は左手の人差し指でスマホをスクロールしていたから左利きだ。その有里子と横に並んでいて腕がぶつかるってことは、チェシャは右利きだ。でも農薬コーラ事件の犯人は左利き。つまりチェシャは農薬コーラ事件の犯人じゃない」

記憶や性格、癖、習慣など脳に由来する性質は、人鬼になっても受け継がれる。それは利き腕も同じだろう。現に浦野灸は左利きだったが、古城倫道になってから右利きに変わっている。錫村藍志の喉を万年筆で刺したのは左手だが、八重定に玄米茶を浴びせ、救急隊員の振りをした男をシャンパンボトルで殴ったのは右手だ。

古城の推理は理解できたが、それではチェシャと農薬コーラ事件は無関係だったことになってしまう。なぜチェシャは毒物混入事件を起こしたのだろうか。

「よく分かりませんね。チェシャが人鬼なのは間違いないのに、農薬コーラ事件の犯人ではない。

なら何者なんですか」

刑部も同じことを考えていたようだ。古城はもったいつけて咳払いをした。

「召儺でよみがえった七人の犯罪者の中には、もう一人、毒殺事件を起こしたやつがいる。青銀堂事件の犯人だ」

青銀堂《せいぎんどう》事件。かつて人鬼が起こした事件にその名があったのは覚えているが、國中篤志から届いた資料にはまだ目を通していなかった。

「宝石店に現れた男が従業員に毒物を飲ませ、宝石を盗んだ事件ですね。毒殺事件ではありますが、今回の事件とは手口が違いませんか？」

さすが組長、博識だ。

「そうでもないぜ」

古城は声を低くして、青銀堂事件について説明した。

事件は昭和二十三年（一九四八年）――古城の死から十二年、敗戦から三年という年に起きた。一月二十七日の午後六時過ぎ、東京都豊島区の宝石店〈青銀堂〉に、東京都の腕章をつけた中年の男が現れた。男は名刺を出して厚生省技官と名乗ると、近くで集団赤痢が発生したこと、感染者の一人が店を訪れていたことを告げ、店内の全員に予防薬を飲むよう命じた。

従業員には不審がる者もいたが、実際に近所で赤痢患者が出ていたこともあり、予防薬を飲むことに同意。全従業員と用務員の家族、合わせて十六人が、男の指示通り、茶に溶かした予防薬を二度に分けて飲み干した。生存者によれば、このときウイスキーのように胸の焼ける感覚があったという。

数分後、従業員が次々と倒れ始めた。彼らが口にした毒物はシアン化合物と見られるが、正確には特定されていない。男は現金と宝石を奪って逃走し、十二人が毒物中毒により死亡した。

七カ月後、画家の男が逮捕されたことで、捜査は一応の決着をみる。男は拷問に近い取り調べを受け一時的に容疑を認めたが、公判中は一転して無罪を主張。昭和三十年（一九五五年）に死刑が確定し、昭和六十二年（一九八七年）に肺炎でこの世を去るまで、再審請求を続けた。現在も真相は闇の中だ。

「初動捜査が遅れたのも、警察が赤の他人を逮捕したのも、単に運が良かったからに過ぎない。だが犯人はそれを自分の才能と思い込んだ。こいつならチェシャの人物像と一致する」

「今回の毒殺事件とは手口が違うと思うんですけど」

「そんなことないぜ。死の恐怖を煽って相手を動揺させ、薬と偽って毒物を飲ませる。チェシャが成し遂げようとした犯罪はこれだったのさ」

青銀堂事件は敗戦直後の混乱期だからこそ成しえた犯罪だ。被害者たちが言われるままに薬を飲んじまったのは、赤痢の集団感染への恐怖があったからだ。

だがチェシャが生き返った世界は何もかも変わり果てていた。赤痢が激減した現代で同じ手を使っても誰も騙されない。

チェシャは考えた。人鬼は手口を変えるほど快楽が減る。ならば手口を変えずに、世界のほうを変えてやればいい。赤痢の恐怖が消えたのなら、新しい恐怖を生み出してやればいい。そこでチェシャは、クラブで立て続けに毒物混入事件を起こすことにしたんだ」

ふと有里子から聞いた疣猪男の話を思い出した。赤木隆太は赤痢の疑いで入院したが、検査結果が陰性と分かると、医療ミスだと言って有里子を困らせたという。疣猪男のもの言いはどうかと思うが、赤痢などありえないと高を括りたくなる気持ちも理解はできる。

「クラブで遊んでいたら毒を盛られるかもしれない。チェシャが生み出そうとした恐怖はこれだ。だが期待したほど不安は広がらなかった。立て続けに事件が起きても、若者たちはそ知らぬ顔で遊び惚けている。そこで目をつけたのが動画だった。俳優の松永佑が局部を切られた事件でも、死体発見現場の映像が拡散して話題になった。若者は衝撃的な動画を仲間と共有したがる。チェシャはそれを利用したんだ」

事件の翌日、渋谷リザードビルの周辺に集まっていた若者の姿が脳裏をよぎる。有里子の動画を観てあの場に足を運んだだけでなく、自分で動画を撮って再生数を稼ごうとする者もいた。

「チェシャは有里子を脅し、人々が倒れていく様子をYouTubeにアップさせた。これは効いた。動画は拡散し、毒物混入事件は若者たちの注目を集めた。自分も毒を盛られるかもしれないという不安が若者たちに広がったんだ」

「犯行の準備が整ったわけですね」

刑部はラブラドールと並んで膝を乗り出している。

「チェシャは若者たちに恐怖が染み付いているうちに事件を起こすはずだ。そこでおれたちは、クラブが営業を再開する二十七日の夜、渋谷リザードビルに潜入することにした」

予想は的中した。あの日、チェシャがやろうとしたことをまとめるとこうなる。まずカウンターやラウンジテーブルに置かれたドリンクにチェシアホスを混ぜる。パニックが起こる前にフロアを抜け出すと、一階へ下り、裏の物置小屋で救急隊員の制服に着替える。

そこでしばらく待った後、救急車のサイレン音を合図に、物置小屋を出てエレベーターに乗り込む。渋谷駅の周辺は交差点が多い。歩行者の数も桁違いだ。サイレン音が聞こえてから実際に到着するまで相当の時間がかかる。その隙に〈DUCHESS〉へ戻ると、救急隊員の振りをして客たちにこう言う。皆さんは殺虫剤のチェシアホスを口にした可能性があります。すぐに解毒剤《PAM》を飲んでください、とね」

あっ、と声が洩れていた。二日前に読んだ新聞記事が頭によみがえる。

「事件の数日前に、消防署が放火されて制服が盗まれる事件がありました」

「もちろんチェシャがやったんだろう。チェシャは救急隊員に成りすましてフロアの連中を信用させると、致死量の毒薬――おそらくシアン化合物を飲ませて皆殺しにしようとしたんだ」

その光景を思い浮かべると背筋が寒くなる。古城が駆け付けなければ、〈DUCHESS〉は本当に地獄と化していただろう。

「ところがこの計画には一つ問題がある。救急隊の恰好をして現れた人物が、直前までフロアにいた客と同じ顔をしていたら、変装がばれる恐れがある。そこでチェシャはトリックを使った。もう分かるだろ？」

古城が刑部を見る。刑部は薄い笑みを浮かべた。

「準備しておいた別の身体に乗り移ったんですね」

「その通り。チェシャはビル裏の物置小屋で、女から男に乗り移ったんだ。下準備として、事件当日の夜までに、泥酔した男を物置小屋へ誘き出し、救急隊員の制服を着せ、手足を縛って監禁しておく。そして当日、ドリンクに毒を入れ終えると、一階へ下りてこの男の身体に乗り移ったんだ」

「なるほど。よく分かりました」

刑部はソファにもたれて両手を揉みしだいた。

「でもね。その場で犯人を殴り殺すのはやりすぎでしょう。本物の救急隊員だったら取り返しのつかないことになってましたよ」

刑部がヤクザらしからぬことを言う。

「だから119番通報をしたとき、指令室の兄ちゃんに『渋谷リザードビルのクラブで人が倒れてる』とだけ伝えたんだ。あのビルにはクラブが四つ入っていて、二十七日はそのうち三つが営業していた。救急隊員はどこへ行きゃいいのか分からなかったはずだ。でもエレベーターは一階から一度も止まることなく、真っすぐに五階の〈DUCHESS〉へやってきた。つまりあいつは救急隊員じゃない。だから殺したんだよ」

「なるほど。さすがは古城倫道先生だ。抜かりない」

刑部は目が見えているかのように古城の手を掴むと、深々と頭を下げた。

「先生には本当に感謝しています。大量殺人を未然に防いだんですから、百万じゃ安いくらいだ。何か困ったことがあればいつでも声をかけてください」

古城はくたびれた顔で息を吐くと、ソファにもたれて肩をポキポキ鳴らした。

「実はちょうど困り果ててたんだ。惚れ込んだ女にアレが生えてたんだぜ。おれの心に潤いを返してくれ」

「ふむ、なるほど」

刑部は立ち上がってキーボックスを開けると、取り出した鍵で金庫を開け、黒いポーチを取り出した。

「ちょうど良いものがありますよ。いざ抗争というとき、若いやつに持たせるんです。一つどうですか」

刑部がポーチを開ける。注射器の細い針が光った。

7

刑部組事務所の階段を下りると、尻のでかいおっさんは姿を消していた。身を切るような冷風にコートの襟を合わせる。

「待ってくださいよ」

古城は枯れ葉の舞う道を足早に進んでいく。詩情溢れる都会の風景に見えないこともないが、傷心の理由がひどい。膨らんだ尻のポケットには、刑部にもらった元気の出るニンニク注射が入っていた。

「それ打って〈ワンダーランド〉に行くんですか?」

「馬鹿。行くわけねえだろ」

古城は振り返らずに言う。

「古城さん、聞きたいことがあるんですけど」

「うるせえな」

「チェシャがやろうとしたことって、古城さんがやったことと似てますよね」

「やかましい」声に怒気が滲む。「おれはありすに幸せになってほしくて〈ワンダーランド〉に通ったんだ。大量殺人のためにクラブに通ったやつと一緒にするな」

「違います。おれが言ってるのは、先週、國中功也さんに会いに行ったときのことです」

古城は足を止め、厄介そうに亘を見た。やはり思い当たる節があるらしい。

「さっきの推理を聞いて思い出したんです。老人ホームを出て、飯田橋から中野に帰ろうとしたとき、犯罪予告のせいで東西線が停まってましたよね。中央線のホームに移ろうとした矢先に刑部組長に呼び出されて、結局タクシーに乗っちゃいましたけど。おれが組長からの電話を切ったとき、古城さん、こう言いましたよね」

——うちの事務所にも犯罪予告のメールが来たか？

「それがどうした」

「後で新聞で読んだんですが、あのとき東京メトロに犯罪予告のメールが届いたのは事実でした。でも構内アナウンスでは、犯罪予告があり運行を見合わせているとしか言ってなかったと思うんです。おれは直前まで電話をしてたんですから、犯罪予告の電話でも来たかって冗談を言うのなら分かりますよ。どうして電話でも手紙でもＳＮＳでもなく、メールで犯罪予告が届いたって分かったんですか？」

浦野と初めて出会ったとき、浦野が巡査の嘘を見抜いたのと同じ理屈だった。人は何かを隠しているとき、つい饒舌になり口を滑らせる。

「たまたま当たったんだろ」

古城は焦りとも諦めともつかない、しょぼくれた顔をする。

「古城さん、國中篤志さんを待ってるときから〈キャンベル飯田橋〉に入って功也さんの部屋に着くまで、ずっとスマホを弄ってましたよね。あのとき東京メトロの問い合わせ先を調べて、使い捨てのアドレスで東西線に犯罪予告をしたんじゃないですか」

「なんでだよ」

「あの日、古城さんは泥酔して財布の紙幣を抜き取られたせいで、所持金が百八十円しかありませんでした。中野駅まで東西線で二百円、中央線で二百二十円かかりますから、事務所へ帰るには所持金が足りない。でも東西線が運行停止になれば話は別です。最安の百四十円で切符を買い、振替乗車票をもらえば、中央線で中野まで行くことができるんです」

厳密には振替輸送は乗車券の区間でしか利用できないが、駅員に止められることはまずない。古城は泥酔して紙幣を抜かれた日、総武線で車両故障に出くわしている。このとき振替輸送の仕組みを知ったのだろう。

古城は顔を背けて、気が遠くなるほど長い息を吐いた。

「おれの従者になって、ちょっとは知恵が回るようになったじゃねえか」

チェシャと古城のやったことはよく似ていた。どちらも一つの犯罪を成功させるために、もう一つ別の犯罪に手を染めたのだ。たった二十円のために鉄道会社を脅迫したのだから、古城のほうが質が悪い気さえする。

「いったいどんなメールを送ったんですか」

古城の背中に問いかける。

「農薬コーラ事件だよ」

「は？」

「だから、農薬の入ったコーラを置いたから気を付けろって、そう書いてやったんだ」

呆れて二の句が継げなかった。

「ひどい法螺吹きですね」

「法螺？　何の話だ」

古城が首を捻る。

ふと最悪の可能性が頭をかすめた。

〈キャンベル飯田橋〉の駐車場で國中篤志を待っていたとき。古城は退屈そうにホームセンターの園芸コーナーを覗いていた。あのとき古城が、こっそり液剤の農薬を盗んでいたとしたら。

あるいはその後。無事に國中親子の協力を取り付け、東西線の飯田橋駅のホームへ向かったとき。古城はゴミ箱に手を突っ込んでペットボトルを漁っていた。あのとき古城が、飲みかけのコーラを見つけていたとしたら――

「まさか。古城さん、誰かが飲んだらどうするつもりだったんですか」

「だからメールで教えてやったじゃねえか」

亘は開いた口が塞がらなかった。

「勘違いするなよ」

古城がふいに声を硬くした。まるで亘の思考を読んだみたいに。

「おれが鉄道会社を脅したのは金のためじゃない。お前、〈ワンダーランド〉に行かないって約束すればお小遣いを前借りさせてやるって、馬鹿なこと言っただろ。おれは本当にありすに惚れてたんだ。そんな約束できるわけない。だから意地を見せてやろうと思ったんだよ」

古城は目を細くして、風に舞い上がる落ち葉をじっと見つめた。

「やっぱり今夜も〈ワンダーランド〉に行こうかな」

津ヶ山事件

【向井鴇雄　三つ目の遺書】

死するにあたり一筆書置申します、決行するにはしたが、うつべきをうたずうたいでもよいものをうった、ああ祖母にはすみませぬ、二歳の時からの育ての祖母、祖母は殺してはいけないのだけれど、後に残る不びんを考えてついああした事を行った、楽に死ねる様にと思ったらあまりみじめなことをした、姉さんにもすまぬ、はなはだすみません、ゆるしてください。

思う様にはゆかなかった、今日決行を思いついたのは、僕と以前関係のあった屯倉有子が木慈谷に来たからである、しかし有子は逃がした、また直芳を生かしたのも情けない、彼等の肺病者への嫌厭いちじるしく、彼の如きは此の世からほうむるべきだ。

もはや夜明も近づいた、死にましょう。

（司法省刑事局　津ヶ山事件報告書より）

1

「大物が出てきたぜ」

二〇一六年二月六日、午前十一時。

亘が事務所を訪ねると、古城がソファに胡坐を掻いて、食い入るようにテレビを見つめていた。デスクに置いたキャンキャンは立ち読み防止のテープが付いたままだ。

テレビでは男性リポーターがしかめっ面で原稿を読んでいた。背後の山林を警察官が慌ただしく行き来している。

「こちらが現場となった兵庫県加東《かとう》市のオートキャンプ場です。今日の午前二時ごろ、日本刀と猟銃を持った男がテントを次々と襲撃しました。警察の発表によりますと、今朝九時の時点で二十二人の死亡が確認されています」

亘も自宅で同じニュースを観ていた。日本刀に猟銃と聞けば、思い浮かぶ事件は一つしかない。

「津ヶ山事件の犯人のしわざですね」

「ああ。向井鴇雄だ」

古城がテレビから目を逸らさずに言う。

七十八年前、木慈谷《きじたに》の民家を次々と襲撃し、一夜にして三十人を殺害した男。この男さえいなければ、みよ子が故郷を疎むことも、錫村藍志が召儺に手を染めることもなかったはずだ。

「國中篤志に捜査状況を聞いておけ。おれは刑部に応援を頼んでみる。今回は派手な捕り物になるぜ」

古城がデスクの電話機に手を伸ばす。

「あの、組長さんのことなんですけど」

「なんだよ」

古城は上の空のままこちらを向いて、目を丸くした。

「なんだ、その顔。頭に火をつけて蠟燭の真似をしたのか？」

そんなわけがない。

亘の顔は傷と痣だらけで、瞼と唇がいつもの倍に腫れあがっていた。


二月五日、昨日の夜のこと。亘が〈猪百戒〉で塩ラーメンセットを食べていると、二人の男が足音を鳴らして店内に入ってきた。一人がパンチパーマ、もう一人が七三分けで、どちらも葬式帰りみたいな黒いスーツを着ている。亘が気にせずに麺を啜っていると、

「表に出ろ」

パーマが低い声で言って、尺取り虫みたいに人差し指を曲げた。どうやら亘に用があるらしい。よく見ると二人とも見覚えがあった。松脂組のヤクザだ。

慌ててスープを飲み干そうとすると、二人のヤクザが左右から亘を押さえつけて、店の外へ引き摺りだした。店長は見て見ぬ振り。嫌な予感がする。

ヤクザは二十メートルくらい歩いて、路肩に停まった黒のセンチュリーの脇へ亘を連れて行った。

スモークガラスが開き、松脂念雀が顔を覗かせる。日本最凶と言われる指定暴力団松功会の直参にして、みよ子のお父上である。

「あ、どうも」反射的に頭を下げた。「東京観光ですか?」

松脂が二人のヤクザに目配せをする。七三が亘を羽交い絞めにして、パーマが腹の真ん中を殴った。痛みはない。パーマは一瞬、驚いた顔をしたが、すかさず亘のシャツの襟を左右に引いた。ボタンが外れ、黒い防刃ベストが露わになる。

「ほう。刺されるようなことをした自覚があるんじゃな」

松脂が抑揚のない声で言う。とんだ誤解だ。そんな自覚を持ったことはない。

「これは師匠の形見でして、お守りというか、魔除けみたいなものなんですけど」

「静かにせい」

パーマが鼻頭に拳を叩き込んだ。

「おどれ、荊木の連中とでれえ仲がええんじゃのう」

松脂が懐から写真を取り出す。刑部組の事務所の入り口に、亘と古城の後ろ姿が並んでいた。〈DUCHESS〉の毒物混入事件を解決して事務所に呼ばれたとき、はす向かいのコンビニから尻のでかいおっさんがカメラを向けていたのを思い出す。あのおっさん、情報屋だったか。

「みよ子を騙くらかしてうちの事務所まで潜り込むとはええ度胸じゃ」

「いえ、まあ、すいません」

パーマが顔の同じところを殴った。

「おどれ、わしを舐めとるな?」

松脂が座席から身を出し、亘の前髪を摑んだ。双眸《そうぼう》に殺気が滾《たぎ》っている。これはまずい。こんなことで殺されたら成仏できない。なんとしても誤解を解かなければ。

「実は事情がありまして、おれはスパイじゃありません。これはたまたまなんです」

松脂は喉を摑んで亘の首を起こすと、頰を思い切り殴った。さすが組長、拳が重い。引っくり返るとすぐに二人のヤクザに抱き起こされ、立ち上がったところを松脂に殴られる。何度もくりかえしていると、顔が粘土みたいに柔らかくなり、逆流した鼻血が喉にへばりついて息ができなくなった。

「ぐへえ」

視界がチカチカして意識が飛びそうになったところで、松脂はようやく殴るのをやめた。亘は地面にくずおれ、咳と血を吐き散らかした。

「刑部の犬がよう鳴いとるわ。おどれの考えは分かっちょる。うちのもんが弾《たま》ハジいたことにして、全部わしらにおっ被せようという腹じゃろ。卑怯の虫が脳味噌に棲みついとるのう」

何の話か分からないが、松脂組は刑部組と揉めているらしい。

「刑部に伝えとけ。おどれが松脂を潰す気なら、わしらは迷わずお前の命《たま》を取りにいくけえの」

「お、おれは殺さないんですね？」

つい嬉しくなって余計なことを言った。じゃあ殺すと言われても困る。

松脂は顔色を変えずに亘の顎を摑むと、

「みよ子が見初めた男じゃけえ、今回は命は取らんでやる。二度とみよ子に近寄るな。次はねえからの」

ドスの利いた声で言った。

「刑部さんが松脂組を潰すおつもりでしたら、わたくしどもは刑部さんのお命をいただきに参る所存でございます」

新宿区百人町の刑部組事務所には三十人以上の組員が集まっていて、みな苦虫を煎じて飲んだような渋っ面をしていた。ソファに座っているのは刑部九条と煮卵の二人だけで、残りの組員たちは部屋の左右に整列している。

二月七日、午後一時。古城と亘は刑部組長と直談判すべく事務所を訪れていた。

「――と松脂組長が言っておりました」

亘が大事なことを付け足すと、煮卵は眉と鼻の筋肉を引き攣らせ、今にも殴りかかりそうな顔をした。刑部は膝の上のラブラドール・レトリバーをゆっくりと撫でている。

「はらわたさんが松脂組との付き合いを隠していたのは残念ですが、〈DUCHESS〉での一件に免じて不問にします。でもこれ以上、お二人に協力はできません」

刑部の口調に迷いはなかった。

「そりゃあんまりだよ。これしきのことで八十年の縁を切ったら、あの世で先代に指を詰められるぜ」

古城は胴間声を張りあげ、手刀で小指を叩いた。どちらがヤクザか分からない。

「はらわたさんの件は関係ありません。見ての通り、刑部組は抗争に備えて厳戒態勢を敷いています。人に手を貸せる状況じゃないんです」

「昔っから派手な喧嘩をすんのは二流のヤクザと決まってる。手を出さずに黙らせんのが賢いヤクザだ。それが分からんあんたじゃねえだろ」

古城がしつこく食い下がる。亘から見ても分が悪い。

「兄弟が撃たれたんです。泣き寝入りはできません。松脂組が詫びを入れなければ必ず報復します。それがヤクザですから」

穏やかだが、有無を言わさぬ口調だった。

昨夜、アパートに帰ってネットニュースを検索してみると、二つの組が揉めている理由はすぐに分かった。

二月三日の夜、名古屋市中区錦の高級クラブ〈志凉《しりょう》〉で発砲事件が起きた。撃ったのは松脂組の若手組員、撃たれたのは刑部組の幹部だ。銃弾は刑部組幹部の胃袋を撃ち抜いて貫通し、背中からロマネコンティが噴き出した。さいわい心臓は外れていたが、脊髄が損傷し、後遺症が残る可能性が高いという。

この日は松脂念雀を含む松脂組の組員二十人が、六日に開かれる親睦団体の組長の葬儀に参列するため名古屋を訪れていた。事件を起こした組員もその一人で、夕方から馴染みの〈志凉〉で三時間以上、一人で酒を飲んでいた。午後九時ごろ、刑部組の幹部がやってきたことに気づくと、呂律の回らない舌で難癖をつけ、「婆さんの敵討ちじゃ」と叫んで発砲したという。男は従業員に取り押さえられ、駆けつけた警察官に現行犯逮捕された——というのが刑部組の言い分である。

これだけ聞くと松脂組に非があるように思えるが、ことはそう単純ではない。というのも発砲したのは松脂組の組員だけではなかったのだ。二人が撃ち合うのを客が見ており、実際に店内からは複数の弾痕が見つかった。問題はどちらが先に引き金を引いたかで、双方が相手から撃ったと言い張っている。〈志凉〉は刑部組の側についているが、オーナーが所属する志岐島《しきしま》商会は荊木会の二次団体なので、兄弟格の刑部組を庇った可能性も否定できない。刑部組が松脂組を叩くために組員を罠に嵌めたというのが、松脂組の主張だった。

事件から今日までの四日間、双方の上部団体である荊木会と松功会の幹部が膝を突き合わせて妥協点を探っているが、交渉がまとまる見込みは薄い。話し合いが決裂すればそのまま報復合戦になだれ込むことになる。

「組長さん、頼む。おれも命を懸けてんだ。ヤクザ同士の喧嘩でメンツを守んのと、鬼退治で日本を守んのと、どっちが大事か考えてくれよ」

古城が刑部の肩を摑もうとし、煮卵がそれを遮る。

刑部は黙って犬の腹を撫でていたが、ぐずる子どもに根負けしたように肩を落とすと、立ち上がってキーボックスを開け、取り出した鍵でデスクの抽斗を開けた。

「今、うちの子分が西へ乗り込んでいったらどうなるか分かるでしょう。わたしだって無駄な血は流したくないんです」

抽斗から出た右手には拳銃が握られていた。思わず鼓動が速くなる。

刑部はテーブルに拳銃と弾倉を並べ、古城と亘の肩を叩いた。

「餞別です。わたしにできることはもうありません。鬼退治、がんばってください」

2

午後六時過ぎ。事務所へ戻ると、國中篤志から捜査状況を綴ったメールが届いていた。

キャンプ場の事件の死者は二人増えて二十四人。犯人の男は逃走中だが、六日の午前十時ごろ、姫路駅から姫新線《きしんせん》の新見《にいみ》方面行き列車に乗るのが目撃された。男は詰襟の学生服を着ていて、鞄などは持っていなかったという。兵庫県警と岡山県警が緊急配備を発令し、姫新線の全ての停車駅に人員を配置しているが、まだ男は発見されていない。

「姫新線の路線図を見せろ」

古城に言われるままスマホで検索をかける。表示された画像を見て、思わず唸り声が洩れた。姫路から新見へ向かう途中に津ヶ山の名前がある。

鴇雄が向かったのは、故郷の地、津ヶ山市木慈谷地区に違いない。三十人を殺し、自らも命を絶った因縁の地へ七十八年ぶりに舞い戻ったのだ。

「ちょうどいい。おれも木慈谷には用事があるんだ」

古城は國中篤志に電話をかけると、明日、津ヶ山へ向かうことを伝え、木慈谷を重点的に警戒するよう付け加えた。

亘は新幹線を予約すると、少し迷ってから、みよ子に「明日から岡山！」とＬＩＮＥを送った。


二月八日、午前十時過ぎ。亘と古城は東京駅から広島行きののぞみに乗り込んだ。東京の空は青く澄んでいたが、瀬戸内一帯は低気圧に覆われ、昼前から大荒れの予報が出ていた。

座席に座ってＬＩＮＥを見ると、みよ子に送ったメッセージは未読のままだった。普段のみよ子なら三十秒で返事がくる。お父さんに縁を切れと言われたのだろうか。

「顔色が落ち武者みたいだぞ。恋人がやらせてくれねえのか」

古城は新幹線の速さに驚くこともなく、スポーツ新聞を捲りながら軽口を叩いている。

「そんなんじゃないです」

「おい、噂をすれば落ち武者だ。今日の六時から七時までＢＳでドラマ版『八つ墓村』の再放送がある。さっさと鴇雄をやっつけて一緒に見よう」

古城がテレビ欄を指で弾いた。

「八つ墓村」といえば、昭和二十四年（一九四九年）から翌年にかけて雑誌「新青年」に連載された、横溝正史の代表作の一つだ。みよ子と出会った頃に薦められて読んだのだが、作中で描かれた事件が津ヶ山事件に着想を得て創作されたものだと知ったのはつい最近のことだった。

「古城さん、昭和十一年に死んだのに、『八つ墓村』のことは知ってるんですか」

「地獄からは現世がよく見える。おれはこんなときのために、ずっと現世を観察してきたんだ。名探偵の鑑だろ」

「じゃあ鴇雄も『八つ墓村』を知ってるんですかね」

「どうかな。大抵の死者は現世に興味がない。向こうの連中にとっては所詮、過去の世界だからな。死んだときは現世ばっかり眺めてたやつも、数年も経てば興味を失う。鴇雄も死後十年経って書かれた小説のことは知らないんじゃねえかな」

「なるほど。テレビで『八つ墓村』を観たら複雑な気分になりそうですね」

亘は座席背面のテーブルを倒し、國中篤志から届いた資料をバックパックから取り出した。岡山地方裁判所検事局が作成し、司法省刑事局が発行した津ヶ山事件の報告書で、事件に関する捜査の経過、現場の状況、死体の検案結果、関係者の供述、犯人の遺書、報道記録などがまとめられている。

事件が起きたのは古城の死から二年後、昭和十三年（一九三八年）五月二十一日の未明。犯人は木慈谷村に暮らす二十一歳の青年、向井鴇雄だ。鴇雄は木慈谷の家屋を次々と襲撃し、村人たちを殺害。自らも山中で心臓を撃ち抜き自殺を遂げた。

鴇雄は犯行の理由を遺書に詳しく綴っている。遺書は三通あり、犯行前に用意して自宅に置いておいたものが二通。犯行後、最期の思いを記したものが一通だ。報告書には実物のコピーと書き起こしが収録されていた。

一つ目の遺書は「書置」という上書きで、縦書きの便箋十二枚に及ぶ長大なものだ。枚数が進むほどに紙が汚れていくのは、文中にも出てくる廃屋同然の生家で書かれたためだろう。「此の僕が現在の如き運命になろうとは、僕自身夢だに思わなかったことである」という一文に始まり、生まれてから犯行に至るまでの経緯が綴られている。

鴇雄は大正六年（一九一七年）、木慈谷から北西に二里半の集落、真方《まがた》で生まれた。物心つくまえに両親を亡くし、姉とともに祖母の手で育てられたという。三歳のとき、真方から祖母の故郷である木慈谷へ移住。十七歳のとき、姉が一宮へ嫁ぎ、祖母と二人で暮らすようになった。高等小学校時代の鴇雄は優等生で周囲によく可愛がられていたが、病気がちで学校を休むことも多かった。

十八歳の春、鴇雄は肋膜炎《ろくまくえん》を起こし、医師から長期の静養を言い渡される。肺の調子が回復してからも体重が戻らず、たびたび貧血を起こすようになった。農作業を手伝おうにも、軽い作業だけで激しい頭痛や目眩に襲われる。痩せ我慢で作業を続け、意識を失ってしまうこともあった。

鴇雄は祖母の手助けすらできない自分が不甲斐なく、腹立たしかった。人目を避けて神咒寺《かんのうじ》へ通い、病気平癒を祈ったが、症状は一向に改善しなかった。

ところがある夏の日。神棚を修理していた鴇雄は、鉄釘を咥えて作業をすると、気分が悪くならないことに気づいた。炎天下の屋外へ出ても、釘を舐めていれば頭痛が起こらない。鴇雄はこの発見を喜んだが、同時に、自らの肉体が化け物へと変貌したような恐怖を感じた。落人の霊が祟っているのではないかと考え、以前にも増して足繁く神咒寺へ通うようになった。

鴇雄は自らの異変が周囲に知れることを恐れた。だが祖母が診療所の医師に相談したのをきっかけに、鴇雄が狂ったという噂が広まってしまう。村人たちは「釘舐めの鴇」と呼んで鴇雄を気味悪がり、親しかった女たちも関係を拒むようになった。鴇雄は早く精力をつけ、妙な癖を止めようと意気込んだが、思いに反して釘への依存は強まるばかり。釘なしでは生活できず、口から出すだけで数十秒後に激しい吐き気を催すほどだった。

十九歳の夏、鴇雄は噂から逃れるため、祖母と天狗腹山を越えて真方へ移り住む計画を立てる。三歳まで両親らと暮らした真方には、廃屋同然ながら生家が残っていた。鴇雄は新たな暮らしへの期待に胸を膨らませる。だがいざ真方へ越してみると、人々は鴇雄と口を利こうとしなかった。かつて鴇雄と関係を持ち、木慈谷から真方へ嫁いだ屯倉有子《みやけゆうこ》が、夫の直良《なおよし》とともに「釘舐めの鴇」の噂を吹聴していたのだ。それまで以上にひどい仕打ちを受けた鴇雄は、心の底から落胆し、一月もせずに木慈谷へ帰った。

この一件を契機に、鴇雄はさらに孤立を深めていく。身体は痩せ細り、二十歳で受けた徴兵検査も丙種合格、事実上の不合格となってしまう。

二十一歳のある日、鴇雄は屯倉有子と再会する。有子は赤子を連れて木慈谷へ里帰りをしていた。鴇雄は親しく声をかけたが、有子は鴇雄を嘲笑い、罵詈《ばり》雑言《ぞうごん》を浴びせた。鴇雄は癇癪を起こし「殺してやる」と返したが、有子は「お前のような化け物に殺されるはずがない」と言って逃げてしまう。怒りと悔しさに震えた鴇雄は、このとき、自分を見下した人々への復讐を思い立つ。

鴇雄は農工銀行で金を借り、猟銃や日本刀を買い集める。そんな鴇雄の企みに気づいたのが祖母だった。祖母が津ヶ山署へ相談した結果、鴇雄は猟銃と刀を押収されてしまう。

鴇雄はひどく落胆するが、気持ちを切り替え、ふたたび道具を集め始める。日本刀は刀剣愛好家の知人から譲り受け、猟銃や実包は猟師の友人に頼んで買ってもらった。

こうして凶行の準備を整えると、昭和十三年（一九三八年）五月、ついに復讐の敢行を決断する。折しもこのとき、屯倉有子が夫の直良とともに木慈谷の実家を訪れていた。

鴇雄は「書置」の末尾にこう記している。

「僕が此の書物を残すのは自分が精神異常者ではなくて前持って覚悟の死であることを世の人に見てもらいたいためである」


古城は一つ目の遺書を読み終えると、車内販売で買った缶コーヒーのタブを開けた。

「鴇雄は異食症の気があったんだな」

「異食症？」

「食い物じゃないものが無性に食いたくなる病気だ。土や氷を食う例が多いが、金属やガラスを食うやつもいる。鴇雄は鉄不足がきっかけになって、釘を舐めると体調が安定する妙な癖が付いちまったんだ」

鴇雄の不幸の始まりは、まともな医者にかかれず、落ち武者に憑かれたと信じ込んでしまったことだったのだろう。

「後半に出てくる屯倉有子というのは、召儺を行った錫村藍志のひい祖母さんですね」

浦野の死に際に錫村が認めた通り、錫村は向井鴇雄と屯倉有子の血を引いている。遺書の内容から想像するに、有子は子どもの父親が鴇雄であることを隠していたのだろう。有子が鴇雄を邪険にしたのは、本当の父親を子どもから遠ざけ、直良との暮らしを守るためだったのだ。

続けて二つ目の遺書に目を通す。「姉上様」という上書きで、姉へ向けた後悔の言葉が縷々《るる》綴られている。便箋は五枚と少ないが、あいかわらず紙が汚い。どの頁も右側の空欄が黒く汚れている。

文中では村人への恨み言をくりかえした後、何も言わずに死んでいく非礼を詫び、「冥土とやらへいったら父母のへりでくらしたい」「どうか姉さんは強く強く此の世を生きて下さい」と家族への思いを綴っている。末尾には付け加えたように「あとにもう一筆書置申しますのでそれも目を通して下さい」とあった。

「父母と暮らしたいって？　人殺しのくせにあの世で呑気に暮らすつもりだったのか」

古城が白けた顔でつぶやく。亡き両親に焦がれて旅立ったのに、地獄で獄卒として働かされることになるとは鴇雄も思わなかっただろう。

三つ目の遺書は、鴇雄が犯行後に荒又峠で書いたものだ。雑記帖から破いた紙に殴り書きされていて、紙の皺や土の汚れが目立つ。文字も歪んで読みづらい。「思う様にはゆかなかった」「有子は逃がした」「直芳を生かしたのも情けない」と、計画通りに行かなかったことを悔やむ文言が並ぶ。

初めて名前が出てくる「直芳」については、屯倉有子の夫である直良の字を誤ったものと解釈されている。木慈谷の住所録に直芳の名前はなかった。

最後に「もはや夜明も近づいた、死にましょう」と綴り、鴇雄は筆を置いていた。

さらに報告書を捲っていくと、三つの遺書の他にもう一つ、鴇雄の記した文章が収録されていた。「振子人間の恐怖」と題した短編小説で、原稿用紙六十枚に及ぶ労作だ。

鴇雄は少年倶楽部やキングなどの少年雑誌を愛読しており、十六、七のころから自分でも物語を書いていた。村人の供述によると、ときおり空き家に子どもを集めて、小説を語り聞かせていたそうだ。「振子人間の恐怖」も鴇雄が残した小説の一つだった。

山中の集落に住む十歳の少年、時男は、熊に襲われ重傷を負う。陸軍病院で治療を受けていると、視察に訪れていた陸軍大将の目に留まり、極秘手術で機械の心臓を授かる。病院を脱出した時男は「振子人間」と名乗って殺人や強盗を働き、日本を震撼させる。だが逃走中に警官に頭を撃たれ、ふたたび陸軍に拘束される。二度目の極秘手術を受けた時男は、振り子時計の機械部に意識を移植され、文字通りの「振子人間」として永遠に時を刻み続けるのだった——。

報告書にこの原稿が含まれているのは、物語の一部、田舎育ちの少年が暴力で人々を震撼させるという部分が、鴇雄の犯行を暗示しているように読めるからだろう。とはいえ作中の時男が因果応報な末路をたどっていることを考えると、鴇雄が自身の願望を時男に投影させていたと考えるのは短絡的すぎるようにも思える。

続けて検視報告書や関係者の供述調書、新聞記事に目を通していく。遺書から受ける感情的な印象とは裏腹に、鴇雄は冷静に犯行を計画し、実行に移していたようだ。

事件後の捜索で、木慈谷の二軒の空き家から、猟銃や実包の入った布袋が見つかった。犯行途中に猟銃が故障してもすぐに銃撃を再開できるよう、鴇雄が事前に隠していたのだ。

事件の前週には、複数の村人が、鴇雄が自転車で山道を往復するのを目にしていた。村人が山を下りて助けを求めた場合、警官がやってくるのにかかる時間を計測していたのだろう。

事件二日前の五月十九日、鴇雄は真方の生家を訪ねた。このとき二通の遺書を執筆したと見られる。わざわざ木慈谷を離れたのは、犯行前に祖母に遺書が見つかるのを恐れたからだろう。この遺書は事件後に木慈谷の自宅から見つかったが、真方の生家にも執筆に用いた鉛筆と便箋が残されていた。

事件の八時間前、五月二十日の午後五時ごろには、男が電柱によじ登って作業をしているのを近所の住人が目撃していた。事件後に技師が調べてみると、送電線が切断されていた。木慈谷と真方を含む一帯で停電が起きたが、当時は日常的に送電障害が発生していたため、村人たちが怪しむことはなかった。

やがて日が沈み、二十一日を迎える。辺りが寝静まった午前一時。鴇雄はまず祖母の首を斧で刎《は》ねて殺害。武器と装備を身にまとい、寝静まった集落に躍り出た。

そこからの犯行経路は以下のように推測されている。

・磯田《いそだ》貞行《さだゆき》宅にて、家族三人を日本刀と斧で斬殺。
・磯田竜一《いそだりゅういち》宅にて、家族四人のうち三人を猟銃で射殺。
・東山宗士《ひがしやまそうじ》宅にて、家族四人を猟銃で射殺。
・屯倉浩一《みやけこういち》宅にて、家族七人のうち五人を猟銃で射殺。直良と有子が逃亡し、屯倉孝吉《みやけこうきち》宅へ逃げ込む。
・屯倉孝吉宅にて、家族五人のうち一人を猟銃で射殺。直良と有子は床下に隠れ難を逃れる。
・屯倉好二《みやけこうじ》宅にて、家族二人を猟銃で射殺。
・屯倉満吉《みやけまんきち》宅にて、家族六人のうち一人と、手伝いに来ていた二人を猟銃で射殺。

・番場辰一《ばんばたついち》宅にて、家族二人のうち一人を猟銃で射殺。
・池谷継男《いけたにつぐお》宅にて、家族七人のうち四人を猟銃で射殺。継男が鉈《なた》で背中を刺し、鴇雄に重傷を負わせる。
・屯倉壮一《みやけそういち》宅にて、家族三人のうち一人を猟銃で射殺。
・山田足穂《やまだたるほ》宅にて、家族二人を猟銃で射殺。

犯行中、鴇雄は三つ目の鬼のような風貌をしていた。黒詰襟の学生服に、両脚には脚絆《ゲートル》。頭には締めた赤い鉢巻の左右に二本の懐中電灯をくくりつけ、首からは自転車用のランプを提げる。腰には日本刀を差し、背には猟銃を担いで、口には数本の釘を咥えていた。

ちなみにこの日本刀について、遺書には「刀剣愛好家の知人から譲り受けた」とあるが、この知人の正体は判明していない。鴇雄と親交のあった刀剣愛好家として名前の挙がった者は二人いる。高等小学校の同級生だった庭師の番場敏夫《としお》と、津ヶ山に住む歯科医の石神英二《いしがみえいじ》だ。どちらが鴇雄に刀を譲ったのか、捜査終結まで明らかにならなかった。

午前三時前、鴇雄は山田足穂宅で凶行を終えると、木慈谷を離れ川上へ向かい、民家を訪ねて紙と鉛筆を要求した。六十代の主人が手間取っていると、一緒に住んでいた十一歳の孫にも声をかけた。この少年は鴇雄と顔見知りで、鴇雄の読み聞かせ会にも参加していた。少年が鉛筆と雑記帖を差し出すと、鴇雄はそれを受け取って外へ出ていった。鴇雄は去り際に「勉強して偉くなれよ」と声をかけたという。生前の姿が目撃されたのはこれが最後だった。

時を同じくして、津ヶ山署に事件発生の一報が届く。これを受け警察署員と消防組員が総出で山地の捜索を開始した。

鴇雄の死体を発見したのは、筑後郁《ちくごたかし》という真方出身の若い巡査だった。木慈谷周辺に土地勘があったことが幸いしたのだろう。現地に到着して一時間足らずで、木慈谷から三里近く離れた荒又峠の死体を発見した。

鴇雄は短い遺書を記し、猟銃で心臓を撃ち抜いていた。死亡時刻は午前四時前後。遺書が風で飛ばないよう、日本刀が紙の上に置かれていた。刀は血まみれで、ひどい刃こぼれを起こしていた。

死体には銃創の他に、九軒目の池谷継男宅で刺された傷が背中に残っていた。

「死人が多すぎると資料を読むのも飽きるな。面白かったのは『振子人間の恐怖』くらいだ」

古城は報告書から顔を上げ、鼻の下を掻いた。のぞみは京都を過ぎて新大阪へ向かっている。

「鴇雄が聞いたら殺しにきますよ」

「そりゃ好都合だ」

亘は津ヶ山事件の資料をバックパックにしまうと、続けて鴇雄の犯行と見られる現在の事件の捜査資料を取り出した。

召儺の儀式が行われてから、鴇雄の関与が疑われる事件は三つ起きていた。

一つ目の事件が起きたのは十二月二十七日の午前十時ごろ、場所は大阪市中央区の宇賀神病院だ。鴇雄に憑かれたのは佐々木《ささき》咲《さき》、十四歳。ナイフで患者や看護師を次々と刺し、三十人を殺害した。施設内に生存者はいなかった。

咲は二十五日の帰宅途中、不審者に肩を切り付けられ、宇賀神病院に搬送された。傷口は浅く縫合処置のみで済んだが、事件のショックから錯乱状態に陥り、急性ストレス障害と診断されていた。咲が犯行に用いたナイフは護身用の私物で、スクールバッグに入ったまま病室に置かれていたものだった。

「浦野灸もここで刺されたわけか」

古城が現場写真を見ながら腹を撫でる。浦野は咲から話を聞こうとしたところを襲われたのだ。咲は犯行後、病院から逃走したが、一月十七日、京都府木津川《きづがわ》市のショッピングセンターの駐車場で死んでいるのが見つかった。死因は心不全で、死後三日前後が経過していた。ここで鴇雄は別の身体へ乗り移ったのだ。

二つ目の事件が起きたのは一月二十日の午前八時過ぎ、場所は京都府長岡京《ながおかきょう》市の常葉館《ときわかん》高校だ。この高校はスポーツ強豪校として全国的に名を知られていた。

犯人は野々村和暢《ののむらかずのぶ》、十七歳。常葉館高校の二年生で、夏の甲子園にも捕手として出場している。和暢は三年A組の教師や生徒を次々と斬りつけ、教室にいた二十七人のうち二十六人を殺害した。

和暢は十四日の夜に帰宅しなかったため、家族から捜索願が出ていた。日本刀は十九日の夜、市内の刀剣専門店から盗まれたものだった。

宇賀神病院の事件では施設内の人間が皆殺しにされたが、常葉館高校の事件では三年A組の生徒だけが狙われている。全学年で四百人以上の生徒がいて、全員を殺そうとしたら半日かかってしまうから、初めから一クラスの生徒に標的を絞っていたのだろう。

唯一生き残った男子生徒の証言によると、この日、三年A組では、ホームルームの時間を使って薬物乱用防止ビデオを視聴していた。和暢が現れたのは八時二十分。詰襟の学生服姿で、頭に鉢巻を締め、右手に日本刀をかまえていた。頰が膨らんでいて、口に何かを入れているのが分かったという。

「七十八年前と似てきたな」

古城が冷めた口調でつぶやく。

ちょうど流れていたビデオの内容もあって、男子生徒は幻覚を見ているのではないかと目を疑った。担任教師が和暢を叱ろうとすると、和暢は教師の顔を斬りつけ、姿勢を崩したところで胸を刺した。

和暢は廊下側の席の生徒に命令し、机を積み上げて扉を塞がせると、次々に生徒たちの首や腹を斬りつけた。球技や武道で鍛えた若者たちも、刀の前になすすべもなかった。

生徒の中には警察や家族に連絡しようとする者もいたが、和暢はめざとくスマホを奪い、刀の柄を叩きつけて破壊した。転生からの一月でスマホの機能を学んだのだろう。現場では液晶画面を割られたスマホが三台見つかっている。

十分ほどで教室を血の海に変えると、和暢は扉を開けて教室を出ていった。

他のクラスの教師や生徒たちは、三年A組から響く悲鳴に恐れをなし、校舎の屋上や校庭に避難していた。通報を受けて警察官が駆け付けたときには、すでに和暢の姿はなく、「薬物乱用はダメ！　ゼッタイ！」という場違いなフレーズが画面の割れたテレビから響いていたという。

和暢は二十日の午後に阪急京都線の列車内で目撃されたのを最後に消息を絶っている。行方は現在も分かっていない。佐々木咲と同様、どこかで別の身体へ乗り移ったのだろう。

そして三つ目。二月六日、つまり一昨日の午前二時過ぎ、兵庫県加東市のキャンプ場で事件が起きた。日本刀と猟銃を持った男が次々とテントを襲い、キャンプ客を殺害したのだ。アウトドアサークルに所属する大学生や慰安旅行中の不動産会社の社員など、キャンプ場にいた三十二人のうち二十四人が犠牲となった。

犯人は葛西悟《かさいさとる》、三十五歳。加東市内の建設会社に勤務していたが、二月一日から無断欠勤を続けていた。この一週間、神戸市内の専門店で猟銃や日本刀を購入し、凶行に備えていたと見られる。

生存者によると、この日の悟は詰襟の学生服と鉢巻に加えて、二本の懐中電灯を鉢巻の左右にくくりつけ、首にはランプ、背中には猟銃、腰には日本刀を差していた。飴を舐めるみたいに顎を動かす仕草も確認されている。

「こりゃ分かりやすいな」

亘も思わず頷いた。津ヶ山事件の報告書に載っていた向井鴇雄の恰好にそっくりだ。事件を重ねるごとに、鴇雄は七十八年前の姿に近づいている。

悟の凶行は午前二時から二十分ほどで行われた。初めの十分間、テントに次々と押し入ってシュラフの中の人間を斬り殺し、その後の十分間、逃げ惑う人々を猟銃で撃ち殺した。スマホをめざとく壊しているのも同様で、現場では画面を割られたスマホが六台見つかった。

この事件ではキャンプ客のうち八人が生き残った。やろうと思えば皆殺しにできそうな人数だが、悟は四分の三を殺したところで手を止め、キャンプ場を後にしたという。

「鴇雄はスマホが嫌いみたいだ。津ヶ山に着いたら無闇に弄らねえほうがよさそうだぜ」

数分おきにＬＩＮＥをチェックしているのがばれていたようだ。書類から顔を上げた古城は、異常者を見るような目をしていた。

3

午後一時二十分。岡山駅で新幹線を降り、ＪＲ津ヶ山線に乗り換えた。雨はまだ降っておらず、雲の合間からは時折り陽も射している。

津ヶ山線の列車に乗ったところで、國中からスマホに連絡があった。

古城の読みは当たっていた。キャンプ場で二十四人を殺した葛西悟が、木慈谷で死んでいるのが見つかったのだ。

葛西悟は下着姿で民家の納屋に倒れていた。死因は心不全、死亡時刻は七日の午後三時から五時の間。鴇雄は次の殺戮を行うため新たな肉体へ乗り移り、学生服や鉢巻を持って行ったのだろう。

三時半に津ヶ山駅へ着いたときには雨で景色が一変していた。夕暮れのように暗く、風に吹き上げられた雨がホームを濡らしている。雨粒が屋根を叩く音がうるさい。

駅の周辺は警察官の姿が目立っていた。津ヶ山警察署管内では二百人体制で警戒を行っており、ホテルや旅館、キャンプ場、学校、刀剣専門店、銃砲店などはとくに厳しく目を光らせているという。

改札口からロータリーへ出ると、パトカーの運転席に懐かしい驢馬面が見えた。

「う、浦野先生、ご無事だったんですね」

犬丸巡査は運転席のドアを開け、目玉が裏返ったような顔をした。

「般若心経を唱えながら肛門で牛蒡《ごぼう》をすこしたら生き返った。すごいだろ」

調子づく古城を後部座席に押し込んで、となりに腰を下ろす。犬丸巡査は白昼夢でも見たような顔で運転席に座り、パトカーを発進させた。

「葛西悟が木慈谷へ来るのを見抜いたと聞いたんですが、本当ですか？」

「そうなんだよ。一度死んだら千里眼が身に付いたんだ」

「葛西悟の犯行が津ヶ山事件に似ていたので、向井鴇雄に感化されたんじゃないかと考えたんです」

亘は今日一番の大声を出した。正確には感化されたのではなく乗り移られたのだが、話がややこしくなるので方便を使っておく。犬丸巡査はようやく亘の顔の怪我に気づいたようで、化け物を見たように何度も瞬きをした。

「……そうでしたか。いや、津ヶ山事件は本当に迷惑な事件ですね」

いやに粘ついた口調で言う。犬丸巡査が木慈谷へ左遷されたのは二年前のはずだが、それだけの期間でも不快な出来事があったのだろうか。

「他にも迷惑なことが？」

「いや、そういうわけじゃないんですが。犯人の向井鴇雄って、日本刀と猟銃を使ったでしょう。その刀を鴇雄に譲ったのが、わたしのひい祖父さんなんですよ」

古城の顔色が変わった。國中から届いた資料には、鴇雄に刀を譲った人物は不明と書かれていたはずだ。

亘は古城に目配せしてから尋ねた。

「犬丸さんって木慈谷の出身だったんですか？」

「わたしは違いますよ。ひい祖父さんが木慈谷の庭師で、ひい祖母さんが一宮から木慈谷に嫁いだんです。でも事件後にひい祖父さんのおつむがおかしくなってしまって、ひい祖母さんは娘を連れて一宮へ戻りました。それきり木慈谷とは縁がなかったんですが、当時の話は祖母さんによく聞きましたね」

検事局の捜査で絞り込まれた二人の一方――庭師の番場敏夫が、犬丸巡査の曾祖父だったのだ。

「報告書には鴇雄に刀を譲った人間は特定されていないとありました。ご先祖さんは嘘を吐いたんですか」

「いいえ、正直な供述をしたと思います。ひい祖父さんは嘘の言えない人で、心を病んだのも真面目すぎたせいだと聞きました。ひい祖父さんが刀を渡したと警察が断定しなかったのは、もう一人への疑いが捨てきれなかったからだと思います」

「歯科医の石神英二ですか?」

「そうそう。東京の方は知らないと思いますが、当時の津ヶ山には松脂一家って博徒集団がいたんです。松脂組ってヤクザの前身なんですが、当時から悪名高い連中でしてね。石神はこいつらと深く付き合ってたみたいなんです」

思いがけないところで馴染み深い言葉が出てきた。

「ヤクザと付き合うとは大変けしからんな。そんなにあくどい連中なのか」

古城が楽しそうに言う。

「ええ。松脂一家は窃盗やら詐欺やらで手に入れた骨董品や美術品、宝石類なんかを闇に流して、莫大な利益を得ていました。石神は買い手になりそうな医師や大学教授を松脂一家に紹介して、仲介料をもらっていたんです。脛《すね》は傷だらけ、叩けば埃まみれの男ですから、警察が疑いたくなるのも無理はなかったわけですね。おっと」

犬丸巡査が赤信号に気づいて急ブレーキを踏んだ。

七十八年前の事件も気になるところだが、今は鴇雄を捕まえるのが先だ。亘はわざと話題を変えた。

「木慈谷はどんな様子ですか？」

「葛西悟の死体が見つかった納屋の調査を本部の捜査員が進めているところです。死体はすでに岡山大学医学部へ搬送しました」

「住人の皆さんはどうですか」

「ぴりついてますよ。正式発表はまだですが、見つかった死体が兵庫の事件の犯人だってことはもうばれてます。昨年末みたいなひどい事件がまた起きるんじゃないかって、みんな怯えてます。余所から不審者に来られちゃ意味がないですから」

犬丸巡査は妙な言い方をした。

「意味がない、というと？」

「いえ、神咒寺の事件のあと、寄り合いに治安対策部会ってのができましてね。どうしたら事件の再発を防げるか、一カ月くらい話し合ったんです。それで先週末、二月五日の金曜日に、急遽、住居の抜き打ち調査をやったんですよ。わたしと自治会長が順繰りに家を訪ねて、変なものを隠していないか調べて回ったんです」

木慈谷は随分ときな臭いことになっているようだ。

「何か見つかりましたか？」

「金物屋の柴田《しばた》という男が匕首《あいくち》を隠していました。本人はただの趣味だと言ってますが、寄り合いの決定に従って押収しました。それくらいですね」

木慈谷の人々は疑心暗鬼になっている。そんなところに二十四人殺しの犯人が乗り込んできたのだから、住人の不安は極限に達しているだろう。

信号が青に変わり、犬丸巡査がアクセルを踏み込む。パトカーは舗道を外れ、薄暗い山道へ入った。座席が浮いたり沈んだりをくりかえす。「がけ崩れ注意」の看板の向こうに、斜面に生えた木々が道へせり出しているのが見えた。

「郷土資料館の六車孝はどうしてますか？」

「津ヶ山の拘置支所にいますよ。先日、放火と殺人の容疑で起訴されました」

「となると郷土資料館は閉館中ですか」

「いえ、今月から新しい職員が派遣されて運営を再開しました。警察と違って人が余ってるんでしょう。今朝も開館してたんで逆に呆れましたよ」

「青年団の錫村藍志はどうですか」

「あれは先月末に退院して、木慈谷へ戻ってきました。足が駄目になって一人じゃ生活できないので、診療所で若本《わかもと》先生の厄介になってます」

人鬼をよみがえらせた張本人は、今ものうのうと生きているのだ。

不安から気を紛らわそうと、木々の合間から空を見上げる。どんよりと翳った雲から、礫《つぶて》のように雨粒が降り注いでいた。


午後四時十五分。パトカーが木慈谷へ到着した。

狭い道に警察車両が並び、あちこちの軒先で捜査員が聞き込みをしている。

木慈谷駐在所にパトカーを停めると、犬丸巡査は「あ！」と叫んで運転席を飛び出した。

つられて後部座席から降りる。集落の北西側、天狗腹山の雑木林から老人が下りてくるところだった。迷彩柄のジャンパーを着て、大きな荷物を背負っている。うっかり足を滑らせたら崖の下へ落ちそうだ。

「猪口美津雄さんです。近頃すっかり認知症が進みましてね。猟師だった頃の習慣で、すぐ山に入っちゃうんですよ」

名前に聞き覚えがあった。愛犬の凡太夫が死んだのを青年団のせいにして、神咒寺の事件の捜査を混乱させたご老人だ。

「すみません、連れ戻してきます」

犬丸巡査はレインコートのフードをかぶり、畦道を駆けて行った。

「ちょうどいい。おれたちもパトロールをしよう。おれは天狗頭山側、お前は天狗腹山側だ。鴇雄には釘を舐める癖がある。口をふがふがやりながら歩いている奴がいたら構わずぶっ殺せ」

古城の声が大きすぎて、聞き込み中の捜査員たちが不審そうにこちらを見ていた。

「ちゃんと捜査しないんですか？　死体の発見現場を見にいくとか」

「行ってどうすんだよ。おれは向井鴇雄を殺しにきたんだ」

「そりゃそうですけど。丸腰で殺人鬼に立ち向かえと？」

「襲われたらおれを呼べ。こいつがある」

古城は煙草を出すみたいにポケットから拳銃を取り出した。慌てて身体を傾け、警察官から拳銃を隠す。見つかったら二人とも留置場行きだ。

「やめてください。分かりましたよ」

古城はいたずらっぽく笑って、ポケットに拳銃をしまった。

「大丈夫。これだけ警官がいたら、暴れてもすぐに取り押さえられる。鴇雄もそれくらい分かるはずだ。やつが殺戮を実行するなら寝静まった深夜だ。それまでに鴇雄を見つければいい」

二人は分担するエリアを確認して、駐在所の前で別れた。

雨脚はさらに勢いを増している。視界が煙って十メートル先も見えづらい。畦道の脇の休耕田が池のようになっていた。うっかり滑り落ちたら這い上がれないかもしれない。亘はぬかるんだ土を踏み締めた。

道を歩きながら、さりげなく民家に視線を這わせる。どの家も雨戸が閉まっていて、人の姿は見えない。すれ違うのも警察関係者ばかりだ。

実は警察官の中に鴇雄がいるのかもしれないと考えてみたが、葛西悟の死亡推定時刻は昨日の午後三時から五時、古城が木慈谷を警戒するよう國中に伝えたのが昨日の六時過ぎだから、応援の警察官がやってきたときには葛西悟は死んでいたことになる。可能性があるとすれば駐在員の犬丸巡査だが、彼が鴇雄ならパトカーを乗りこなしたり、木慈谷の様子を詳しく答えたりするのは不可能だろう。

あれこれ考えながら十分ほど歩いて、ようやく住人を見つけた。蛍光ブルーの雨合羽を着た五十過ぎの男が、鉢植えを玄関に運んでいる。

立ち止まってしばらく様子を眺めたが、口にものが入っているようには見えなかった。たまま咥えていないだけかもしれないが、そこまで疑うと切りがない。

もしあの男が刀を抜いて襲ってきたら――そう考えて、ふと息が止まった。

二件目の常葉館高校の事件以降、鴇雄は犯行前に自分で武器を調達している。だが姫新線に乗り込んだ時点で、葛西悟は手ぶらだった。兵庫県警と岡山県警が緊急配備を発令する中、葛西悟の身体で新しい武器を買うのは不可能だろう。次の人物に乗り移ってから手に入れるしかないが、木慈谷に刀剣店や銃砲店はない。自分が鴇雄ならどうするだろうか。

六車に聞いた話では、村人が落ち武者から奪い、後に千年杉の木箱に封じられた魔刀〈赤子殺〉が、郷土資料館に保管されているという。鴇雄はこの刀を盗もうとするのではないか。新しい職員が赴任したおかげで、郷土資料館は今日も平常通りに開館している。亘は様子を見に行くことにした。

畦道を曲がって木慈川沿いの道に出る。川を見下ろすと、濁った水が猛烈な勢いで飛沫を上げていた。水位も上がっていて、あと少しで砂利道へ水が溢れてきそうだ。

坂道を上っていくと、シイやブナの枝が頭上に迫り出《せだ》し、ますます辺りが暗くなった。落ち着かない気分で足を速める。

ふと足音が聞こえた。道の先を見ると、丸太橋の袂に女の影が見える。郷土資料館からの帰りなのだろう、赤い傘を差してこちらへ歩いてくる。

ふいに心臓が胸を打った。もしあれが鴇雄だったとしたら。亘も腕っぷしには自信があるが、相手は鬼に金棒、ヤンキーに単車、殺人鬼に日本刀だ。すれ違いざまに斬り付けられ、川へ落とされたらひとたまりもない。

亘が立ち尽くしていると、女もこちらに気づいたらしく足を止めた。亘はとっさに視線を逸らし、そのまま身体を後ろに向ける。

「待って」

女の声が落ちてきた。

亘は駆け出していた。息を切らし、両手を振って坂を駆け下りる。後ろから足音が迫ってきた。ぬかるんだ土に足を取られそうになる。

「待ってよ、はらわた！」

少し鼻にかかった、聞き覚えのある声だった。

転ぶ寸前で足を止め、背後を振り返る。

「ちょっと、なんで逃げんの?」

みよ子が腰を屈め、肩で息をしながら言った。


「なんでここにいるの?」

頭の中がぐちゃぐちゃだった。はらわたという渾名を知っている以上、目の前のみよ子は本物のみよ子だ。あれほど故郷を嫌っていた彼女がなぜここにいるのか。

みよ子は少し黙り込んだ後、諦めたように首の裏を掻いた。

「はらわたも知ってると思うけど、お父さんたちが東京のヤクザと揉めててさ。あたしも危ないらしくて、ほとぼりが冷めるまで木慈谷に隠れることになったの。二度と来たくなかったけど、命には代えられないでしょ。それで土曜日に越してきたの」

みよ子は口早に言うと、傘の柄を肩に載せ、吹っ切れたように両手をだらんと下ろした。そんな非常時にも郷土資料館へ出かけるのがみよ子らしい。雨が上がったら竹刀で素振りを始めそうだ。

「はらわたこそ、なんでいるわけ?」

「仕事だよ。LINE見てない?」

「お父さんに消された。ひょっとしてその顔、お父さんにやられたの?」

二度と娘に近寄るな。次はねえからの。ドスの利いた松脂念雀の声がよみがえる。

出会ってしまったものは仕方がない。亘は刑部組の回し者だと疑われたことを明かし、自分は断じて刑部組の仲間ではないことを付け加えた。

「あー、これだからヤクザの家族は嫌なんだよ。ごめん、はらわた。あたしからちゃんと説明するよ」

みよ子が頭を下げる。それは嬉しいのだが、問題はヤクザではなく鬼の方だ。

「お願いがあるんだ。みよ子、今すぐ木慈谷から逃げてほしい」

「なんで？」

みよ子が眉を顰める。

「この集落に凶悪犯が潜伏してるんだ。三十人くらい平気で殺す化け物みたいなやつ。おれはそいつを捕まえに来たんだ」

みよ子はますます顔色を曇らせた。恋人の正気を疑っているのかもしれない。

「それ、キャンプ場の事件の犯人のこと？　もう死んだって聞いたけど」

「違う。いや、そいつなんだけど、今はもうそいつじゃないんだ」

「何言ってんの？　ちゃんと説明してよ」

みよ子が声を硬くする。

亘は腹を括った。こうなったらすべて打ち明けるしかない。

亘はみよ子を連れて空き家の縁先に上がると、昨年の暮れに七人の犯罪者がよみがえったこと、津ヶ山事件の犯人が木慈谷へ戻ってきたこと、浦野灸の身体にも古城倫道が乗り移っていることを洗いざらい説明した。みよ子は初めカルト宗教の信者を見るような顔で頻りに首を捻っていたが、説明が終わるころには身動《みじろ》ぎ一つせずに亘の言葉に聞き入っていた。

「だから異常な事件ばっかり起きてたんだ」

気の抜けた声でつぶやく。

「信じてくれるの？」

「まあ、うん。疑ってないわけじゃないけど、はらわたを信じるよ。今日はひとまず津ヶ山駅前のホテルに泊まることにする」

みよ子は腕時計に目を落とした。午後五時を過ぎている。

「でも、そうか。古城倫道ね。おっしいなあ」

「どういう意味？」

亘が聞くと、みよ子ははにかんで、ひどく場違いなことを言った。

「どうせなら金田一耕助が良かったなと思って」

＊

「まず一人」

古城倫道は動かなくなった男を見下ろし、首の汗を拭った。

男はチューブで手足を縛られたまま息絶えていた。数秒前まで古城を睨んでいた瞳が、今は暗く淀んでいる。股間からは小便の臭いがした。

ここで一服する余裕はない。殺すべき人間はもう一人いる。

古城は足音を殺して部屋を出ると、階段を駆け下り、玄関から外へ出た。いつの間にか日が暮れている。ポストの下に隠しておいた傘を差し、なにくわぬ顔で舗道へ出た。

坂を数歩上って、高台から集落を見渡す。鴇雄はどこにいるのだろう。あいにく大雨の中で外をうろついている者は一人もいない。家屋を訪ねて中を覗いて回るのも無理がある。発想を変えて、鴇雄が行きそうな場所を考えてみることにした。凶器を手に入れるなら明るいうちに済ませているだろう。父母の墓は真方だろうから、豪雨の中を往復するのは難しい。

では祖母の墓はどうだろう。「ああ祖母にはすみませぬ」と綴っていたくらいだから、祖母の首を刎ねたことは後悔しているのだろう。祖母は木慈谷の出身だから、墓もこの土地にあるはずだ。日の沈んだ頃合いを見計らって墓参りに出かけるかもしれない。

墓があるとすれば神咒寺の周辺だろう。ここから歩いて十五分ほどだ。

古城は木慈谷の地図を思い浮かべながら、畦道を南東へ歩き始めた。

五分ほど歩いたとき、地鳴りのような轟音が響き、足元がぐらりと揺れた。ブナの枝から一気に水が落ちてくる。

休耕田へ落ちそうになり、慌てて坂を上って林へ駆け込んだ。地震だろうか。

ふいに背後で土を蹴る足音が聞こえた。古城と同じように、住人が驚いて逃げてきたのだ。

「おい、今の音は何だ」

濡れた顔面を両手で拭いながら尋ねる。

返事の代わりに、ひゅん、と空気を切る音が鳴った。背中に強い衝撃を受ける。

手足から力が抜け、呼吸がうまくできなくなった。身体の内側が熱い。

「嘘だろ」

八十年前、石本吉蔵に頭を殴られたときの感覚とよく似ていた。口を開いた瞬間、堰を切ったように血が溢れ出た。

喉の奥から温いものが込み上げる。

膝から地面にくずおれ、坂を転げ落ちる。舗道に倒れたところで、刀を持った影が走り去るのが見えた。

まったくついていない。せっかく生き返ったのに、このまま地獄へとんぼ返りか。

うつ伏せに倒れた古城に大粒の雨が打ちつけた。

4

ごおおおっ。

身支度を整えたみよ子をバス停まで送り届けようとしたとき、轟音が聞こえた。

床《ゆか》が身体を突き上げる。屈んで足元に手をついた。地震にしては短く、鋭い揺れだった。

「今の何？　雷？」

みよ子が柱にしがみついたまま言う。亘は首を傾げた。揺れが収まったのを確かめ、ゆっくりと床から手を離す。

「駐在所で聞いてくる。家で待ってて」

みよ子が茫然と頷く。亘は家を飛び出した。

みよ子が仮住まいしている家屋は集落の南端に位置していた。小学生のときまで母親と暮らした家は売ってしまったらしく、急いで借家を探したのだという。

足元に気を付けながら、曲がりくねった畦道を走り抜ける。傘は差していたが、駐在所へたどり着いたときには全身ずぶ濡れだった。

事務室を覗くと、同じく濡れ鼠の犬丸巡査が受話器を握り締めていた。相槌を打つ声が強張っている。

「何があったんですか」

通話が終わるのを待って尋ねる。犬丸巡査は机に両手を突き、気を落ち着かせるように深呼吸をした。

「県道68号で土砂崩れが発生しました。天狗頭山の南、ついさっきわたしたちが通ったところです」

山道で目にした「がけ崩れ注意」の看板を思い出す。

「木慈谷から出られないってことですか?」

「道路の復旧は未定です。雨が上がらないと土砂の撤去もできませんから」

犬丸巡査はペットボトルの水を口に含むと、事務室へ戻り、慣れた手つきでパソコンをいじり始めた。屋外のスピーカーからチャイム音が響く。犬丸巡査はマイクを通して土砂崩れの発生を伝え、大雨が収まるまで外出を控えるよう呼びかけた。

壁の時計は六時四十分を指している。すでに日は落ちていた。いつ鴇雄が凶行を始めてもおかしくない。

「県警本部の皆さんは?」

「三十分前に津ヶ山署へ撤収しました。残っているのはわたしだけです」

犬丸巡査の顔は紙のように白かった。

古城は何をしているのだろう。そう思ったところでスマホが震えた。画面には古城倫道の文字。すぐに電話に出た。

雨の音に混じって、ひゅうひゅうと息を吸う音が聞こえた。嫌な胸騒ぎがする。

「もしもし」

「はらわた、無事か？」

蚊の鳴くような声だった。

「古城さん？　どうしたんですか」

「鴇雄に刀で斬られた。こりゃ死ぬかもな」

古城は激しく咳き込んだ。

「どこにいるんですか？」

「か、神咒寺へ上る道の入り口あたりだ」

物が落ちる音がして、声が聞こえなくなった。ノイズのように雨音だけが響いている。

亘は犬丸巡査に救援を頼んで、駐在所を飛び出した。


泥と血の混ざったどろどろが、蛇のようにうねりながら坂を流れている。

古城は道の真ん中でうつ伏せに倒れていた。シャツの背面が破れて真っ赤に染まっている。右肩から尻にかけての肌が大きく裂け、呼吸に合わせて閉じたり開いたりしていた。

「やあ、元気だった？　おれはいまいちだ」

古城は軽口を言って、苦しそうに咳き込んだ。雨と血と鼻水で顔がぐちゃぐちゃだ。

「犬丸さんが診療所の先生を呼びに行ってます。あと少しの辛抱ですよ」

「無駄だ。おれは死ぬ。なんで分かると思う？　二度目だからだ」

古城が赤く濡れた歯を見せる。飛び散る唾にも血が混じっていた。

「死なないですよ。それより誰に襲われたんですか」

「見えなかった」

畦道の向こうから、犬丸巡査の足音と掛け声が聞こえた。

「おい、プレゼントをやるよ。左のポケットだ」

古城が顎をしゃくる。言われるままポケットに手を入れた。ずっしりと重たいそれを摑む。拳銃だ。

「おれ、使えないですよ」

「腑抜けたことを言うな。この集落を守れるのはお前だけだ。お前が鴇雄を殺せ。蜂の巣にしてやれ」

二人の足音がすぐ近くに迫っている。亘は慌ててズボンの裏に拳銃を隠した。

「ひえ。こんな大きな傷、初めて見ましたわ」

診療所の若本医師は古城を見るなり眉を大きく持ち上げた。七十代の老爺で、私服姿のせいか医師よりも患者に見える。

亘も傷口を見下ろした。刀の斬れ味があまりよくないのか、厚紙を無理やり破いたみたいに皮が捩れている。

「探偵の浦野灸さんですよね。あなたは、ええと……」

「助手の者です」

「違う。丁稚《でっち》だ」

古城がひどくざらついた声で言う。

亘、若本、犬丸巡査の三人がかりで古城を担架に載せると、亘が足側を、犬丸巡査が頭側を担ぎ、若本が傷口をタオルで押さえて、静かに診療所へ向かった。

古城はいつのまにか意識を失っていた。


診療所はRC造の無機質な建物で、窓が小さく、ドアも金庫のように厚かった。鴇雄が猟銃を乱射して襲ってきてもここなら生き延びられそうだ。

古城を診療室に運ぶと、亘と犬丸巡査は待合室へ引き返し、ヒーターで衣服を乾かしながら処置が終わるのを待った。

内装はクリーム色に統一されていて診療所らしい温かみを感じさせる。受付カウンターにはときおさんの陶人形が座っていた。

向いの通路からは二階へ上る階段が見える。錫村藍志が寝起きしている病室は二階だろうか。

午後七時二十分。診療室から出てきた若本は、十年も老けたようにげっそりと窶《やつ》れていた。

「傷口の洗浄と縫合をやりましたが、容態は深刻です。早く輸血しないと危険ですよ」

若本はカーテンを捲って、小窓から棚田に降り注ぐ雨を眺めた。雨脚が弱まる気配はない。道路が復旧するのはまだ先になるはずだ。若本はため息を吐いて診療室へ戻った。

できることをやるしかない。亘はぺちんと頰を叩いて、長椅子から腰を上げた。

「犬丸さん、犯人はまた人を襲うはずです。早く捕まえないとまずいですよ」

「そりゃそうですけど。手がかりが何もないです。おまけに頼みの浦野さんがこれじゃ、いったいどうしたもんか」

犬丸巡査は今にも泣き出しそうだ。

「落ち着いてください。犯人は刀を持っています。先週末の金曜日、犬丸さんたちは集落の家屋に立ち入って、不審物を調べたんですよね。この時点で刀を隠し持っている人はいなかった。犯人はこの抜き打ち調査の後で刀を手に入れたことになります」

「まあ、そうですね」

「でも六日の土曜日に葛西悟が新見方面へ向かうのが目撃されてから、岡山県警は刀剣専門店に目を光らせていたはずです。そんな中で刀を購入できたとは思えません。犯人はどこで刀を手に入れたんでしょうか」

正確に言うと、犯人が鴇雄ではないただのごろつきなら、警戒態勢が整っていない六日の早い時間に刀を買うこともできただろう。だが犯人が鴇雄である以上、七日の午後三時までは葛西悟だったことになる。キャンプ場で二十四人を殺した犯人が刀剣店にやってきたら、さすがに通報されているはずだ。

「はあ、そうですねえ」犬丸巡査は腕組みして俯いたが、ふいに鼻の穴を広げた。「まさか、〈赤子殺〉ですか」

「はい。犯人は郷土資料館から刀を盗み出したんだと思います」

犬丸巡査は携帯電話で郷土資料館に電話をかけた。発信音が十秒ほど続いた後、時間外のアナウンスが流れる。閉館は六時、今はもう七時四十分だ。

「駄目です。つながりません」

犬丸巡査は通話を切って、小さく首を振った。

犯人につながる線は他にない。

「行ってみましょう」

亘の言葉に、犬丸巡査が強張った顔で頷く。右手は腰のホルスターを掴んでいた。

診療所を出るとすぐにスマホが震えた。みよ子を家に置いて出てきたのを思い出す。画面にはＬＩＮＥの通知が大量に届いていた。

「はらわた、どこにいるの？」

電話に出ると、みよ子の張り詰めた声が聞こえた。

亘は連絡が遅れたことを詫び、古城が鴇雄に襲われたことを伝えた。

「みんな死ぬってこと？」

みよ子の声が裏返る。こんな声を聞くのは初めてだ。亘はとっさに頭を捻った。

「みよ子、診療所の若本先生、知ってるよね」

「子どものころお世話になったけど」

「あそこの建物に匿ってもらうんだ。頑丈だから犯人も侵入できない」

「診療所ね」みよ子がくりかえす。「分かった。頼んでみる」

迂闊に人に近づかないように釘を刺して、亘は電話を切った。


そこから郷土資料館へたどり着くまでが一苦労だった。

木慈川沿いの道を十分ほど上ると、先ほどまでそこにあった丸太橋がなくなっていた。ほんの十メートル先に資料館があるはずなのに、雨に煙っていて輪郭も見えない。

二人が立ち尽くしていると、となりの家屋の戸が開いて老婆が顔を出した。派手な刺繍の入ったセーターを着て、頭に手拭いを巻いている。老婆はせわしなく手を振ったが、それが手招きだと気づくのに時間がかかった。

「六時にえらい大きな音がしてな、見たら丸太がばらばらんなって流れてくとこじゃった」

老婆は世話好きらしく、びしょ濡れじゃ、早く温かい風呂に入んなさい、と能天気な言葉を続ける。

「川上にもう一つ橋があります。遠回りですが、そこから回り込みましょう」

犬丸巡査が恨めしそうに天狗腹山を見上げる。亘は老婆に礼を言って、川沿いの道へ戻った。

山道を上り、川幅が狭くなったところで橋を渡って、ふたたび山を下りる。十分後に郷土資料館が見えたときには、脚が鉛のように重くなっていた。

犬丸巡査が観音開きの扉を押し開ける。錠はかかっていなかった。

中に入っても雨音が静まらない。どこかの窓が開いているのだろうか。亘は壁に手を這わせ、電灯をつけた。

「うひゃっ」

犬丸巡査が飛び上がる。

床に血痕がついていた。血はまだ乾き切っておらず、濃さの違う赤がまだらになっている。血痕は歩幅くらいの間隔を空けて、廊下の先のラウンジへ続いていた。

「だ、誰かいるのか？」

犬丸巡査が拳銃をかまえて言う。返事はない。

窓口のアクリル板越しに事務室を覗く。こちらも異変はない。

廊下を進んでいくと、案の定、右手の窓が大きく割れていた。吹き込んだ雨でロッカーや長椅子が濡れている。

窓の外には木慈川が見えた。床には尖った石が落ちている。鴇雄が中へ入るために窓を割った

木慈谷郷土資料館　平面図

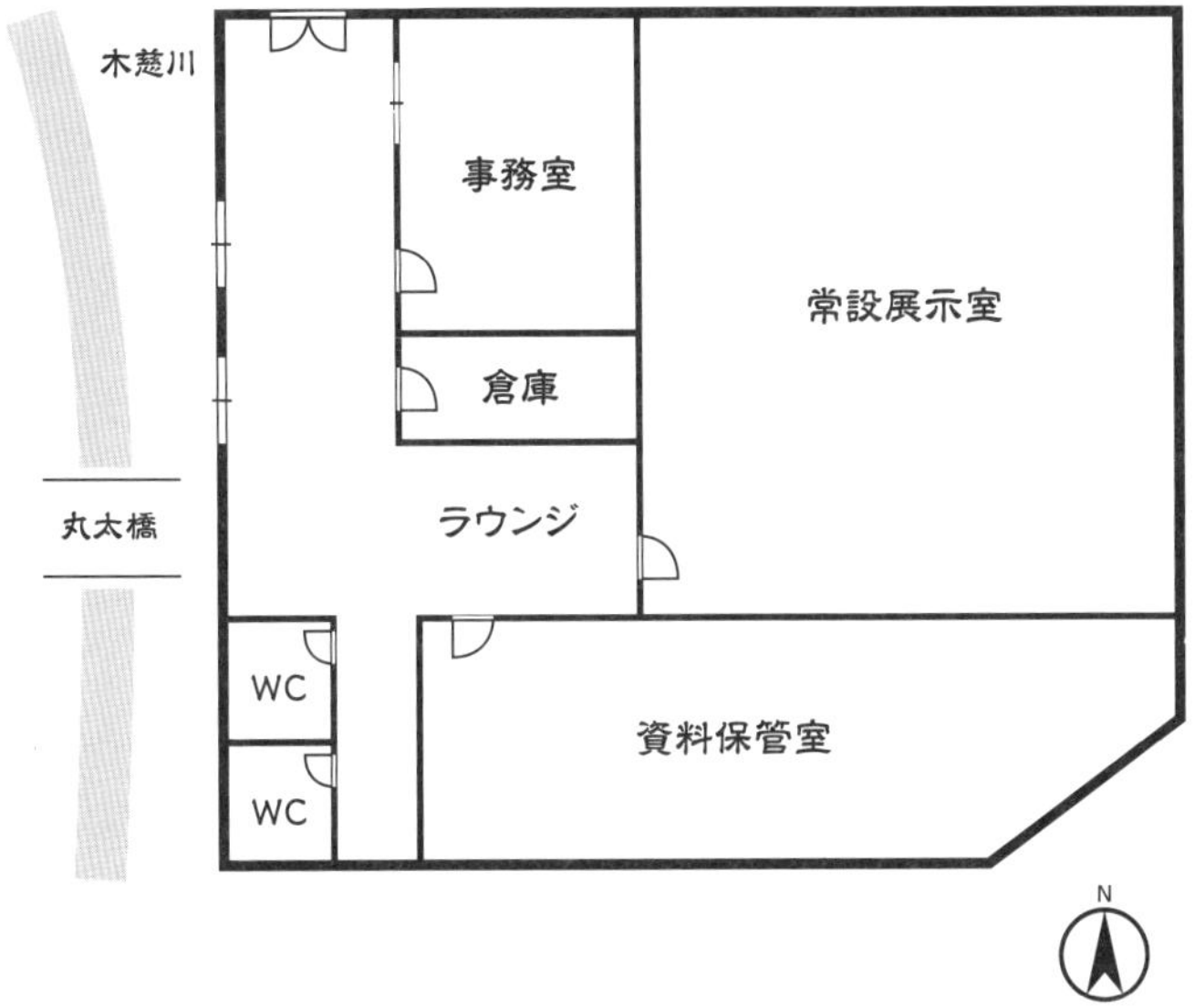

のかと思ったが、それなら床に足跡があるはずだ。川上から転げ落ちてきた石が窓を突き破ったのだろう。

血痕はラウンジの右手の扉へ続いている。扉には「資料保管室」と書いた新品のプレートが貼り付けてあった。オートロックがかからないように、扉の下にはゴムのストッパーが差し込まれている。

犬丸巡査はラウンジを横切り、ドアノブを捻った。生臭い匂いが鼻腔をえぐる。

「ひょえっ」

犬丸巡査が尻餅をついた。拳銃が床を滑る。

整然と並んだ収納棚に挟まれて、血まみれの女が倒れていた。顔の真ん中に皺を寄せ、泣き出す寸前の赤ん坊のような表情で硬直している。

女が手足を不自然に曲げているのかと思ったが、すぐにそうではないことに気づいた。顔の位置がおかしいのだ。肩から上に何もない代わりに、膝の間に顔が座っている。

「これは……どなたですか」

「仁《に》科《しな》綾香《あやか》さん。六車孝の後任の職員さんです」

亘は息を止め、真上から女を見下ろした。左右の肩に挟まれて、骨と肉の詰まった断面が見える。

女は首を斬り落とされていた。

5

午後八時二十分。犬丸巡査は館内に犯人が隠れていないのを確認すると、携帯電話で県警本部に報告を入れた。

浦野灸も古城倫道もいない。集落の住人たちを守るには、自分で鴇雄を見つけるしかない。

亘は悪寒と吐き気を堪《こら》えて、仁科綾香の死体を観察した。首なし死体を見るのはもちろん初めてだ。両親の首が千切れて死んだとき、亘はまだ赤ん坊だった。

血痕を踏まないように気を付けながら、死体を見回す。仁科のワンピースは肩や脇腹が裂けており、肌にも傷が開いていた。鴇雄は仁科に斬りつけて重傷を負わせてから、首を斬り落としたようだ。

首の断面は汚かった。一太刀《ひとたち》で首を刎ねたのではなく、力を込めて無理やり斬り落としたようだ。凶器は古城を襲ったのと同じ刀に違いない。

生首の右の耳には薄茶色の器具が嵌まっていた。イヤホンにしてはフックが大きい。補聴器だろうか。

左足に履いたルームシューズのゴムには、小さなガラスの破片が埋もれていた。廊下を歩いたとき、窓ガラスの破片が刺さったのだろう。落石が窓を割ったとき、仁科はまだ生きていたことになる。

資料保管室の床には収納棚から落ちた本やファイルケースが散乱していた。それらに重なって、一メートルほどの細長い木箱が落ちている。蓋と本体をつなぐように糊付けされた和紙が、継ぎ目に沿って破れていた。蓋を開けても中には何もない。鴇雄が封を開け、〈赤子殺〉を持って行ったのだろう。

亘が目眩を覚えて資料保管室を出ると、犬丸巡査が本部への報告を終えたところだった。

「道路が復旧するまで現場の保存に努めろ、だそうです。何を悠長なことを言ってるんだか。また犠牲者が出てしまいますよ」

普段とは別人のように気が立っている。犬丸巡査は亘の顔を見ると、自分を宥《なだ》めるように深呼吸をした。

「すみません。原田さん、何か分かりましたか?」

「やはり〈赤子殺〉が盗まれていました。犯人は凶器を手に入れるためにここへやってきたんだと思います」

亘は資料保管室で目にしたものを説明した。

「犯人は正面入り口から中へ入ると、事務室の仁科さんを脅し、〈赤子殺〉のある資料保管室へ案内させた。仁科さんが廊下を通ったとき、靴底に窓ガラスの破片が刺さったようです。犯人は資料保管室で仁科さんに〈赤子殺〉を取り出させると、すぐさま刀を振るい、仁科さんを殺害。鞘から血を滴らせながら、廊下を抜け、正面入り口から外へ出たんだと思います」

そして集落の中心部へ戻ったところで、古城の姿を見つけ、彼の背中を斬りつけたのだ。

「あれは何でしょう」

犬丸巡査が腰を屈めて資料保管室を覗く。死体の手の先に、ひどく古びたT字型の杖が落ちていた。資料として保管するような品には見えない。仁科綾香の私物だろうか。

「妙ですね。仁科さんのお母さんが杖を突いているのは見かけましたが、仁科さんの足に不自由はなかったと思います」

「お母さんもこの集落に住んでるんですか」

「ええ。先月の終わりに、母娘で木慈谷のアパートに越してきたんです」

ふと胸騒ぎを覚える。

「お母さん、娘が帰らなくて心配だと思うんですけど、警察に連絡はありませんか？」

犬丸巡査の表情が翳った。最悪の可能性が頭をよぎる。

「連絡してみます」

犬丸巡査はアパートの大家に連絡を取ると、番号を聞き出してから電話を掛け直した。すぐにカチャ、と受話器を取る音が聞こえる。

「もしもし、仁科さんですか――」

仁科綾香の母親は無事だったようだ。犬丸巡査は「落ち着いて聞いてください」と前置きして娘が殺されたことを伝えると、二、三の質問をして通話を切った。死体の首が斬られていたことは伏せていた。

「綾香さんはドラマ好きで、職場のテレビで『八つ墓村』を見てから帰宅すると話していたそうです。だから帰りが遅くても不審に思わなかったと」

みよ子といい仁科綾香といい、この集落には金田一耕助のファンが多い。

「それから、綾香さんは難聴で補聴器を使用していましたが、足に不自由はなかったそうです。お母さんの杖もなくなっていません」

犬丸巡査は携帯電話をしまうと、割れた窓から木慈谷の集落を眺めた。家屋の明かりが雨に滲んで見える。木慈川も勢いを増すばかりだ。

「わたしは駐在所へ戻ります。原田さんも一緒にどうですか」

犬丸巡査がレインコートのフードをかぶって言う。

鴇雄はいないのだから、この場所に残る理由はない。だが今、鴇雄の正体を突き止めて動きを封じなければ、もう殺戮は防げない。ここに残された手がかりが、木慈谷を守る最後の頼りだ。

逡巡した挙句、亘は小さく首を振った。

「おれはもう少しここに残ります。犬丸さんも気を付けてください」

犬丸巡査は緊張気味に頷いて、郷土資料館をあとにした。


気を取り直して廊下を見回す。亘が気になったのは窓だった。

なぜ鴇雄は、窓から郷土資料館の中へ入らなかったのだろうか。

状況を整理してみる。仁科綾香の靴の底には、割れた窓ガラスの破片が刺さっていた。鴇雄が郷土資料館で仁科を脅し、資料保管室へ案内させたとき、すでに窓は割れていたことになる。

では鴇雄が郷土資料館へ侵入するために窓を割ったのだろうか。先ほども検討したとおり、この可能性はない。もちろん窓を割って廊下へ入ることはできるが、その場合は床に痕跡が残るはずだ。足跡の類が見当たらない以上、窓は落石によって割れたと考えてよいだろう。

するとこの落石はいつ起きたのか。古城が斬り付けられたのが六時四十分のことだから、鴇雄は遅くとも六時二十分ごろには刀を持ち出さなければならない。落石はそれよりも前に発生したことになる。

職員の仁科は、閉館まで事務室で作業をした後、六時から「八つ墓村」を見ていた。「八つ墓村」が始まる前か放送中かはさておき、仁科が事務室にいる時間に落石が起きたのは間違いない。もし彼女が落石に気づいたら、段ボールで窓を塞いだり、散らばったガラスを片づけたりしたはずだ。難聴に加え、雨やテレビの音が窓の割れる音を掻き消したため、落石に気づかなかったのだろう。

そこへ鴇雄がやってくる。このときの鴇雄はまだ日本刀を持っていない。丸太橋を渡った鴇雄は、川に面した窓が割れていることに気づいたはずだ。明かりがついているから中には職員がいるはずだが、落石が放置されていることから察するに、職員は物音がよく聞こえないらしい。中を覗いてみると、「資料保管室」とプレートの貼られた扉があり、オートロックがかからないようにストッパーまで挟んである。盗人にとっては幸運すぎて心配になるような状況だ。馬鹿正直に正面入り口から中へ入るよりも、窓から侵入したほうがはるかに安全だろう。

ところが鴇雄は窓ではなく、正面入り口を使った。何か理由があるはずだ。

たとえば刑部九条のように、鴇雄の視力が著しく低かったとしたら。だがそれほど目の不自由な人が、日没後、大雨の中で古城を襲えるとは思えない。

ふいに心臓の鼓動が速くなった。全身の汗腺から汗が噴き出す。

身体的な原因は他にも考えられる。鴇雄が憑いた人物の足が不自由で、窓の桟を乗り越えられなかったとしたら？　杖で歩くのに支障がなければ、雨音に紛れて、とっさに人に斬りかかるくらいのことはできるだろう。

そう、杖だ。資料保管室に落ちていた杖は、仁科ではなく鴇雄のものだった。鞘に入れた日本刀があれば杖の代わりになる。だから鴇雄は杖を置いていったのだ。

そこまで考えたところで、興奮が恐怖に変わった。

木慈谷には一人、足の不自由な若者がいる。錫村藍志だ。

犬丸巡査によると、錫村は退院後、一人で生活できず、診療所で若本先生の世話になっているという。亘はよりによって、みよ子をその診療所へ向かわせてしまった。

焦る気持ちを抑え、みよ子に電話をかける。

「お掛けになった番号は現在電源が入っていないか――」

だめだ。

首を斬り落とされ、苦悶の表情を浮かべたみよ子の姿が脳裏に浮かぶ。

亘は郷土資料館を飛び出した。

6

集落には人の気配がなかった。

スマホの時計は九時半を差している。どの家屋にも明かりが灯っていない。耳に届くのは雨音ばかりだ。亘はスマホで道を照らしながら診療所へ急いだ。

住人たちはもう皆殺しにされてしまったのか。湧き上がる不安を、無理やり頭の外へ追いやる。夜更けというほどの時間でもないのに、まったく明かりが見えないのはおかしい。停電が起きたのだ。大雨で電気設備が壊れたのか、あるいは七十八年前と同様、鴇雄が送電線を切り落としたのか。

亘は診療所へたどりつくと、石段を上り、扉のノブを捻った。錠が閉まっていて動かない。インターホンを押しても無音のままだ。

焦る気持ちを抑えて、扉をノックする。

数秒の沈黙の後、ガチャンと錠を外す音が聞こえた。

顔を上げた瞬間、鼻頭に強い衝撃を受けた。石段を転げ落ち、後頭部を砂利に打ちつける。

慌てて身体を起こそうとすると、ふたたび顔に衝撃を受けた。痛みのあまり息ができない。

とっさに踵で暗闇を蹴ると、

「おえっ」

柔らかい感触とともに、野太い悲鳴が聞こえた。錫村藍志ではない、もっと馴染みのある声だ。

「古城さん？」

スマホを拾って玄関を照らすと、古城が腹を抱えて蹲っていた。胸から尻まで包帯を巻かれて白繭のようになっている。手元にはときおさんの陶人形が転がっていた。

「はらわたか？　なにすんだよ。おれは怪我人だぞ」

古城が息を切らして叫んだ。大量に汗をかいて、肌が爬虫類みたいにテカテカ光っている。

「こっちの台詞ですよ。動いて大丈夫なんですか？　先生は輸血しないと危険だって言ってましたけど」

「名探偵は不死身だからな。ヤブ医者の爺さんなら診療室で鼾を掻いてるぜ」

「ひょっとして、また閻王に傷を塞いでもらったんですか？」

「違えよ。特効薬が効いたんだ。おかげで脳汁がぶしゃぶしゃ出やがる」

古城は青褪めた唇を持ち上げると、見覚えのある黒いポーチから注射器を取り出した。〈DUCHESS〉の事件を解決したときに刑部からもらった、元気の出るニンニク注射だ。

「すごい。ポパイのほうれんそうみたいですね」

古城は眉を寄せて、希少動物を見るような顔をした。

「お前、ヤクザの組長から鉄砲玉への餞別が、本当にただのニンニク注射だと思ったのか？」

なんだかよく分からないが、そんなことよりもみよ子だ。見たところ待合室には誰もいない。

土間に並んだ靴の中には、見覚えのあるみよ子のスニーカーと、ギプス用の黒いサンダルがあった。みよ子と錫村はどちらもこの中にいるのだ。

亘が階段を上ろうとすると、

「待て。どこへ行く?」

古城が腕を摑んだ。

「二階です。みよ子が殺されそうなんです」

「みよ子?」

亘ははやる気持ちを抑えて、みよ子が診療所に隠れていること、郷土資料館で職員が殺されたこと、鴇雄が錫村藍志に乗り移っていることを説明した。

「なるほど、よく考えたな。詰めが甘いところもあるが、お前にしては上出来だ。あとはおれに任せろ」

古城は肩をぱんと叩くと、亘からスマホと拳銃を奪い、階段を上がった。亘もときおさん人形を摑んで後を追いかける。

二階の廊下には四つの扉が並んでいた。右の三つが個室、左が大部屋だ。

七十八年前、この集落で三十人の命を奪った男が、どこかの部屋に隠れている。

亘は固唾《かたず》を呑んだ。

「耳を押さえとけ」

古城は拳銃を握り直し、腰を低くして、右の手前、一つ目の個室の引き戸に手をかけた。

戸の開く音。

誰もいない。

古城は黙って戸を閉めると、二つ目の引き戸に向かった。同じ姿勢で把手を引く。

その瞬間、眩い光が視界を包んだ。誰かが懐中電灯を向けたのだ。古城が顔を伏せた隙に、部屋から不審者が飛び出てくる。

「殺せ！」

古城が叫んだ。

目を細めたまま、ときおさん人形を振り下ろす。鈍い感触。人形の首から上が粉々に割れ、懐中電灯が床を転がった。

古城は不審者の髪を摑み、頭を壁に押しつけた。銃床で顔を殴る。ぬちゃ、と肉の潰れる音が聞こえた。

「そこまでだ」

古城は昏の間に銃口を突っ込んだ。不審者はぐったりして動かない。

懐中電灯を手に取り、不審者の顔を照らす。

思わず息を吞んだ。

「ちょっと待って、人違いですよ」

「人違い？　おれが探してたのはこいつだぜ」

亘は声を失った。

そんな馬鹿な。

懐中電灯が照らしたのは、みよ子だった。

「死ね」

古城が安全装置を外し、引き金を引く。

亘は古城めがけて体当たりをした。銃声に続き、頭上からガラスが降ってくる。古城が転倒した隙に、亘はみよ子を背後にかばった。

古城はすぐに身体を起こし、銃口を亘に向けた。

「あぶねえな。傷が開いたらどうすんだよ」

「ごめんなさい」

「どけ。殺すぞ」

銃口が眉間に触れる。目がちかちかして、心臓が喉から飛び出そうになった。

「何を言ってるんですか。鴇雄は錫村藍志ですよ」

「違う。証拠を見せてやるよ」

古城は左手で三つ目の戸を開けた。

懐中電灯を向けると、錫村藍志が壁を背に座っていた。半透明のチューブで両手、両脚を縛られ、下半身は尿に濡れている。口にタオル、鼻にガーゼを詰め込まれ、顔が風船みたいに膨らんでいた。喉には浦野に万年筆を刺された傷痕が残っている。

「あいにく死体に人は殺せない。お前の推理は間違いだ」

錫村は窒息死させられていた。鴇雄の手口とは明らかに異なる。ということは――

「古城さんが殺したんですか？」

「そうだよ。交番でお前と別れた後、すぐに殺した。こいつは召儺の方法を知ってる。また鬼を呼ばれたら面倒だろ」

鴇雄が木慈谷へ向かったのを知って、古城が「おれも木慈谷には用事がある」と言っていたのを思い出した。

「もう一度だけ言う。そこをどけ」

古城の眼差しは真剣だ。本気でみよ子を殺すつもりらしい。

「いやです。探偵ならきちんと説明してください」

亘は負けじと古城を睨み返した。心臓が破裂しそうだが、ここで怯《ひる》むわけにはいかない。

数秒の沈黙。雨の音が耳に迫って聞こえる。

古城は息を吐くと、苦笑しながら銃口を下げた。

「仕方ない。説明してやるよ。おれにはお前の女をぶち殺す理由があるってことをな」

7

古城はみよ子を病室の椅子に座らせ、銃を握ったままベッドに腰を下ろした。みよ子は唇をきつく結んで俯いている。

亘は引き戸の前、みよ子を庇える位置で古城の言葉を待った。

「お前の推理には体温がない」

古城が教師のような口調で語り始める。カチと短針が鳴って、壁の時計が九時四十分を指した。

「顔が見えない。息が聞こえない。人鬼と言ってももとは人間だ。鴇雄が人を殺すときに何を考えていたのか、もっとよく考えろ」

古城は亘に目を向け、左手の指を三本立てた。

「召儺の後、鴇雄が起こした事件は三つだ。一件目は十二月二十七日、大阪市中央区の宇賀神病院で三十人を殺した事件。二件目は一月二十日、京都府長岡京市の常葉館高校で二十六人を殺した事件。三件目は二月六日、兵庫県加東市のキャンプ場で二十四人を殺した事件だ。

注目すべきは殺されなかった連中だ。一件目の事件では施設内の人間が皆殺しにされていて、生存者はいない。だが二件目の事件では三年A組に生存者が一人、学校全体では三百五十人以上の生存者がいる。三件目の事件でも八人のキャンプ客が生き残っている。

とくに気になるのが三件目だ。キャンプ客は全部で三十二人。その気になれば皆殺しにできたはずだし、そうしたほうが津ヶ山事件の犠牲者数にも近い。なぜ鴇雄は中途半端に二十四人で殺戮をやめたんだろうか?」

古城は肩を竦めて、挑発するように亘を見る。

人鬼は生前の悪行に手口を近づけるほど、より強い快楽を感じる。津ヶ山事件よりも少ない人数しか殺していないのに、目の前の生存者を見逃したのは確かに引っかかる。

「殺した人数はそれほど大事じゃないってことですか」

「チェシャがクラブのドリンクに農薬を混ぜて若者たちを不安に陥れたのは、本番の死者数を青銀堂事件に近づけるためだ。殺す人数に意味がないなら、あんな手間のかかる真似はしない」

古城がおどけた仕草で、銃口を左右に揺らす。

「じゃあ、どうして鴇雄はキャンプ客を見逃したんですか?」

「ヒントはこれだ」

古城はポケットからスマホを出した。

「携帯電話?」

「そうだ。一件目の事件では三十人が殺されたが、誰もスマホを壊されていない。三件目の事件では二十四人が殺され、六台のスマホが壊されていた。どちらの事件も、犠牲者の数と破壊されたスマホの数を足すとぴったり三十になる」

「二件目の常葉館高校の事件は、被害者が二十六人、壊されたスマホが三台ですから、足しても三十には足りませんよ」

「確かにそうだ。そこでテレビを加えてみよう。鴇雄が教室に乗り込んできたとき、生徒たちは薬物乱用防止ビデオを視聴していた。事件後、このテレビは画面が割れた状態で見つかってる。死者が二十六人、スマホが三台、それにテレビが一台。足し上げるとぴったり三十だ」

「偶然じゃないですか」

「違う。鴇雄の考えを知る手掛かりは、鴇雄が残した文章にある。やつの最高傑作といえばもちろん、『振子人間の恐怖』だ」

極秘手術で機械の心臓を得た少年が、凶悪犯罪で日本全土を震撼させる――あの陳腐な物語が、この事件とどう関係すると言うのか。

「鴇雄は自分が『振子人間』だと思い込んでいたと言うんですか？」

「おしい。あの話の落ちを覚えてるか。振り子時計に意識を移植された時男が、永遠に時を刻み続けるんだ。

もちろん生前の鴇雄には、機械が意識を持つなんてのは法螺話だっただろう。山奥の集落で育った鴇雄はろくに映画も観たことがなかったはずだ。やがて地獄へ落ちた鴇雄は、人鬼となり、死者をいたぶり続けた。おれみたいに地獄から現世を観察するような好き者はまれだ。鴇雄は技術の進化を知ることなく、七十八年が過ぎた。そしてあるとき、急に現世へ引き摺り出され、機械がべらべらしゃべっているのを目にしたんだ。鴇雄はどう思っただろうか？」

亘は思わず息を呑んだ。古城が得意げに微笑む。

「鴇雄がスマホを壊したのは、被害者に助けを呼ばせないためじゃない。鴇雄はスマホから聞こえる声や、テレビに映った人間を、機械になった本物の人間だと勘違いしていた。やつは三つの事件で、きっちり三十人ずつ殺したつもりでいたんだ。キャンプ場で生存者を見逃したのは、それ以上殺したら津ヶ山事件の死者数を上回っちまうからだ」

かくいう古城も、尾原町のパチンコ屋や渋谷駅地下の大型ディスプレイに映った女の子に、嬉しそうに声をかけていた。好き者の古城ですらこうなのだから、鴇雄に音声や映像と生身の人間が区別できなかったとしても無理はない。

「鴇雄はスマホやテレビの中の人間が生きていると思い込んでいた。これは鴇雄の正体を見抜く大事な手がかりだ」

古城はスマホをテーブルに置くと、足を組み替えて、ふたたび拳銃をかまえた。

「郷土資料館の仁科綾香殺しを考えてみよう。お前の推理も途中までは良い調子だった。でも廊下の窓から中に入らなかったからって、鴇雄の足が不自由だって決めつけんのは飛躍だぜ。鴇雄が丸太橋を渡ったとは限らない。鴇雄はお前らと同じように、天狗腹山から回り道をして資料館に行ったんだ」

確かに亘たちは郷土資料館の中に入るまで、窓が割れていることに気づかなかった。だが――

「なんでそんな遠回りをするんです？」

「理由は二つ考えられる。一つは、鴇雄が資料館のとなりに丸太橋がかかっていることを知らなかった場合だ。七十八年前に鴇雄が死んだとき、この橋がまだかかってなかったとしたら、当然、鴇雄は天狗腹山の上の橋を渡るしかないと考えるはずだ」

古城が挑発するように亘を見る。郷土資料館がいつ建てられたのかは分からない。だが〈百々目荘〉の主人によると、丸太橋は郷土資料館の建立と同時に掛けられたものだという。

「鴇雄は郷土資料館に〈赤子殺〉が保管されていることを知っていました。つまり鴇雄が死んだ昭和十三年には、郷土資料館が完成していたことになります。丸太橋は郷土資料館ができたのと同じ年にかけられたものですから、鴇雄も丸太橋のことは知っていたはずです」

「さすがはおれの従者だな」

古城は場違いな笑みを浮かべる。

「すると二つ目の理由が正解ってことになる。こっちは物理的な理由だ。鴇雄が資料館へ向かおうとしたとき、丸太橋はすでになくなっていた。だから天狗腹山の上の橋を渡るしかなかったんだ」

亘は頭の中で時計の針を回した。丸太橋が流されたのが午後六時、古城が斬り付けられたのが六時四十分だ。丸太橋が渡れないことに気づき、天狗腹山を上り下りして郷土資料館へ向かうのに十分。仁科を殺し、〈赤子殺〉を持ち出すのに十分。ふたたび天狗腹山を抜けて集落へ戻るのに二十分。その直後に古城を襲ったとすれば、ぎりぎり時間の辻褄は合う。

「随分と綱渡りですね」

「可能性は他にない。鴇雄が郷土資料館を訪れたとき、すでに丸太橋は流されていたんだ。ところが、ここにさっきの推理を並べると妙な結論が出てくる」

「さっきの推理?」

「鴇雄はものを言う機械を人間と思い込んでるってことさ。仁科綾香はドラマ好きで、午後六時から七時まで事務室で『八つ墓村』を見ると宣言していた。もしこの時間に鴇雄が郷土資料館へやってきたらどうなるか。さすがの仁科も人に気づいたらテレビを消すだろうが、あいにく彼女は耳がよくない。鴇雄が窓口へ来るまで仁科はテレビを観続けるだろうし、そうなれば鴇雄はそこにもう一人の人間がいると思い込むはずだ。仁科を殺してテレビを壊さないのはおかしい。事務室のテレビに異常はあったか？」

「いえ」

そんなことが起きていたら、窓口から事務室を覗いたときに気づいたはずだ。

「ならば鴇雄が侵入したとき、仁科はテレビを観ていなかった。つまり仁科の殺害時刻は、午後六時より前か、七時より後ってことだ」

「んん？」

亘は眉間を押さえた。それでは時間の帳尻が合わない。

「これは妙だ。木慈川を渡らなかった以上、鴇雄が資料館にやってきたのは午後六時より後でなきゃならない。さらに『八つ墓村』の放送時刻とも重ならないとなると、仁科綾香殺しは七時よりも後ってことになる。

だがおれが鴇雄に斬りつけられたのは六時四十分だ。これは仁科が殺された時刻よりも早い。おれが鴇雄に襲われたのは、資料館で仁科綾香が殺される前だったことになる」

「それは変ですよ。〈赤子殺〉は郷土資料館に保管されていたんですから」

「そもそも〈赤子殺〉が木箱に封じられたのは百年以上前だ。今、この集落に、〈赤子殺〉を見たことのある人間はいない。誰も〈赤子殺〉と他の日本刀を見分けることはできないんだ。おれを襲ったとき鴇雄が持っていた日本刀は、〈赤子殺〉とは別物だったのさ」

古城に重傷を負わせた刀と、仁科綾香を殺して持ち出した刀。刀は二つあったというのか。

「鴇雄はどうやって一本目の刀を手に入れたんです？」

「それが問題だ。姫路から姫新線の列車に乗ったとき、葛西悟は手ぶらだった。脇差ならともかく、大太刀を人に見つからずに持ち歩くことはできない。かといって警察が厳戒態勢を敷く中、葛西悟が刀剣専門店で刀を買えたとも思えない。鴇雄が刀を手に入れたのは、木慈谷へ到着してからってことになる。

だが金曜日に行われた治安対策部会の抜き打ち調査で、犬丸たちは不審なものを隠した輩がいないかを徹底的に調べ上げていた。この時点で日本刀は見つかっていない。またいつ調査があるか分からないのに、週末に刀を買いに行くやつもいないだろう」

「やっぱり〈赤子殺〉だったんじゃないですか？」

「違えよ。確かに抜き打ち調査の時点で、日本刀を隠し持っている住人はいなかった。だが調査のあと、何も知らずに余所から木慈谷へやってきた輩が一人いる。こいつだ」

古城は銃口でみよ子の頭頂部を叩いた。みよ子は血走った目で、苦しそうに亘を見ている。

「みよ子がどうやって刀を手に入れるって言うんですか」

「本当に分かんねえのか？　さっきまでの切れはどこに行ったんだよ。逆に聞くが、この時代に日本刀を持ってるやつがどんだけいると思う。役者か道楽家か、ヤクザくらいのもんだろ」

血の気が引いた。みよ子と松脂組の事務所へ挨拶に行ったとき、峰打ちで首をぶっ叩かれたのを思い出す。ヤクザの中でも、刀を手元に置くような昔気質を貫いている組織はごく一部だろう。

「この女は松脂組組長、松脂念雀の娘だ。刀くらい簡単に手に入る」

「みよ子を何だと思ってるんですか。大学生が刀を持ち歩く理由なんてないですよ」

「松脂組と刑部組は抗争寸前の緊張状態にある。松脂組長は当然、娘に危害が及ぶのを案じたはずだ。だが下手に組員の警護を付ければ、かえって敵に居所を知らせることになる。だから万一に備えて娘に武器を持たせたんだ」

確かに剣道部元主将のみよ子にはうってつけだ。

「もしもみよ子が日本刀を隠し持っていたとしても、鴇雄がそれを知っているはずがないですよね。鴇雄はみよ子の父親のことなんか知らないんですから」

「もちろんだ。鴇雄は自分で日本刀を見つけたんじゃない。この女が鴇雄に刀を渡したんだよ」

古城が当然のように言う。みよ子が刀を差しだす姿が脳裏に浮かび、すぐにそれを打ち消した。

「そもそもこの集落に住む連中は、昨年末、神咒寺で召儺が行われたことを知らない。でもお前はこいつに人鬼の存在を教えた。おかげでこの女は、釘を舐めてる人間が鴇雄だと見抜くことができた」

「なんでみよ子が鴇雄に刀を渡さなきゃいけないんですか」

「決まってんだろ。おれを殺させるためさ」

一瞬、古城の言葉の意味が分からなくなった。

みよ子が鴇雄に古城を殺させようとしたというのか？

「松脂組と刑部組は、クラブ〈志涼〉の発砲事件で、相手が先に撃ったと言い合ってる。そんなとき、刑部組にえらく腕の立つ探偵が出入りしてるって情報が、松脂組長の耳に届いた。松脂組が先に弾をハジいた証拠が見つかったら、親玉同士の交渉で松功会が詫びを入れることになっちまう。松脂組にとって、おれは目の上の瘤だったんだ。

そんなとき、娘の近くに問題の探偵が現れた。親父が娘に指示を出したのか、娘が勇み足を踏んだのかは分からない。この女は刀を渡すのと引き換えに、おれを殺すよう鴇雄に頼んだんだ」

亘は自分を鼓舞するように首を振った。そんなのは嘘だ。百万歩譲ってみよ子が鴇雄に刀を渡したとしても、絶対に違う理由があるはずだ。

「みよ子は東京で自分の人生を掴み取ろうとしていました。お父さんのために古城さんを殺させるなんてありえません」

「あのな、お前が納得できるかは問題じゃねえんだよ」

古城は声に苛立ちを滲ませ、ベッドから身を乗り出した。

「そもそも動機なんて曖昧なもんだ。人の感情なんて後から何とでも説明がつく。大事なのは事実だ。おれを襲ったとき、鴇雄が持っていた刀は〈赤子殺〉ではない。抜き打ち調査の後、木慈谷に日本刀を持ち込めたのはこの女しかいない。つまりこいつが鴇雄に刀を渡した。これが答えだ」

古城の推理には筋が通っている。だがみよ子が父親に協力したとはどうしても思えない。

みよ子はじっと俯いて睫毛を震わせている。彼女は何かを隠しているのだろうか。

そのとき、数時間前に聞いた言葉が耳によみがえった。

——どうせなら金田一耕助が良かったなと思って。

馬鹿馬鹿しい。そんなことで人を殺させるなんてどうかしている。

亘の思いとは裏腹に確信が強まっていく。

閻王は死者をよみがえらせることができるという。古城倫道が失敗すれば、別の探偵が選ばれることもあるだろう。二番手に金田一耕助が控えている可能性は十分ある。

かつて古城倫道が亘の心の支えだったように、金田一耕助がみよ子のヒーローだったとしたら。この世を去った探偵を現代によみがえらせ、会って、話して、お礼が言いたい。そんな衝動にかられたとしてもおかしくない。

みよ子は古城を死に追いやることで、金田一耕助をよみがえらせようとしたのだ。

「おいクズ、死にたくなければ鴇雄の居場所を言え」

古城は拳銃を持ち替えると、みよ子の頭のてっぺんに銃口を押しつけた。安全装置を外し、引き金に指をかける。

この男は浦野灸とは違う。本当に殺すつもりだ。

「……あたし、知りません」

「日本語を知らねえのか?」古城の声が低く、鋭くなる。「鴇雄が誰に憑いているのかを言え。答えなければお前を殺す」

「本当に何も知らないんです。信じてください」

古城は銃を縦に起こし、銃床でみよ子の頭を殴った。椅子が横に倒れ、鼻頭をベッドの柵に打ちつける。うつ伏せに倒れたみよ子は、首を持ち上げ、狂ったように頭のてっぺんを撫で回した。銃創が空いていないのを確かめて、糸が切れたように頭を垂れる。

古城はみよ子の髪を乱暴に摑むと、首をベッドに載せた。みよ子が咽《む》せ込み、鼻から血が噴き出す。古城はつむじに銃口を押しつけた。

「本当に最後だ。鴇雄は誰だ?」

みよ子は口を半開きにして、縋るようにこちらを見た。

亘にできることはもうなかった。古城の推理は正しい。みよ子は人鬼に手を貸してしまったのだ。亘が命乞いをしたところで、古城は躊躇なくみよ子を殺すだろう。

亘が何も言わないのを見て、みよ子の顔から表情が消えた。がっくりと肩を落とし、焦点の合わない目で古城を見上げる。みよ子を支えていた副木の最後の一つが折れたのが分かった。

「ごめんなさい」

「質問に答えろ」

古城の表情は変わらない。

「あ、あたしが、刀を渡した相手は――」

唇の端が持ち上がる。みよ子は愛想笑いを浮かべていた。

ふと既視感を覚えた。今とそっくりな場面に、自分は居合わせたことがある。

ボンネットのへこんだ軽自動車と、通行人の冷たい眼差し。いつもと別人のように芯の通ったじいちゃんの声。大柄な警察官の狐に似た狷介な顔。

時間が巻き戻ったみたいに、十年前の夏の記憶がよみがえった。

――ひょっとして顔の傷、自分でやったの？

大男の巡査に問い詰められた亘は、嘘の自白をしてその場をやり過ごそうとした。うまく生きるには、うまく逃げること。警察官に楯突くよりも、自分を殴ったことにして場を納めたほうが良い。亘はそう考えたのだ。

でも浦野灸は嘘を許さなかった。

――亘くん。きみは真実を語るべきだ。

浦野は真実を見抜き、亘が罪を被るのを防いだのだ。

そして今。みよ子の置かれた状況は、あの日の亘とそっくりだった。それなのに亘はみよ子を見捨てようとしている。

――松脂の家の人間は絶対に嘘は言わん。

芋蔓式に記憶が引き出される。耳の奥で松脂念雀の声が聞こえた。

みよ子が本当に鴇雄に刀を渡したのなら、古城に見抜かれた時点で、自分のやったことを認めたのではないか。でもみよ子は、何も知らないと言った。

――もっと物事を疑え。

これは確か――尾原町のおにぎり屋で八重定と対峙したとき、古城が言った台詞だ。

――残された記録が真実とは限らない。

八重定事件の真相は、資料に記されたものとまったく違っていた。同じことは今回の事件でも起こりうる。

自分でも気づかないうちに、一つの仮説が頭に浮かんでいた。

津ヶ山事件は、本当に後世に語られるような三十人殺しだったのだろうか？

頭の中に散らばっていた複数の手がかりが重なり合い、一つの事実を示す。

そうか。そうだったのか。

「待ってください」

喉から声がこぼれ落ちた。

二人が同時にこちらを見る。古城は平然としているが、みよ子の顔は涙と汗と鼻血でぼろぼろだった。

「なんだよ」

古城が億劫そうに唇を舐める。

亘は一分ほど黙考し、推理に間違いがないことを確認してから、ゆっくりと口を開いた。

「あなたの推理は間違っています」

啖呵を切ったつもりが、喉から洩れたのは金属が軋《きし》むような声だった。

古城は数秒黙り込んでから、銃口でみよ子の側頭部をコツコツ叩いた。

「頭、大丈夫か？」

「大丈夫です。鴇雄に刀を渡したのは、みよ子じゃありません」

自分が憧れの探偵に楯突いているのが信じられなかった。みよ子に嘘の自白をさせないためには、こうするしかない。

――心配するな。きみならできる。

最後に浦野灸の声が聞こえた。

8

「向井鴇雄はどうやって刀を手に入れたのか。それを知るには、七十八年前の事件を正しく理解する必要があります」

亘はバックパックから報告書を取り出し、ベッドサイドのテーブルに広げた。

古城はみよ子から離れ、前かがみの姿勢でベッドに腰掛けている。右手には拳銃を握ったままだ。

「津ヶ山事件に真犯人がいたとでも？」

「いえ。向井鴇雄が犯人であることは間違いありません。ただ、鴇雄の行動には二つの疑問があります。一つ目は遺書です」

亘は報告書を捲り、遺書のコピーを開いた。

「鴇雄は三つの遺書を残していました。一つ目は犯行に至る経緯を詳しく綴ったもの。二つ目は姉へ向けたもの。三つ目が犯行後に殴り書きしたものです。この三つ目の遺書を書くために、鴇雄は川上の民家に立ち寄り、少年から鉛筆と雑記帖をもらっています。このとき鴇雄は重傷を負っていました。九軒目の池谷継男宅で、継男に背中を刺されたからです。鴇雄はなぜそんな状態で遺書を書こうとしたんでしょうか」

「そりゃ犯行が思い通りに行かなかったからだろ。うつべきをうたずうたいでもよいものをうった。あれだよ」

古城が遺書の一節をそらんじる。

「鴇雄は決行の前に、偏執的なほど念入りな準備をしていました。村人が助けを求めた場合に備えて警官がやってくる時間を計測したり、猟銃が故障した場合に備えて代わりの猟銃を空き家に隠しておいたり。こんなに周到な用意をした鴇雄が、いざ犯行を終えてから、鉛筆と紙をもらいにいくのはおかしいと思いませんか？」

「三十人を殺してみたら、書きたいことが湧いてきたんだろ」

「それは違います」亘は強く首を振った。「鴇雄は姉へ向けた遺書の末尾に『あとにもう一筆書置申しますのでそれも目を通して下さい』と記しています。鴇雄は犯行を始めるまえに、犯行後にもう一通の遺書を書こうと決めていたんです」

「んん？　その『もう一筆』ってのは、犯行後に書いたものじゃなく、事前に書いた一番長い遺書のことじゃねえのか」

「文面からはどちらとも解釈できます。でもこれを見てください」亘は二つ目の遺書のコピーを古城に向けた。「姉へ向けた遺書です。五枚の便箋は、どれも右側の余白が黒く汚れています」

古城は眉を寄せて紙を凝視した。亘は一つ目の遺書をとなりに並べる。

「一方、こっちは犯行に至る経緯を詳しく綴った遺書です。便箋は全部で十二枚。こちらは枚数が進むにつれて少しずつ汚れが増えていきます」

　古城はじっと紙を見比べたあと、

「なるほどな」

　亘と同じ結論に至ったらしく、顎髭を撫でて頷いた。

「書くほどに汚れが増えていくのは、この汚れが鉛筆の黒い芯と便箋が擦れてついたものだからです。右利きの人が縦書きで紙に字を書くと、掌と便箋が擦れて、小指の付け根から手首のあたりが黒くなりますね。便箋の右側の汚れは、黒ずんだ手が紙と擦れた際についたものだと思います。

　姉へ向けた遺書は、一枚目から五枚目まで、すべてに黒い汚れがあります。鴇雄は相当な量の文章を書いた後で、この遺書を書いたんでしょう。鴇雄はまず犯行に至る経緯の遺書を書き、次に姉へ向けた遺書を書いたんです。

　問題の『あとにもう一筆書置申しますので』という一節は、姉へ向けた遺書の末尾に登場します。この遺書を書いたとき、鴇雄は経緯を綴った遺書を書き終えていました。つまり『もう一筆』とは、犯行後に書いた遺書を指していることになります」

「なるほど」

　古城がもう一度、頷く。

「話を戻します。鴇雄はあれほど周到な準備をしていたのに、なぜ最後の遺書を書くための筆記具を用意しておかなかったのか。これが一つ目の疑問点です。

　鴇雄が遺書を書くのに使った鉛筆と便箋は、木慈谷から二里半離れた真方の生家で見つかりました。自宅から離れた場所で筆記具が見つかったのは、祖母に見つからないように隠れて遺書を書いたからだと考えられています。

でも鴇雄は木慈谷の複数の空き家に猟銃を隠していました。子どもを空き家に集めて小説を読み聞かせていたことからも、当時の木慈谷には居座っても問題のない空き家があったことが分かります。隠れて遺書を書くために、わざわざ天狗腹山を越えて隣の集落へ出かける必要はありません。

真方の家で見つかった鉛筆と便箋は、鴇雄が置き忘れたものではない。三つ目の遺書を書くために準備しておいたものだったんです」

古城の表情がはっきり変わった。ぽかんと開いた唇とは対照的に、瞳は爛々と光っている。

「鴇雄は筆記具を用意していた。でも計画が狂ったせいで、それを使うことができなかった。これが真実です。

木慈谷の住人を皆殺しにした後、真方の住人を皆殺しにして、最後に遺書を書いて自殺する。これが鴇雄の計画でした。送電線を切断したとき、木慈谷だけでなく真方も停電させたのは、初めから両方の集落を襲うつもりだったからです。でも九軒目で池谷継男に背中を刺され重傷を負ったため、鴇雄はやむなく真方での殺戮を断念したんです」

一つ目の遺書には、鴇雄が期待を膨らませて真方へ移住したものの、まったく口を利いてもらえず、木慈谷以上にひどい仕打ちを受けたと綴られている。鴇雄は屯倉有子と直良の夫婦だけでなく、噂を鵜呑みにした真方のすべての人々を憎んでいたのだ。

「思う様にはゆかなかった」

悪夢から醒めた子どものような顔で、古城が鴇雄の言葉をそらんじる。最後に書いた遺書の一節だ。

「復讐を半分しか遂げられなかった。そういう意味だったのか」

亘は力強く頷いた。

三十人殺し――それは事件の後、現場を見た者がつけた名前に過ぎない。向井鴇雄が描いた絵は、それよりもはるかに大きかったのだ。

「いや、待て。そんなに真方を恨んでいたのに、犯行後の遺書に何も書いてないのはおかしいんじゃないか？」

古城は報告書を捲り、三つ目の遺書を開いた。

「ほら見ろ。『有子は逃がした、また直芳を生かしたのも情けない』。鴇雄は最後の遺書で、思い通りにいかなかった点を列記してる。鴇雄が真方を襲うつもりだったんなら、ここで何も触れないのは不自然だぜ」

「はい。この遺書は改竄《かいざん》されています」

「改竄？」

古城はまじまじと遺書を見つめる。

「筑後郁という真方出身の若い巡査が初めに死体を見つけたとき、遺書の文言を改竄したんだと思います。真方の住人たちは鴇雄を村八分にし、凶行へと駆り立てておきながら、誰一人傷つかずに生き残ったことになる。遺書の文面がそのまま報道されれば、真方は木慈谷と同じか、それ以上の呪いをかけられることになります。筑後巡査はとっさに遺書に手を加え、この呪いを封じたんです」

古城は資料を持ち上げ、穴が空くほど覗き込んだ。

「紙を切った痕跡はない。複数枚の書面から一枚だけ抜いたような文章の不整合もない。どう改竄したっていうんだ?」

「手掛かりは誤字です。この遺書には『直芳』という名前が出てきますが、木慈谷に同名の人物がいないため、屯倉直良の字を間違えたものと見られています。でも一つ目の遺書では正しく『良』と書いていますし、焦っていたとはいえ『良』を使用頻度の低い『芳』と書き違えたことには違和感があります」

古城はふいに息を止め、踏まれた蛙みたいな声を出した。

「お気づきですね。筑後巡査は、現場に残っていた鉛筆で、遺書に線を書き加えたんです。もとは『真方を生かしたのも情けない』という一文だったんでしょう。この『真方』に縦棒と横棒を一つずつ加え、『直芳』に書き換えたんです」

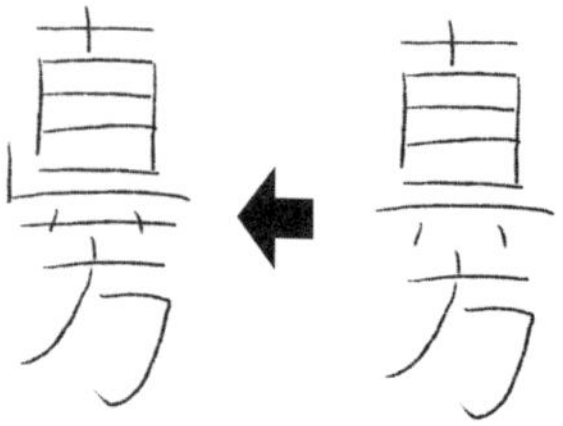

「とんちの利いたやつだな。田舎の警察官にはもったいない」
亘は深く頷いた。
「ここまでのことを踏まえて、もう一つの疑問を考えてみます。二つ目の謎は、津ヶ山事件に使われた日本刀の出どころです」

「誰が鴇雄に刀を譲ったのか分からなかったって話か？」

「はい。鴇雄の遺書には、刀剣愛好家の知人に日本刀を譲り受けたと書かれています。仮にこの知人をXとしましょう。Xではないかと疑われた人物は二人いました。犬丸巡査の曾祖父で庭師の番場敏夫と、不良歯科医の石神英二です。

　検事局は捜査終結に至るまで、どちらがXかを見抜くことができませんでした。おれは初めてこの記録を読んだとき、Xが世間体を気にして、鴇雄に日本刀を譲ったことを認めなかったんだろうと思いました。

　でも犬丸巡査によると、曾祖父の番場は嘘の吐けない人物で、取り調べでも日本刀を譲ったことを認めていたそうです。たとえヤクザと付き合いがあったとしても、石神が譲っていないと証言すれば、検事局は庭師の番場をXと断定したでしょう。検事局がXを特定できないのは、番場だけでなく、石神も疑いを認めた場合だけです。

　刀は一つしか見つかっていないのに、鴇雄に刀を譲ったと言う者が二人いた。Xが特定されなかった本当の理由はこれだったんです」

　古城はごくりと喉を上下させた。

「鴇雄が事件のために入手した刀は二つあったのか」

「はい。検事局が最後までXを特定できなかったのは、二人のどちらかが嘘を吐いていたからではなく、二人とも本当のことを言っていたからだったんです。

　鴇雄が刀を二つ用意したのは、木慈谷と真方、二つの集落を襲うためです。報告書によれば、鴇雄が自殺した時点で、木慈谷を襲うのに使った刀はひどい刃こぼれを起こしていました。真方でもうひと暴れするには心もとない。鴇雄はそうなることを予測して、二つ目の刀を準備しておいたんです。

とはいえ二本の刀を腰に差して人を襲うのも大変です。木慈谷の空き家に猟銃や実包を隠したように、二つ目の刀を真方へ向かう山道のどこかに隠しておいたんでしょう。布袋ごと土に埋めたか、木の洞《うろ》にでも入れたのか、詳しいことは分かりません。でも真方の襲撃は実現せず、刀は一つしか発見されなかった。おまけに筑後巡査が遺書を改竄したことで、真方が襲撃対象だった事実が葬られ、検事局はもう一つの刀の存在に気づけなかったんです」

もうすべて分かっているのだろう。古城は長い息を吐くと、拳銃をサイドテーブルに載せ、そのまま手を離した。

「現在に話を戻します。人鬼としてよみがえった鴇雄は、ふたたび木慈谷を訪れます。そして山中に隠しておいた刀を取り出し、古城さんを襲った。鴇雄の日本刀はみよ子が渡したものではなく、鴇雄が七十八年前に知人から譲り受けたものだったんです。

この刀がどんな状態だったのかは分かりません。鞘や布袋に入れてあったとは思いますが、刃が錆びたり、柄が腐ったりしていたのは間違いないですよね。古城さんを襲ったのは刀の斬れ味を試すためだと思います」

事実、古城の背中の傷は、厚紙を無理やり破いたみたいに皮が捩れていた。

「ひでえな。おれは罪人かよ」

古城が毒気の抜けた顔でつぶやく。

「ここまでの推理を踏まえると、郷土資料館で仁科さんが殺された事件も、随分と様相の違うものだったことが分かります。

鴇雄が郷土資料館を訪れたのは、やはり〈赤子殺〉を手に入れるためだと思います。山中で見つけた刀の斬れ味に満足できず、夜が更けるまでにもう一つ刀を手に入れようとしたんです。仁科さんが『八つ墓村』を見終えて家路に就こうとした七時過ぎ、日本刀を持った鴇雄が現れます。突然斬りつけられた仁科さんは、落ち武者の霊に襲われたと思ったかもしれませんね。さいわい傷が浅かったため、仁科さんは廊下を駆け、資料保管室へ逃げ込みました。廊下に残っていた血痕はこのとき傷口から流れたものです。

資料館の収蔵品で武器になるものといえば、〈赤子殺〉しかありません。仁科さんは鴇雄に抵抗するため、木箱を取り出して封を開けます。ところが蓋を開けて見ると、中に入っていたのは古い杖でした」

古城は皮肉めいた笑みを浮かべた。

「〈赤子殺〉はとっくの昔に盗まれていたんだな」

「はい。おそらく松脂一家のしわざだと思います。〈赤子殺〉が木箱に封じられているのを幸いに、瓜二つの木箱を作って本物と入れ替えたんです。中に杖を入れておいたのは、何も入っていないと揺すったときの音や重さでばれてしまうからです。

仁科さんは刀がないことに絶望しました。そこへ鴇雄が現れ、彼女にとどめを刺します。鴇雄も〈赤子殺〉を探しましたが、刀はどこにもありません。鴇雄は結局、死体だけを残して資料館をあとにしました。こうして鴇雄が資料保管室から〈赤子殺〉を持ち出したかのような現場が生まれたんです」

根拠はないが、七十八年前、石神が鴇雄に譲った日本刀が〈赤子殺〉だった可能性もある。木慈谷の人々が封じたつもりでいた〈赤子殺〉は、山の中で新たな血を吸うときを待っていたのかもしれない。

古城が壁の時計を見上げる。短針が十時を指していた。

「となると鴇雄の正体はあの男か」

「はい。七十八年前、鴇雄は、木慈谷から真方へ向かう途中で刀を取り換えようと計画していました。鴇雄が〈赤子殺〉を隠したのは、木慈谷の北西、天狗腹山の中のどこかです。

この大雨の中、まともな住人は山に入ろうとはしません。でも一人、天狗腹山へ上って、大きな荷物を背負って下りてきた人物がいました」

老人を呼び止める犬丸巡査の声が耳の奥でよみがえる。

「おれたちが木慈谷へ到着したとき、犬丸巡査が連れ戻しに行った、元猟師の猪口美津雄。あれが鴇雄の正体です」


古城はベッドを下りて上半身を折り、床に額をつけた。

「すまなかった」

亘は全身の力が抜け、床にへたりこんだ。真相を語り切った高揚感と、古城が謝ったことへの驚き、何よりみよ子が殺されずに済んだ安堵感で、胸がぐちゃぐちゃになっていた。

当のみよ子は鼻血まみれのまま、呆然とベッドの脚に寄りかかっている。殺されかけたのだから無理もない。亘が思わず肩を抱こうとすると、

「感動ごっこをしてる暇はねえぞ」

古城がサイドテーブルの拳銃を手に取り、亘の鼻先に突き出した。

「爺さんを殺してこい」

いつもの冗談かと思ったが、古城の表情は真剣だった。

「お前の推理だ。お前が責任を持て」

亘は唾を呑んだ。古城の言う通り、これは自分の責任だ。

「分かりました」

亘は拳銃を受け取った。古城が唇の端を吊り上げる。

「ニンニク注射いるか?」

「大丈夫です」

亘は深呼吸を一つして、病室を出た。

9

犬丸巡査に電話で確認すると、猪口美津雄の家は、集落の東、診療所からたった二十メートルのところにあった。

そこは木造の平屋だった。屋根の瓦が三分の一くらい剝がれ、土台を隠すように草が繁茂している。門柱に「猪口美津雄」と表札がかかっていた。

右手で頭の高さに拳銃をかまえ、左手で門柱の呼び鈴を鳴らす。二十秒ほど待ったが、返事はない。

門をくぐり、引き戸に手をかける。錠はかかっていなかった。力を抑えて、ゆっくりと横に引く。

土間に人の姿があった。

考えるより早く引き金を引いていた。銃身が跳ね上がり、轟音が鼓膜を貫く。

頭が風船のように弾け、破片が土間に散らばった。〈百々目荘〉にあったのと同じ、等身大のときおさん人形だ。

全身の毛穴から汗が噴き出す。深呼吸をして、両手で銃をかまえ直した。

上り框《かまち》の向こうには細い廊下が伸びていた。明かりはなく、数歩先は暗闇に覆われている。

鴇雄は外を出歩いているのか、あるいは暗闇に身を潜めているのか。いずれにせよ、今の銃声を聞いて、亘が鴇雄を殺そうとしていることに気づいたはずだ。どちらかが死ぬまで、もう後戻りはできない。

ふと妙案が浮かんだ。鴇雄はスマホの音声を人の声と思い込んでいる。軒先にスマホを置いておけば、亘がそこに留まっていると勘違いするのではないか。亘はスマホのYouTubeアプリで宿刈横恵のインタビュー動画を再生し、それを玄関の外に置いた。

引き戸を閉め、暗闇に目が順応するのを待つ。懐中電灯は使えない。家の中に鴇雄がいた場合、亘の居場所を知らせることになるからだ。

スニーカーを脱ぎ、上り框に足を載せる。拳銃をかまえたまま、ゆっくりと廊下を進む。

窓から射すわずかな明かりで、右手に障子戸が見えた。音を立てないように、戸を横に引く。

果物の腐った匂い。テレビと炬燵机、壁には収納棚。居間だろうか。

奥にはもう一つ部屋があった。デジタル時計の数字が暗闇に浮かんで見える。床には布団。寝室だ。

物音に耳を澄まして、ゆっくりと部屋を横切る。布団から汗と黴の臭いがする。

さらに奥へ進むと、ふたたび廊下に出た。浴室、台所、便所が並んでいる。順に中を覗いてみたが、人の姿はない。

鴇雄は外へ出ているのだろう。腰の力が抜け、足元に倒れそうになる。

足早に寝室と居間を抜け、玄関へ戻った。

スニーカーを履き、左手で引き戸を開ける。雨音が耳朶を打つ。

妙なことに気づいた。

再生しておいた動画の音声がやんでいる。

軒先のスマホを見る。液晶画面に放射状の亀裂が入っていた。間違えて落としたような罅ではない。強い力で画面が割られている。

全身が総毛立った。

とっさに左右を見回す。

門柱の影から老人が日本刀を振り下ろした。

屋内へ身を引くのと同時に、引き戸が弾け飛んだ。家の奥へ逃げ込もうとして足をぶつけ、尻餅をつく。

鴇雄が土間へ入り、日本刀を振りかぶった。不釣り合いな学生服を着て、額に鉢巻を締めている。

「わしに何の用じゃ」

洞の奥から響いてきたような声だった。

拳銃をかまえようとしたが、腕が痺れて持ち上がらない。

刀が空気を切る。俯いた首の後ろに激痛が走った。峰打ちだ。視界が歪み、息が吸えなくなった。

「わしに用はねえんじゃな？」

鴇雄が刀を斜めにかまえ直す。

喉が擦れて言葉が出ない。

「ほんなら、死ね」

鴇雄が腕を振り下ろす。刀が描いた弧の先に、亘の喉があった。

原田家の人間はよく首が千切れる。

両親と同じ死に方はごめんだ。とっさに首を引っ込めた。

行き場を失った刃先が胸に突き刺さる。

思わず瞼を閉じた。

雨の音。

胸に圧迫感を覚えたが、痛みは湧いてこない。

薄目を開くと、鴇雄が刀を握ったまま、歯を食いしばっていた。おそるおそる胸元を見る。刃先はシャツを突き破ったところで止まっていた。

「畜生っ」

鴇雄が刀を引き抜く。

亘はとっさに拳銃をかまえ、引き金を引いた。弾がなくなるまで、鴇雄の頭を撃ち続けた。

鴇雄の顔は血と脳漿にまみれ、形がなくなった。手から刀が落ちる。鴇雄はゆらゆらと肩を揺らして、仰向けに倒れた。

亘は拳銃を土間に置くと、ボタンを外してシャツを開いた。浦野に借りた防刃ベストの繊維に、浅い傷が残っていた。

腰を上げ、鴇雄――もとい猪口美津雄の死体を見下ろす。
かつて口だった窪みに血が溜まっている。そこに鉄釘が一つ浮いていた。

顚末

1

「まったく話にならんな」

松脂念雀は吸いさしの煙草を灰皿の底へ押し込んだ。

大阪市中央区、猫柳組事務所の二階。松脂念雀と刑部九条の極秘会合は膠着《こうちゃく》状態が続いていた。

「松脂さん、わしの顔を立てると思って。見舞金八百万。これで手打ちにしましょうや」

御年九十歳の猫柳《ねこやなぎ》組顧問、猫柳又三《またぞう》が、垂れ下がった眉をさらに低くする。

二月八日、夕刻。松功会と荊木会は幹部同士の会合を行ったが、互いに譲らないまま交渉は決裂。すわ抗争突入かと思われた夜半過ぎ、双方と友好関係を持つ猫柳組が仲裁に名乗りを上げ、松脂組と刑部組の組長による異例の直接会合が開かれることとなった。

「猫柳さん、あんたも知っとるじゃろ。うちの昌三《しょうぞう》は酔って人を撃つような男じゃねえ。こりゃ刑部の計略じゃ。違う言うんなら店の映像を出せばええんじゃ」

松脂は眉間を強張らせ、何度となく口にした主張をくりかえす。

「あなたの子分が理由もなくわたしの兄弟を撃った。これは事実です。まず詫びの言葉がなければ何も話すつもりはありません」

澄まし顔のラブラドール・レトリバーと同様、刑部も一歩も引く気がない。

「よう言うわ。八年前、おどれが先代の家に強盗《たたき》に入ったのが元凶じゃろうが」

「懐かしい。あのときは妙なタイミングでガサ入れがありましたね」

「わしが手を回した言うんか？　馬鹿馬鹿しい。もうたくさんじゃ」

松脂は机を叩いて立ち上がった。刑部が聞こえよがしに鼻を鳴らす。

そのとき、応接間の扉が開いて、パンチパーマの松脂組組員が駆け込んできた。

「なんじゃ。会合中じゃろうが」

「親分、大変です。若本から連絡がありまして、木慈谷で男が暴れて複数の死傷者が出ているそうです」

松脂の顔から血の気が引いた。

「み、みよ子は無事か」

「おそらく。ただ若本も混乱しているようで、言っていることがよく分からないんです」

「どう言っちょる」

「なんでも、みよ子さんの恋人だという青年が、殺人犯を射殺して、大量殺人を防いだと言うんです」

松脂は鼻汁を啜り上げると、へなへなと床にくずおれ、ぎこちない動作で刑部を振り返った。

「みよ子の恋人いうんは、おどれんとこに出入りしとる若造か？」

問われた刑部は、松脂よりも驚いた顔をしている。

「探偵事務所の青年ですね。彼にそんな度胸があったとは驚きです」

「おどれの子分じゃねえんか」

「違いますよ。実を言うと、わたしも彼らには助けられたんです」

数秒の沈黙のあと、松脂は堪えかねたように安堵の笑みをこぼした。

「どうかね、お二人さん」

猫柳又三はここぞとばかりに膝を乗り出した。

「ここはその男に免じて、手打ちということにしましょうや」

2

湘南大学付属東京病院の七階、煙草とアルコールの臭いが充満した病室に、一人の怪我人と、二人の老人の姿があった。

「この前お会いしたときとは、立場が逆になりましたね」

車椅子に座った國中功也が、鼻に皺を寄せて言う。息子の篤志はというと、古城が病室で煙草を吸っているのが許せないのか、黒ぶち眼鏡の奥から強張った目で古城を見ていた。

「七十と九十の爺さんに見舞われるとは、おれもいよいよヤキが回ったな」

古城はやけになって、老人みたいなげっぷをした。

「ねえ先生。わたしの父はどんな人でしたか」

功也はゆっくりと車椅子から身を乗り出した。

「國中親晴か。あいつは寂しい男だった。学生のころ万引きの疑いをかけられて、警察にタコ殴りにされたんだ。それからあいつは人を信用しなくなった。敏腕刑事として名が知れるようになっても、同僚を頼ることはなかった」

鬼刑事と日本中を駆け回った、八十年前の日々を思い出す。あの寡黙な男が警察署長の座に就くことになるとは、当時は思ってもみなかった。

古城が感傷に浸っていると、功也は唐突にからからと笑い声をあげた。

「何がおかしい」

「いえ、すみません。実は父も、古城先生について、ほとんど同じことを言っていたんです」

古城も孤独に見えたということか。

こんな商売をしているとどうしても人が信じられなくなる。古城は約十五年間、一人で仕事をしてきた。だが死の前年、古城の前に、助手になりたいと言う料理人の男が現れた。

古城はこの男を信じてみることにした。いや信じてみたかったのだ。だがその男は古城を裏切り、橋の上で古城を殺そうとした。最終的に命を奪ったのは古城のほうだったが、その直後、古城も隅田川に身投げして死んだ。我ながらひどい人生である。

「でも今の古城さんは、孤独には見えませんね」

功也が子どもを慈しむような顔をする。なんだこいつは。ガキのくせに生意気な。

いや、強情を張るのはやめておこう。閻王に愛想を尽かされないようにせっせと働いたおかげで、少しは運気が上がったのかもしれない。

「ところで、先日の助手の方はご無事でしたか。木慈谷でもご一緒だったと聞きましたが」

篤志が思い出したように尋ねる。

「待て。はらわたは助手じゃない」

古城は即座に訂正する。

「あいつはおれの同僚だ」

3

乾いた陽の射す三月の昼下がり。東中野のミニシアターで「死霊のはらわた」を鑑賞した亘とみよ子は、中華料理屋〈猪百戒〉で塩ラーメンを啜っていた。

「あたしが本当に金田一耕助恋しさに古城倫道を殺させようとしたと思ったわけ?」

若者たちの恐怖の一夜を描いた映画の感想から、話題はおのずと木慈谷の事件に流れる。みよ子が古城に濡れ衣を着せられかけたとき、亘がそれを信じそうになったことが、みよ子は未だに気に入らないのだ。

「ごめん。みよ子が人を殺すわけないよね」

亘が殊勝に頭を下げると、

「いや。金田一耕助と絶対会えるなら、あたし、それくらいやるよ」

みよ子はあっけらかんと言う。

「でも閻王様が金田一耕助を生き返らせてくんなかったら、あたしが地獄に落ちるだけでしょ。それは損じゃん。何もしないで天寿を全うすれば、どうせ極楽で会えるのに」

なるほど。言われてみればそうかもしれない。

亘が最後の麺を啜ろうとした、そのとき。

キキィ、ドン!

ブレーキを踏む耳障りな音に続いて、鼓膜を貫くような轟音が響いた。亘は思わず目を閉じる。

「今度は何?」

肩を縮めたみよ子が、暖簾の向こうに目を向ける。音は大通りの方向から聞こえた。交通事故だろうか。

「おれ、様子を見てくる」

亘は店を出て、十メートルほど先の車道へ向かった。

黒塗りのセダンが倉庫のシャッターを突き破って止まっている。道路では自転車が横転し、学生服姿の少女が蹲っていた。

シャッターを持ち上げて倉庫の中を見ると、男が床に転がっていた。フロントガラスを突き破って床に落ち、顔をコンクリートに叩きつけたようだ。頭巾を半分脱いだみたいに顔の皮が剝がれ、顎の骨が露出していた。息はなさそうだ。

セダンが自転車にぶつかりそうになってハンドルを切り、倉庫に突っ込んだ。そんなところだろうか。

「ん?」

横転した自転車のバスケットにコーラの空き缶が入っていた。少女がびくんと身を震わせ、舗道にゲボを吐く。

「ああ、はらわたさん」

駅の方向から二人の警察官が駆けてきた。若いほうは顔見知りだが、年上のほうは初対面だ。若いほうが男の死体を確認し、年上のほうが少女を歩道に運んで救急車を呼んだ。

「はらわたさん、事故の瞬間はご覧になりましたか」

若い警察官が尋ねる。亘は首を振った。

「こちらの方は?」

年上の警察官が不思議そうに同僚を見る。

「ああ。こちらは浦野探偵事務所の——」

手を挙げて言葉を遮る。

肩書きは正確に。少し気恥ずかしいが、自信を込めて口を開いた。

「探偵のはらわたです」

（参考文献）

伊佐千尋　愛するがゆえに　阿部定の愛と性　文春文庫
和多田進　ドキュメント帝銀事件　晩聲社
筑波昭　津山三十人殺し　日本犯罪史上空前の惨劇　新潮文庫
石川清　津山三十人殺し　最後の真相　ミリオン出版
事件研究所　津山事件の真実　津山三十人殺し　フローマネジメント
松本清張　ミステリーの系譜　中公文庫
横溝正史　八つ墓村　角川文庫

本書はフィクションであり、実在の人物・団体等とは一切関係ありません。
実際の事件を参考にした箇所がありますが、いずれも大幅な改変を加えており、作中の記述は事実とは異なります。

本書は、書き下ろし作品です。

名探偵《めいたんてい》のはらわた

二〇二〇年 八 月二〇日 発 行

著 者 白井《しらい》智之《ともゆき》

発行者 佐藤隆信

発行所 株式会社新潮社
東京都新宿区矢来町七一
郵便番号一六二―八七一一
電話 編集部（03）三二六六―五四一一
読者係（03）三二六六―五一一一
https://www.shinchosha.co.jp

印刷所 錦明印刷株式会社

製本所 株式会社大進堂

乱丁・落丁本は、ご面倒ですが小社読者係宛お送り下さい。送料小社負担にてお取替えいたします。
価格はカバーに表示してあります。

ISBN978-4-10-353521-8 C0093

新任警視　古野まほろ

二十五歳で県警察本部の公安課長。しかもその県には、最凶「カルト」の総本山があった！元警察キャリアの知識と体験と想像力が融合した、唯一無二の警察小説！

名もなき星の哀歌　結城真一郎

記憶を取引する店で働く青年二人が始めた探偵業が、予想外の展開へ――。大胆な発想と圧倒的な完成度が話題を呼んだ、第5回「新潮ミステリー大賞」受賞作！

出版禁止　死刑囚の歌　長江俊和

幼児ふたりを殺した罪に問われた男は、法廷でも反省の弁を口にすることがなかった。真実が見えたときの衝撃と快感。騙された！と叫びたくなる長編ミステリー。

ノースライト　横山秀夫

望まれて設計した新築の家。しかし、そこに越してきたはずの家族の姿はなく、ただ一脚の椅子だけが残されていた。一家はどこに消えたのか。待望の長編ミステリー。

偽りのラストパス　生馬直樹

長岡第弐中のバスケ部で全国を目指す兄のもとに現れた来訪者の真意とは。そして、悲劇の連鎖の行方は。究極の選択に心震える、新潮ミステリー大賞受賞後第一作。

火のないところに煙は　芦沢央

「神楽坂を舞台に怪談を書きませんか」。作家がある体験を小説にした時、予測不能な恐怖の連鎖が始まる。戦慄とどんでん返しの波状攻撃が癖になる暗黒ミステリ。